徳 間 文 庫

有栖川有栖選 必読! Selection 7

暗 い 傾 斜

笹 沢 左 保

徳 間 書 店

C O N T E N T S

DARK SLOPE
1962

Design：坂野公一（welle design）

Introduction

有栖川有栖

『暗い傾斜』は、『空白の起点』に続いて「宝石」誌に一九六二年三月から九月まで連載された作品で、笹沢左保が『招かれざる客』で作家デビューして三年目に放った長編である。

完結後、同年十月に角川小説新書として刊行された際、カバー袖に「著者のことば」が付された。〈あなたは、あなたの配偶者を、恋人を、友人を、そして隣人たちを心から信ずることが出来るだろうか〉〈事件の発生、推理、解決という推理小説の基本の形態を考えずに、ぼくはムード小説としてこの作品を書いた〉とあるが……（これだけだと、あまり期待できない感じ）。

一九八九年に徳間文庫から復刊された際は『暗鬼の旅路』と改題されたが、編集部と協議して旧題に戻すことにした。改題の経緯については後述する。

謎解きとロマンを融合させた作風を早々と確立させた作者は、この作品で一つのピークに達した。作中で描かれるアリバイトリックの意外性は、膨大な数の笹沢ミステリの中でも一、二を争うだろう。

何をもって意外とするかは読む人によって分かれるとはいえ、この作品のトリックには作家性が鮮烈に顕《あらわ》れていて、謎はあくまでも手ごわく、真相はいたってシンプルなのに突き刺すように鋭い悲劇性を持っている。

笹沢作品の何を代表作とするかについては、傑作が多いために意見が分かれがちだ。一つ選べと言われたら迷うが、私は偏愛する作品として『暗い傾斜』を挙げる。

　だから、「買おうか、やめようか」と逡巡《しゅんじゅん》しながらこの小文を読んでいる方がいらしたら、「ぜひ、この機会にご一読を！」と強くお願いしたい。最高によくできたミステリなのに品切れ状態が永らく続いていたため、古書店で買おうとしても入手困難という状態でもある。随分な高値がついていたりしたが、それさえ最近はあまり見掛けなくなった。本書は、古書価クラッシャーたる〈トクマの特選！〉の面目躍如という一冊なのだ。

　幕開けは――崖《がけ》。

『他殺岬』に始まる〈岬シリーズ〉の作者は、この作品で断崖をオープニングシーンにして詩情たっぷりに描いただけでなく、凶器として用い、その容赦のない険しさを悲劇の象徴としている。思えば前作『空白の起点』も崖から人が転落する物語だった。それを書いたことによって自分が書くべきミステリのヴィジョンが、作者の中でくっきりと視《み》えたのかもしれない。

　日本全国崖巡りと言いたいほど繰り返し断崖を描いてきた笹沢の作品群にあって、『暗い傾斜』冒頭の風景は抜きん出て凄《すご》みがあり、荒涼感に満ち、寂寞《せきばく》が深い。本稿を綴《つづ》るのに先立ち、私は音読して味わった。伊豆半島の石廊崎《いろうざき》と名が出てくるが、まるで冥府である。

　そのシーンから舞台は一転して東京へ。太平製作所を亡父から継いだ汐見ユカは窮地に陥っていた。画期的な発明と信じたものが失敗だったことが判り、投資で莫大な損失を出してしまったのだ。その責任で会社が危機に瀕《ひん》してしまう。美貌の社長に想いを寄せる総務部長の松島順二にはどうすることもできない。進退窮《きわ》まったユカは発明者の三津田と姿を消す——。

という具合で、『空白の起点』のようにショッキングな場面から早々に事件が始まるのでもなく、白昼の交差点で人が消える『突然の明日』のような謎が出てくるのでもない。だが、やがて殺人事件は起きる。

読者の前に立ち上がってくるのは、犯人と思《おぼ》しき人物が金城鉄壁のアリバイに守られている、という謎である。「なんだ、珍しくもない」と思うなかれ。私は十代の頃からアリバイトリックの大ファンで、さんざん学習したため、どんな偽装工作が為されたのかたいてい見当がつくようになっていたのだが、この真相には驚かされた。

手品が見事に決まったというだけでなく、その——という話はここでは書けない。それについては巻末の Closing で。

1962年　初刊　角川書店　角川小説新書

暗い傾斜

DARK SLOPE

第一章　窮地

一

風は南から吹きつけてくる。ガラス戸の外に見えているお休憩所という看板が、間断なく音を立てていた。

風の音は唸《うな》り声というよりも、悲鳴に似ていた。限りない太平洋の海原を、何ものにも遮《さえぎ》られずに渡ってくる風だった。それは、冬の夜の凍った空気を裂いて、波の音とともに、凄惨《せいさん》な号泣を続ける。人間の安息や、温か味のある平和な生活を拒絶するように、風と波の音は、統制のある反復をやめようとはしなかった。

休憩所の中は薄暗かった。暗くなれば、この地を訪れる観光客など、一人もいないからだった。天井から下った裸電球が一つだけ、休憩所の隅を赤黒く照らし出していた。半ば闇に溶け込んでいる部分には、ところどころテーブルの表面の鈍い光沢が見えている。

牛乳やジュースが並んでいる銀色のアイスボックスの脇で、この店の女が所在なさそうに、生《なま》あくびを噛《か》み殺していた。彼女は、一刻も早く店の戸締りをして、家族がいる奥の部屋へ引っ込みたいのに違いなかった。

だから彼女は、時々、裸電球の下の二つの人影へ、もどかしそうに目をやった。その都度、人影が動きそうにないと分かって、彼女は腹立たしげに脚を組み変えた。

坐りの悪い椅子《いす》、肘《ひじ》をつくとギシギシ軋《きし》るテーブル、何一つ装飾品のない板壁、その必要もないのに水が撒《ま》かれているコンクリートの床、そして無愛想なくせに客を観察しているような目をする、この店の女——などが、いかにも天然物だけで成り立っている小さな観光地の茶店、という感じだった。

店の女は、耐えきれなくなったように、大きく肩で吐息した。ジュース二本を頼んだだけで、三十分も尻を据えている二人の客が、恨めしさを通り越して、彼女にとっては憎らしい存在だった。客に出て行ってくれというわけには行かない。それだけに、この二人の客のために店を閉めるに閉められないということが、彼女には焦《じ》れったかった。

二人の客が、東京から来たらしい若い男女であることも、店の女の反感をそそった。それに、二人が深刻ぶった顔つきで、終始無言でいることが、単純な彼女にとっては鼻もちならないのだ。

彼女は最初、この男女はこれから心中するつもりなのではないのかと、不安を感じた。

この土地では、幾度か自殺事件があったからだった。

だが、今の彼女は、この男女が心中するのなら、さっさと店を出て行って、勝手にすればいいのだ、という気持になっていた。

彼女はもう一度、二人の客の方を見やってから小さく舌うちをした。男の方は相変らず凝然と、板壁の一点を瞶《みつ》めていたし、女の方は目を伏せて、虚脱したような横顔を見せていたからだ。

男と女は、全く別のことを考えているようである。互いに視線を合わせようともしなかった。それでいて、相手の存在を無視しているわけでもないらしい。異なった感慨にふけりながら、男と女の脳裡には何か相通ずるものがあるといった感じだった。

よく観察していれば、この男と女がどういう間柄なのか見当がつく、というカップルではなかった。親密な仲とは見えないし、そうかと言って、二人の間にある種の葛藤《かっとう》があるとも思えないのだ。それは、二人が同じ目的で行動を共にしているのではない、という証拠でもあった。

男は三十前後というところだろうか。黒いオーバーの襟《えり》を立てていることと、髪の毛の手入れが行きとどいていないという点を除けば、平凡なサラリーマンのタイプだった。固く引締った顔立ちだが、その青白い頬のあたりには疲労の弛みがあった。

女は二十四、五に見えた。帽子もオーバーも手袋もコバルトブルー一色で、それが、いかにもお嬢さんといった華やかさだが、さっきから一度も笑いを見せないせいか、印象では彼女を一つ二つ老けさせていた。

二人は恋人同士には見えなかった。夫婦、兄妹、それに職場の同僚——二人の間柄は、そのどれにも当て嵌《は》まりそうになかった。一目でそうと察せられるのは、この男女が現在、決して幸福ではないということだけだった。

女はこの休憩所で、ついに一言も口にしなかった。男の方は、それでも二度ほど口をきいた。店の女に、

「ジュースを二本……」

と、注文した時と、やがて椅子から立ち上りながら、

「行きましょうか」

と小声で、女を促した言葉、この二言である。

男に声をかけられると、女は小さく頷いて機械的にハンドバッグへ手をのばした。どこへ行く——という意志の働きは、女にはないようであった。この女の思考には、どこへ行くとか、何をするとかいう未来形のものは一切ないらしい。『現在』という時点にいるだけで、彼女はその前後に目を向けようとはしないのかも知れない。

立ち上った男の背は高かった。それで、俯《うつむ》きかげんに歩き出すと、彼は猫背になった。女は逆に、やや仰向きかげんに白い顔を上げて男に従った。二人は葬列の最後尾を歩いて

行くような足どりで、休憩所を出て行った。

「またどうぞ！」

店の女は弾《はじ》かれたようにガラス戸へ駈け寄って、乱暴にカーテンを引いた。

戸外に出た男と女は、強い風を正面《まとも》に受けて一瞬たじろいだ。波の音が俄《にわ》かに大きくなり、切れ目のない風の悲鳴が、二人の耳を膜で塞いだようだった。

男は先に立って、休憩所の前から鳥居がある方向へ歩き始めた。女は左手でひるがえるオーバーの裾を押さえ、右手を合わせた襟元に当てて、男の後を追った。二人は帰路についたのではなかった。鳥居をくぐると、道は細くなり、断崖沿いに海へ向かってのびているのだ。

右側には熱帯植物のそれに似た細長い葉が繁茂していて、左側は灯台の土台になっている土手であった。道は急勾配に下り、やがて右側の樹林が杜切《とぎ》れると、はっと息を呑むほど広大に視野が開ける。黒い原野のような海が、無限の展開を見せているのだ。斜め背後に小さな岬が重なり合って、それらの断崖の裾のあたりだけに波の白さがあった。打ち寄せる波の白さが、線を描いたように殆んど静止して見えるのは、それだけ、この二人の立っている場所が海面より高いからであった。

道は更に下り、岩石が粘土細工のように積み重ねられた間を縫って、やがて岬の尖端に通じている。二人は風に逆らいながら、少しずつ進んだ。波の音はすでに海鳴りに近かった。風は膨大な空気の移動となって、人間の呼吸を圧迫した。それらの自然の現象は、怒り狂っているというより、当然の義務としてそうしているようだった。

岬の尖端にたどりついた時、二人は自分たちが陸地にいるのではなく、海の中にいるという錯覚に落ち入りそうであった。背後を振り向かない限り、視界は全て海と空だけだったからだ。

恰度《ちょうど》、大洋を航海中の船の船首に立ったのも同じだった。首を左右にめぐらしても、海と空を区切った水平線以外に目に触れるものはないのだ。

男と女は、この雄大な光景に、長い間見入っていた。風と波の音はあった。しかし、それはむしろ静寂の音とでも言うべきだった。

夜、この岬の尖端へくるような人間は一人もいないだろう。そして、人の手によって作られたものは、何一つないのだ。二人は、この瞬間全ての人々から隔絶された世界にいた。そこで初めて、二人は隔絶された世間のこと、そこで過して来た自分たちのことを、振り返ることが出来たのだ。

女は吹き飛ばされそうになる帽子をぬいだ。同時に、彼女の髪の毛は殆んど水平に、後へ流れ散った。男のオーバーの襟は、幾度立てなおしても、すぐ折り返された。

間もなく二人は、風のなすがままに任せた。尾を引いて流れる星のように、二人の身体にまとった全てのものが、後へ後へとなびいて乱れた。

男も女も、目を細めていた。

伊豆半島の最南端、石廊崎《いろうざき》の尖端に立って、この二人はまるで、大自然の洗礼を受けているようだった。

強風に海は荒れていた。ところどころに黒いうねりがあった。そのせいもあるのか、また風によって二人の身体が安定しないためなのか、水平線が傾いているように見えた。それは暗い傾斜であった。

二

東京、港区の麻布狸穴《まみあな》と六本木の中間に、小さな交叉点がある。狸穴の方角から来て、これを右へ折れると、住宅地にしては緑の樹木が少ないし、商店街にしてはさびれすぎている一角に行きあたる。

三河台町の一部なのだが、この界隈だけは妙にくすぶっている街並だった。コンクリート塀に囲まれた空地があると思うと、その隣りに新築の魚屋が、開店祝いの花環を並べていたり、白く埃《ほこり》をかぶった老朽家屋と、三階建ての月賦デパートが向かい合っていたり、住人と商店の適材適所については全く無統制な街であった。

太平製作所は、その無統制さの象徴のように、軒を並べた平家建ての人家に密接して、古ぼけた社屋と工場の屋根を見せていた。

太平製作所は、東京酸素の下請会社で、主にボンベの口金部分を製造している工場である。株式会社ということにはなっているが、一昨年までは資本金が五千万円という中小企業で、株の七十パーセントは社長が握っているという、いわば個人会社に毛の生えたような工場だった。

工場の敷地も千坪あまり、工場三棟を除けば、事務室、会議室、社長室のある、二階建て、モルタル建築の社屋があるだけだった。

一月八日の朝、太平製作所へ出勤して来た松島順二は、工場の門へ通ずる狭い路地に、数台の自家用車が駐車しているのを見て、緊張感に頰を硬《こわ》ばらせた。

今日、朝九時から異例の株主総会が開かれることは、松島順二も前もって知っていた。だが、ここに駐車している車の持ち主たちが株主の一部の者たちだと思えば、松島の気持が平静であるはずはなかった。

これらの株主たちは、総会が開かれる定刻九時より三十分も早く、すでに会社へ乗り込んで来ているのだ。これは株主たちが今日の総会に、極度の関心を抱いている証拠にほかならない。

株主総会が朝の九時から開かれるのも異例なことだし、その株主たちが、社員である松島より早く集まって来ているのも前例のないことだった。それよりもまず、以前の株主総会のように委任状持参の代理人が多かったのと異なり、株主たち自身がこうして車で乗りつけてくるということに、驚かなければならないのだ。

松島は崩れかけた松飾りを横目で捉えながら、工場の門をくぐった。守衛が会釈するのに目だけで応えて、三十歳の総務部長松島は右手にある社屋へ、半ば小走りに入って行った。

今日の事態を敏感に嗅ぎとっているのか、事務室にいた社員たちは窺うような目つきで、お早うございます、と松島に挨拶した。

松島は『総務部長』という標示のある自分のデスクにカバンを投げ出しただけで、そのまま足をとめずに、事務室を横切った。彼は自分を社員たちの視線が追ってくるのを、背中で感じた。

いつもならば、総務部長の席について、まず工場長と仕事の予定うち合わせを電話連絡する松島である。その彼が、自分の席の前を素通りした。社員たちが、この異常に興味を抱くのは当然だった。

それに、事務室を横切った松島が、どこへ行くのかは誰の目にも分かることだった。事務室には、出入口のほかにドアが一か所あるだけなのだ。そのドアは、社長室へ通じているのである。

松島はドアの前に佇んで、落ち着け、と自分に囁いてからノックした。

「はい……」

社長室の中からは、事務的な応答があった。松島は開いたドアの隙間に素早く身体を滑り込ませると、なおも彼の背中に喰い込んでくる社員たちの視線を断つように、勢いよくドアを閉じた。

「お早うございます」

松島は向きなおると、言葉だけの挨拶をして、社長のデスクに近づいた。

「ああ、松島さん……」

社長の汐見《しおみ》ユカはそう言って、回転椅子に張っていた肘ごと、肩をガクッと落した。多分、松島がドアをノックするまで、汐見ユカはデスクに顔を伏せていたのだろう。ユカの白い額《ひたい》に、スーツの袖ボタンの跡らしい赤い斑点が残っていた。

朝からデスクに顔を伏せていたということは、ユカがいかに苦悩と疲労に虐《さいな》まれているかを物語っていた。そう言えば、いつもは少女のように澄んでいる彼女の眼が、今朝は充血していた。三十二という年齢にはとても見えない艶のある顔の皮膚にも、虫眼鏡で拡大した肌のように小皺が目立って刻み込まれている。

松島はふと、ユカに何と言えばいいのか、言葉を探して口ごもった。

「遅いのね……」

ユカはデスクの上で組み合わせた指を瞶《みつ》めて言った。

「週刊誌の記者だと称する男が、今朝アパートまでやって来てね」

松島は、スプリングがカバーの下まで飛び出しているソファに腰を下した。

「それで……？　何か喋ったの？」

「喋るはずがないだろう。三十分ばかりネバられたけど、ぼくは知らぬ存ぜぬさ」

「そう……」

ユカは松島の方を見ようとはしなかった。ユカの顔に表情があると、何とも言えない家庭的な、温か味のある容貌に見えるが、今のように無表情でいると、彼女は一変して、冷やかさそのものという感じであった。目は女らしく愛くるしいが、顔立ちは整いすぎているというせいだろう。

もっとも、今朝のユカの表情が穏やかであれば、それはかえって不思議なことだった。

「もう、株主が二、三、集まっているようだけど……？」

松島は思いきったように、顔を上げた。

「ええ。芝沢さんと久留目さんね。そのほかに、業界の専門家らしい人も来ているわ。間もなく新聞、週刊誌の記者、証券会社の人たちが、傍聴に押しかけてくるでしょうね」

ユカは他人事のように言った。そういう口ぶりになるのは、ユカが事態収拾をある程度あきらめたからではないか、と松島は不安を覚えた。

「どうするつもりです？」

松島は思わず、引きつけられるようにユカの横顔に視線を据えていた。

「どうするつもりって……？」

ユカは固定させた顔を動かさなかった。

「総会で、方針通りやるんですか？」

「勿論よ」

「見通しは？」

「何の？」

「勝敗の……」

「勝敗？」

「そうですよ」

「そんなこと、関係ないわ」

「どうして？」

「じゃあ、訊くけど……。わたくしが株主総会で、経営責任者としての方針を押し通すということが、どうして勝敗に関係があるのかしら？」

「ユカさん、もし、あなたの主張が通らなかったら、あなたは明らかに負けですよ」

「………」

ユカは沈黙した。言葉に窮したのである。その白けた横顔を凝視しているうちに、松島は、彼女と交渉が続いたこの十年間というものが、俄かに短縮されて行くように感じた。

そう言えば、松島はユカとの間に交わされた言葉が、社長と総務部長がやりとりするそれらしくないことに気づいた。

社長に対する態度をと心掛けられるほど、松島の気持に余裕がないのかも知れない。そういう形式にこだわることの出来るのは、二人の日常に何の起伏もない時なのだ。嬉しいにつけ苦しいにつけ、生《なま》の感情を剝《む》き出しにするような場合には、松島とユカの関係は社長と総務部長というものではなくなってしまう。それで二人の、親密度を計ることも出来るのだ。

《われわれの関係とは、一体何んだろうか……？》

松島はつい、そんな余分なことを考えたくなる。

「わたくしの主張が通らなかったら、一体、どうなるのかしら」

ユカが思いなおしたように言った。

「結局、社長退陣を迫られるな」

松島は短くなった吸さしの火を二本目の煙草の先に移した。二坪ほどの狭い社長室の空気は、煙草の煙りで薄紫色に染まっていた。

「そんなこと、ごめんだわ」

ごめん、というところにユカは強くアクセントを置いた。

「しかし、そうならざるを得ないよ」

「厭よ。わたくしはこの会社を手放すことは出来ないわ」

「何も手放すわけじゃないさ。ユカさんはこの太平製作所の大株主だからね」

「生みの親より育ての親っていうのは、何も子供の側から見た言葉とは限らないわ。親の方にしたって、子供というものは産んだだけではなく、育て上げるから可愛いのよ。この会社は、わたくしの子供よ。株主として遠くから眺めているだけなんて、とても耐えられないわ。直接の経営者として、つまり、わたくし自身の手でこの会社を育てて行きたいのよ」

「そのユカさんの気持は、よく分かる。しかし、世間というものは、特に実業界というものは、そう甘くはないだろう」

「わたくしの考えが、甘いとでも言うの？」

「いや、個人の感情を理解して、それを受け入れてくれる、というような余裕は生存競争の中にない、と言いたいんだ」

「でも、わたくしの場合は別よ。わたくしがどんな気持で、どんなに苦労してこの会社を作ったか、松島さんがいちばんよく知っているはずじゃないの」

「よく知っているよ。だがこの会社には、特別ということは通用しないと思う」

「とにかく、わたくしはこの会社の経営から手を引くことは出来ないわ」

ユカは吐き捨てるように言って、回転椅子から立ち上った。松島はユカのデスクの上にある、小さな額写真へ視線を移した。写真には中年の男女が、いかにも被写体だというふうに四角張って写っていた。写真は相当に古く、七分通り黄色ずんでいる。写真の男女はユカの両親だった。

「しかしね、ユカさん。今日の総会に、本当に三津田さんを引っ張り出す気でいるのかい？」

松島は、窓際に立ったユカの背中に言った。彼女の肩越しに、チョコレート色のビルの上半分が見えていた。郵政省の庁舎だった。その向こうには、東京タワーの朱色に近い鉄骨の交叉が突き出ていた。

「そのつもりだわ」

しばらく間を置いてから、ユカは答えた。

「新聞で報道されたような不正な点はないんだし、わたくしにだって後ろ暗いところは少しもありませんからね」

「そう……」

松島は暗い気持になった。ユカの言うように、何の不正事実も後ろ暗さもないのだ、とは松島に断言する勇気がなかったのだ。三津田誠《まこと》という無名の一発明家の言葉を、額面通り受け取っていいものか、松島には大きな不安があった。

まして、その三津田の新発見というものを真に受けたユカが、株主たちのペテンだという非難に正面から対立することは、非常に危険なのである。

その危険も承知の上で、あえて自分の主張を押し通そうとするユカの焦る気持は、松島にも頷ける。だが、ユカは、その執念に近い意欲のために、無理な背のびをしすぎているようだった。

確かに、棚の上の目的物はユカの指先に触れている。しかし、ユカの背のびによって、その目的物は彼女の頭上へ落ちかかっているとも言える。

松島は、見るに見ていられないような不安に、目を固く閉じてしまいたかった。

「ぼくは反対だ……」

彼は、幾ら反対してもユカの意志は翻《ひるがえ》らないと知りながら、そう口にしないわけには行かなかった。

「どうして反対なの？」

ユカは窓の外へ目をやったまま、肩だけを聳《そびや》かした。

「三津田さんの新発明というものの信憑《しんぴょう》性に不安がある」

「わたくしは、三津田さんの研究結果を信じているわ」

「心から？」

「そう」

「しかしね、それほど真実性のある話なら、なぜ世間が疑惑の目を向けるのだろう」

「同業者の中傷や誹謗《ひぼう》というものがあるわ」

「それだけのことで、警察が内偵を始めるかな」

「警察？」

ユカは振り向いた。ひそめた眉に、初めて不安の色が露骨に表れた。

「今朝アパートへやって来た週刊誌の記者から聞いたんだ」

「警察が、何の容疑で調べるっていうの？」

「詐欺容疑か、または証券取引法違反の容疑だということだ。警視庁捜査二課の会社事犯取締班が乗り出したらしい」

「そんな馬鹿な……！」

「何でも、うちの社の株の売買で苦渋を甜《な》めた大衆投資家たちが、捜査二課に泣きついたという話だった」

「うちの社……いいえ、わたくしのしたことが、どうして刑事事件になるのかしら？」

「ユカさんも知っているだろうと思うけど、証券取引法の一九七条は、罰則項目だ。一九七条には確か、相場の変動を目的とした不正行為の規定がある」

「じゃあ、わたくしが相場の変動を目的に、不正行為をやったというわけ？」

「という容疑らしい。つまりユカさんは、有価証券の相場の変動を目的に、いわゆる風説を流布し、偽計を用いたというんだ」

「誤解だわ！　ひどい誤解よ！」

「ぼくも誤解だと信じている。だけどね、誤解にしろ、警察まで動き出すようでは、世間のうちの社に対する不信感は、相当に根強いものなのだ。この原因は、ユカさんの責任にあるのではなくて、三津田さんの新発明というものの信憑性にかかっていると思うんだ。だから、ぼくは心配している」

「結局、三津田さんの発明が出鱈目《でたらめ》でもインチキでもないということがはっきりすれば、誤解は一掃出来るというのね」

「そりゃあそうだ」

「だから、わたくしは今日の総会に三津田さんを出席させることにしたんじゃないの。総会の席上で、三津田さんの新発明について、彼自身の口から発表させるわ」

「それが危険だと、ぼくは言ってるんだ。そんなことをすれば、また相場変動の偽計だなんて言われるじゃないか」

「だから、三津田さんの発明が正真正銘だと立証出来ればいいんでしょう？」

「しかしねえ、三津田さんの新発明だという〝空中窒素の固定の企業化〟ってやつは、三津田式のように安価簡便な技術だけでは、とても不可能だし、第一、それを企業化するためには、まだまだ研究を重ねなければならないって、専門家たちが口をそろえて批判していないという話じゃないか」


いたじゃないか」

「不可能だということから、新しい発明が生まれるのよ」

「だがね、三津田さんという人は、町の発明家であって、理科系の専門学校さえ卒業していないという話じゃないか」

「そんなことは問題じゃないわ。わたくしは三年前から、三津田さんに二千万円のお金を注ぎ込んで、あの人の好きなように、あらゆる種類の新発明の研究をやらせて来たのよ。三津田さんにしたって、今更わたくしを裏切るようなことをするはずがないわ」

「ユカさんのそういうところが、誤解を招く一因だったと、ぼくは思うんだ。海のものとも山のものとも分からない発明好きな男を雇って、あんたの一存で二千万円の金を注ぎ込む……。この話を詳しく知っているのは、恐らくぼく一人じゃないかな」

「二千万円のお金は、わたくしが個人的に借りて来たものです。会社に何んの迷惑もかけていないわ。それでもわたくしは、三津田さんの発明を、黙って会社に提供しようと思っていたのよ。二千万円を工面して来たのは、わたくし個人の責任。だけど、その成果は会社のもの。わたくしとしては、犠牲的な気持でやったことだわ。それも、会社が可愛いから、何とかして発展させたいからなのよ」

「ユカさん、あんたは焦りすぎるよ」

「そう……」

ユカは怒ったように、クルリと松島に背を向けた。松島の言葉は、ユカ自身が感じていることを指摘したようだった。事実、焦っている自分を、ユカは隠したいに違いなかった。

「わたくしとしては、そのくらい会社のことに夢中になるのは当然だと思うけど……」

彼女は弁解するように、そう附け加えた。

「うん。あんたの、その執念のような事業に対する熱意には敬服する……」

松島は、部屋の中を歩き回るユカを顔全体で追った。

「だけどね、熱意だけでは事業は持続出来ないだろう。あんたも、たまには感情抜きで、事業の行き先を考えるべきだよ。あんたの事業に対する意欲は、まるで復讐心みたいに感情的なんだ」

「そう、そうね。わたくしが仕事に打ち込む気持って、一種の復讐心ね」

ユカは天井へ向かって、自嘲的に言った。

「この会社を発展させることが、亡くなった父や母のために、復讐を遂げるようなものなんだわ」

「復讐するその相手は、一体、何なんだ？」

「分からない……一口には言えないわ。とにかく、父と母は、まだ子供だったわたくしや妹を残して、夫婦心中を遂げたわ。子供たちを道連れにはしたくない、どなたでも結構だから子供たちをよろしくお願いします、って遺書を残して……父と母は、隅田《すみだ》川へ身を投げたのよ。一メートルと泳げもしなかった父と母が、それも真冬の隅田川の水の中へ……。わたくし、その時まだ八つだった。でも、はっきり覚えている。水から引き揚げられた父と母の、ドロ人形のような死体……わたくしはただ恐ろしさにブルブル震えていたわ」

この話は、ユカの口から、松島も幾度か聞かされていた。

そのユカの両親は、両国橋附近で小さな町工場を経営していたのだ。戦時中であり、十人ばかりの女工を使って軍手《ぐんて》の製造をやっていたのである。だが、母親の病気と同業者の悪質な事業妨害に遭《あ》って、経営不振に落ち入り、女工が二人、三人と減って行き、ついには倒産してしまったのだ。

この時、ユカは八歳、生まれたばかりの妹が一人いたが、妹は間もなく養女として、どこの誰とも分からない他人に貰われて行き、ユカは母方の血縁者に引き取られたのである。

「わたくしは、父が何かにつけて繰り返しこぼしていた愚痴《ぐち》を覚えているわ。二十年来やっているおれの工場は、一向に発展しない、せめて子供にその望みを託したいのだけど、二人揃って娘では……というような意味のことよ。わたくし、子供の頃、友達が看護婦になりたいとかバスの車掌になるんだとか言ってると、いつも大きな会社の社長さんになるんだって口を出しちゃあ、みんなから笑われたわ。わたくしはただ、子供の頃の夢を実現させようとして懸命になっているだけなのよ。父や母が、あんな悲惨な死に方をしたのは、運命だったのかも知れない。それとも父が無能だったのかも知れないわ。とにかく、運命だったにしろ、父の無能のせいにしろ、わたくしが事業に成功することは、父と母を死に追いやった何かに対する復讐のような気がするの」

ユカの熱っぽい口調を耳にしているうちに、松島は重苦しいものを胸の中で膨脹《ぼうちょう》させていた。両親の異常な死が、その娘であるユカに奇妙な復讐心を植えつけたことは、観念的にではあっても頷ける。だが、そのユカがあえて父の二の舞いとなることも覚悟の上で、遮二無二、事業拡大を心掛けるのは不思議であった。父が失敗しているだけに、ユカは慎重になるのが当然だった。

古風な表現をすれば、これが因縁というものなのだろうか。それとも、親子を結ぶ血というものが、こうした葛藤の繰り返しを強いるのだろうか。とにかく、ユカの情熱は事業の成功に注がれているとは、松島の目に映らなかった。むしろ、挫折することを望み、そうなってから再起することによって、両親を死へ追いやった何かに報復しようとしているようだった。

今日、太平製作所の社長としてのユカが、このような窮地へ追い詰められたのも、彼女の乱暴とも言うべき事業発展計画に、その原因があったのだ。それは、ユカの焦りによるものと解釈すべきだったが、あるいは絶体絶命の窮地に自分を追い込み、それに挑戦したいという意欲がそうさせたのかも知れなかった。

三

三津田誠という男と知り合ったのは、彼の死んだ妻が女学校時代の同窓生だったのが縁だ、とユカは言う。

三津田がユカを頼って、静岡から上京して来たのは三年ほど前である。

「こんな中途半端な年では、就職も出来ないし、明日からどうして食べて行ったらいいか……」

三津田はユカの顔を見るなり、縋《すが》りつかんばかりにそう言った。服装も髭《ひげ》がのびた顔も浮浪者と少しも違わなかった。妻は一年前に死んだという。ユカはすっかり同情してしまった。気弱そうな三津田の眼差しに、実直さが感じられたし、彼一人ぐらいなら雇ってやってもいいという気になって、ユカはいろいろと事情を訊いてみた。

この時の三津田は三十六だった。これという特技もなく、肉体労働と客に接する仕事は全く苦手だという。そうかと言って、ソロバンや簿記なら出来るというわけでもない。

「今日まで、どんな職業をやって来たんです？」

ユカは少々あきれながら、そう言った。すると、三津田は、学生時代から発明に凝って、静岡に三津田技術研究所というものを作り、決して裕福な暮しとは言えないが、とにかくそれで生活して来た、と答えた。三つ四つの特許をとり、幾つかの会社へ売ったこともあるという話だった。

ユカは大した期待も持たずに、

「今でも、何か研究して新発見をする目当てはあるんですか？」

と訊いてみた。

「あります」

三津田は即座に頷いた。この時、彼の目が意欲的に輝くのを、ユカは見てとった。

「どんなことなんです？」

「空中窒素の固定を企業化するんです」

「それは、どんな企業になるんですか？」

「つまり、肉類または魚などの食料品を乾燥させて貯蔵するんです。この研究は、わたしの生涯を賭けてのものなんですよ。わたしは残った生命と引き換えにでも、是非、この新発見を実現させたいのですが……」

ユカは、初めて発明家というものに出会って、この三津田に興味を抱いてしまった。同時にこれからの企業には、新発見や技術研究が最も必要なのだ、という業界紙の記事がユカの頭にひらめいた。

大企業はそれぞれ、すでに高額な予算と完備した研究所を作り、百名以上の研究員を置いたり、大学の研究室に協力を依頼して、技術革新に努めているという。

小企業の悲しさで、太平製作所にはとてもそれだけの資力はなかったが、三津田一人を会社所属の技術研究員にするくらいのことなら、自分個人の力でも可能ではないか、とユカは思いついた。

大企業で働く研究員と、浮浪者同然の姿で転り込んで来た三津田とでは、知識の点で差はあっても、町の無名発明家という、いわば職人気質のその根性が、サラリーマンより意欲的に違いないと考えたし、もしかすると、思いもよらなかった新発見に成功するかも知れない、とそんな新鮮な期待もあったのだ。

もし三津田が新発見に成功すれば、太平製作所も一躍、大会社に発展する、ということがユカにも堪まらない魅力だったのだ。

ユカは一度決心すると、すぐ実行に移さなければすまされないという性格だった。彼女は目黒の柿ノ木坂にある自宅の庭に、十坪ほどの研究所を建てた。それに三津田が必要だと言う研究機具や材料も、全て揃えてやった。研究費は、三津田の要求額通り、年間予算で工面した。このために、ユカは二千万円に近い債務を負った。非常な冒険だとは思ったが、三津田が必らず成果をあげてくれるという、確信めいた予感があったのだ。とにかく、三津田が一応の新発明に成功すれば二千万円ぐらいの借財は清算出来るはずだ、とユカは考えていたのである。

「空中窒素の固定の企業化に成功する見通しがつきましたよ」

こう三津田が知らせて来たのは、昨年の四月だった。

ユカが大声で笑いだすほど喜んだのは当然だった。だが嬉しさのあまり、このことをユカが業界紙の記者に喋ったのが、そもそもの失敗だった。

それから間もなく、東京酸素の技術員が、三津田新発見の真偽を糺《ただ》しに、ユカを訪ねて来た。食品会社からの問い合わせも、数件あった。それに加えて、太平製作所の大幅増資と、三津田の新発見に関する記事とが、同時に業界紙に載ってしまったのである。

反響は大きかった。まず一流新聞がこれをとり上げて、『特殊な技術によって空中窒素を固定。魚肉類の貯蔵に革新時代か。太平製作所の研究員が新発明』と、大きく報道したのだ。

すると、別の新聞がこれに対抗して『太平製作所研究員の新発明に疑問。空中窒素の固定は、一流会社N酸素で、すでに発明』という記事を載せた。

反響は別の面からも作用し始めた。太平製作所の株価が、増資新株つきにもかかわらず急騰して、殆んど投機的な動きを見せ始めたことである。かつては六十円搦《がら》みだった株価が、数か月の間に二百円台を維持するようになった。

ことが思ったより大きくなり、新発明はすでに完成しているような噂が世間に広まったのに驚いた太平製作所では、緊急株主総会を招集して、ユカの考えを問い糺すという騒ぎになった。何しろ、株主は勿論、会社の幹部たちも、ユカが三津田を雇って技術研究員にしたこと、三津田が何の発明に研究を続けていたかということなどは、全く知らされていなかったのである。寝耳に水で、太平製作所の研究員が画期的な発明に成功したという報道を聞かされたのだから、彼等が呆っ気《あけ》にとられるのは当然だった。

三津田が、ユカの依頼によって新発明の実現に努めているということを知っていたのは、当事者の二人以外に、松島順二きりだったのだ。

株主総会の大半の意見は、三津田の発明はまだその途上にあるのだし、あまりに株価が値上りしすぎるのは不安だから、とりあえずユカの口から新発見成功を否定するように、ということだった。

ユカは総会の意見に従って、証券取引所の証券課長に、『新発見に成功したという世間一般の噂は事実無根で、あれは業界紙の記者に、こういうものを研究したらと雑談の中で話したことが、誤り伝えられたのだ』という否定の電話をかけた。

しかし、こんなことをしても、太平製作所の株価は一向に値下りしなかった。各方面からの問い合わせにも、ユカは繰り返し否定の言葉をのべたが、株価の変動はなかった。

仕方なく、証券取引所に値幅制限をやらせた。しかし、一時は百円台に値下りしたが、すぐまた元の二百円台に戻ってしまった。

二か月後に、大企業が太平製作所の株買占めをしているという噂が飛び、再び百円台に下ったが、それも束の間で、あっという間に再び二百円台に逆戻りした。

三津田の新発明成功説の噂は、相変らず盛んであった。これに業を煮やした株主たちは昨年暮れ、株主総会を開いて真相を明らかにするよう要求して来た。その席上で、三津田から新発明について具体的な説明を聞きたいというのである。株主たちの言い分は、会社の幹部さえ知っていない三津田の新発明というものが、すでに完成されたとして世間に流布されているようでは、太平製作所の信用にかかわるということだった。

その頃の新聞には、事実、三津田の新発明は眉ツバものだという記事が、しばしば載るようになっていた。

『悪質な詐欺行為か。太平製作所の新発明成功説』

『成功を発表。しかし研究員の姿は見えず。そして今度は成功を否定。わけの分からない新発明』

『株価変動が狙いか。ペテンの疑い深まる』

このような記事が、目立って多くなったのである。

ユカは結局、この要求に応ずるより仕方がなかった。株主たちの要求が、決してスジ違いのものではなかったからだ。総会には、株主ばかりではなく、証券会社の社員、技術界の専門家たちが傍聴者として参加するということも、ユカは承認せざるを得なかった。

ユカはこの総会で、一切の経緯を説明して、株主たちを納得させるという。だが、それには三津田の新発明が、確かなものであるということを立証しなければならない。そうしない限り、株主たちは、ユカの引責退陣を迫るだろう。まさに、ユカは窮地に追い込まれていたのである。

四

社屋二階の会議室は、開幕直前の劇場のような静寂を保っていた。矩形に繋ぎ合わされたテーブルを、三十人近い株主や委任状を持った代理人たちが、心持ち緊張した面持ちで囲んでいた。その背後には、傍聴者が殆んど立錐《りっすい》の余地もなく詰めかけていて、重なりあった顔は、文字通り鈴なりの果物のようであった。

正面の席には、ユカと二名の取締役が並んでいた。更にその脇には司会役の松島が坐り、マイクが彼の目の前に備えつけてあった。

壁の電気時計は九時二十分をさしていた。開会定刻の九時は、とっくに過ぎている。

松島は会場のこの静けさに、圧迫感を感じていた。多勢の人間の息使いや咳ばらいが、この場の空気を極度に張り詰めさせているのだ。私語の囁《ささや》き合いや、饒舌が全くないことが、雰囲気に弛みを作らないのである。松島は、開幕のベルが鳴り終り、劇場内の灯が消えて、今まで雑音のように聞こえていた観客たちの話し声が、潮の引くように遠のいて行く、あの一瞬の静寂を思い出した。

　この時、ユカがチラッと松島の方を窺《うかが》った。彼女は、どうやら松島の隣りの席へ目をやったようだった。松島の隣りは、未だに空席のままであった。ここは、三津田の席なのである。

《遅刻するにしても、もう二十分だ……》

　松島も、胸の奥で不安が痙攣するのを感じた。肝腎《かんじん》な三津田が姿を現わさないのだ。やむを得ない事情があって遅れているのか、それとも故意に姿を隠したのか分からないが、いずれにしても三津田がこの場に現われない限り、ユカの失脚はまぬかれられない。

　松島はユカを見返した。口紅をぬっただけで、化粧気のないユカの顔色は、普段よりも更に青白くなっているようだった。表情こそ冷静さを保っているが、テーブルの下で彼女の脚が小刻みに動いているのを、松島は見た。

「早く開会しろ！」

　会場の一隅で、そんな大声が聞こえた。ようやく、人々は三津田が出席しないために開会が遅れているということを察したようだった。最初から三津田の発明などインチキだと決めつけていた連中にとっては、絶好の攻撃目標であっただろう。

「三津田は逃げたのか！」

「社長が隠したんだろう！」

最初の声に呼応して、そんな野次が飛んだ。静寂はその一隅から崩れ始めた。

松島は顔から血の気が引いて行くのを、はっきり感じた。胸の中だけが、焼けただれるように熱く、心臓に鋭いさし込みを覚えた。

松島はユカを、遠くのものを眺めるような目で見た。彼が危惧していたユカの危機は、やはり本物になりそうだった。

松島の気持に、肉親と死に別れる時のような悲痛なものがあった。それは、一種の感傷かも知れなかった。十年間というユカとの附き合いの、その歴史が、彼女の敗北を悲しませるのだ。

松島の脳裡に、さまざまな記憶が甦《よみがえ》った。十年前のまだ学生服姿の自分と、渋谷の小さなバーの女給であったユカの顔が浮かび、二人の待ち合わせ場所だった原宿駅のホームを思い出した。次に松島の結婚式に列席した時の、ユカの母性的な温かい眼差しが、それに代った。

考えてみれば、この十年間のユカとの附き合いは不思議なものだった。最初のうちは、確かに恋愛感情が二人の絆《きずな》だった。だが、二人は肉体的には、ついに結ばれなかった。その後は今日まで、極く親しい友人という関係が続いた。

そうは言っても、同性同士の友情とは、また違っていた。松島は現在の妻と結婚した後も、ユカと接している時は、常に彼女に異性を意識していた。恋愛感情を抱きながら、結ばれる機会を逸して、そのままズルズルと知人関係を保って来た男女というものは、こうなのかも知れなかった。つまり、肉親に対する愛情に近くなり、同時に肉親同士にはない甘い思い出というものに支えられている間柄なのだろう。

「やっぱり、株価変動の陰謀だったのだ！」

「社長！　正直に答えて下さい！　何とか理由をつけながら、結局隠密作戦っていうやつで、自社株操作をやったんでしょう」

「はっきりしてくれ！　インチキならインチキだって。そうじゃないと、おれたち大衆投資家が、いちばん泣きを見るんだ！」

怒号に近い声は、次第にその数を増して行った。会場は騒然となって、混乱を防ぐには手遅れという状態だった。

「汐見社長に質問します！」

この時、透きとおった若い女の声が、混濁した人声の中を、直線的に走った。

「わたくし、矢崎幸之介《こうのすけ》の娘です。今日、父の代理として、ここへ参りました」

女は歯ぎれのいい口調で言った。その言葉で、会場は俄かに静まった。一つは、発言者がまだ二十三、四の若い女であり、それとは別に、矢崎幸之介の娘、だということが会場にいる人々を沈黙させたのである。矢崎幸之介は太平製作所の大株主であり、また金融業者としてその方面では名を知られている人物だったからだ。

「わたくし、汐見社長に是非、申し上げたいことがあるんです」

矢崎久美子は立ち上って、斜め右に身体の向きを変えた。これで、正面の席のユカとは一直線に向かい合ったのである。

この時松島は、ユカの顔色が蒼白に変っているのに気がついた。口紅をぬった唇が目立って赤かったので、それが引き吊るように痙攣するのも、はっきり見てとれた。矢崎久美子の発言を、ユカがこうまで恐れたというその理由は、松島にも分からなかった。

「汐見社長、お立ちになったらいかがですか？」

久美子は鋭く言った。まるで自分との対決を命ずるような語調だった。他の発言者とは違って、久美子の視線にはユカに対する敵意が含まれていた。松島は息を呑んだ――。

五

汐見ユカは、矢崎久美子の厳しい眼差しに引きずられるように、ノロノロと立ち上った。椅子は瞬間的な音ではなく、間のびした軋《きし》みを会場に響かせた。

ユカは久美子に圧倒されている――と、松島は判断した。勝気な性格のユカが、こんな小娘に圧倒されるからには、久美子に対してそれ相当の借りがあるのではないか、と松島は胸の中で首をひねった。

会場は静寂を保っていた。誰もが、この二人の女の対決に、不安か、そうでなければ野次馬的な興味を抱いているのだ。窓ガラスを通して射し込む午前の柔かな陽光だけが、睡気を誘うように、ひどく悠長な感じであった。

「まず質問致します。はっきり答えて頂きます」

久美子の金属的な声が、言葉が紋切り型であるだけに尚更、刺すように人々の耳に飛び込んだ。

「汐見社長は、今度の事件に関して、どういう方法で責任をとるお考えですか?」

「責任……?」

ユカは焦点を定めないような目で、久美子を見返した。言葉つきでは、ユカは緊張はしていても興奮はしていないようである。松島はその点で、僅かに安堵した。

「そうです。責任です」

久美子の声が、ユカのそれにかぶさった。

「まだ責任を云々するほどの段階ではないと思いますから、どんな責任をとるか考えてはおりません」

「厚かましいと思います」

「なぜでしょう?」

「汐見社長は株価変動を目的として、ありもしないインチキ発明の噂をバラ撒《ま》いたのでしょう？　企業経営の責任者として、立派な背信行為と言うべきです」

久美子はハンカチを鼻柱の脇に当てた。形よく薄手の唇と、大きく黒目がちな瞳が、濡れているように見えた。やはり、この年頃の女として多少は興奮気味なのだろう。『背信行為』という彼女の言葉に、「そうだ、その通り！」と野次が飛ぶと、久美子は勢いづいたように首を振って、長目の髪の毛を肩へ散らした。こんな仕種《しぐさ》にも、彼女が平静さを失なっている感があった。

「インチキ発明というのは、少し度の過ぎる表現だと思いますが……」

ユカは冷やかに対応した。彼女の方は、ハンカチを両手で弄んでいる。無意識にやっていることなのだが、ユカの指先はハンカチを四角や三角や、あらゆる形に絶えず変えていた。

「それに、わたくし、まだどなたにも迷惑をかけてはいないつもりですけど……」

「そういう考えでいるから、あなたは無責任だと言いたいのです。現に、多数の大衆投資家が迷惑しているじゃありませんか。株価の高い時に買わされ、最近になって急に値下りが始まった。一般投資家が非常に不安を感じている。このことだけでも、あなたは道義的な意味で責められるべきです」

「でも、それはいわば偶発的な副作用で、わたくしが計画的に株価の変動を狙ったわけではありません」

「いいえ、あなたの意図は、だいたい察しがついております。新発明の噂を撒いておきながら、あなたは公けにはそのことを否定し続けたでしょう。それなのに株価が落ちなかったのは、買い占めに近い買いが、誰かによってなされていたからに違いありません。それどころか、あなたは、値幅制限やら買い占めの兆候があるなどという口実で、二度も株価を下げさせました。あなたは、こうして値を下げては買う、というアクドイやり方で金儲けを計った——そう言われても仕方がないあなたの一連の動きだったのです」

「誤解というより、まるで中傷ですわ」

ユカは、やや声を高くした。

「わたくしはただ、全て会社のために、常識的に動いただけなのです」

「では、なぜ発明者の三津田さんが、今日のこの重大な総会に姿を現わさないのですか?」

久美子は、切り札とも言うべき質問を持ち出して来た。そのわりに彼女が意気込んでいないのは、会場にいる誰しもが、この質問は決定的なものだということを承知しているからだろう。

事実、久美子の口から放たれたこの質問には、千金の重味があった。これに対して、ユカがどのように答えるか、人々の期待の視線は、ただ興味本位のそれとは違って、痛そうにまで鋭かった。

「それは、わたくしにも分かりません。昨日確かに今日の総会について、三津田氏に伝えました。三津田氏も出席することを躊躇するような態度ではありませんでした」

ユカは答えた。これが満足すべき答弁になっているかいないかはともかく、ユカがありのままを述べたのだということは、松島には分かっていた。昨日、ユカが三津田を社長室に呼び、今日の総会の席上で新発明について充分説明出来るように準備しておけと命じた時、松島は立ち会っていたのである。

ユカの言う通り、この時三津田誠は、特に表情の変化を見せずに承知した。とにかく、今日という当日に姿を現わさないのではないかという予測をする余地は、与えなかった三津田の態度だった。

「現在、三津田さんがどこにいるか、確認してありますか？」

久美子は、少し間をおいてから訊いた。彼女の面上で、薄墨色の縞模様が動いた。久美子の額に投影している窓の外の枯木の小枝が風のそよぎに揺れているのだ。

「現在どこにいるかは分かっておりません。ただ、今朝八時三十分頃、柿ノ木坂の研究所を出ていることだけは確かめてあります」

ユカの白い顔は動かなかった。だが、彼女が必死になって心の均衡を計り、言葉の一つ一つを用心深く口にしているということは、その瞬きさえ忘れたような目の色が物語っていた。この真剣さは、会場の人々に決して悪い印象を与えなかった。

会場の人々は、発言の都度、ユカと久美子の顔へ交互に視線を移した。一本シンが通っていて、個性的な容貌のユカ、まだ甘い円味が残っていて、どことなくお嬢さん臭い久美子、この対照的な二人の冷やかな応酬が、次第に劇的な高まりを見せてくるのに、人々は一種の爽快味を味わっているようでもあった。

「では、三津田さんが出席しないことに、汐見社長は全然関与していないのですね?」

「わたくしは、三津田氏の出席を最も待ち望んでいる者の一人です」

「汐見社長は、三津田さんが会場に姿を見せないその理由に、思い当ることはありませんか?」

「ありません」

「例えば、三津田さんは自分の発明というものについて、自信をもって説明することが出来ないから、というような?」

「そんなはずはないと思います」

「では社長にお尋ねしますが、三津田さんの新発明というのは、一口に言って、どういうものなのですか?」

「わたくしには、専門的なことは説明出来ません」

「でも、社長として、また三津田さんの雇用主として、研究成果の概要ぐらいは把握しているはずです」

「わたくしが聞いたところでは、空気から酸素を分離する際に、副産物として生ずる窒素を固定化するということで、これを肉類魚類の乾燥なり貯蔵なりに利用するという発明なのだそうです」

「待って下さい、汐見社長。その発明というのは既に昨年、大手社の日本酸素が成功していると聞いております。でも、日本酸素でさえ、今後更に貯蔵品の味の変化などを見きわめて企業化を考える、という話です。それを三津田さんの発明について、まだ何も具体的に説明されてもいないうち、もう企業化が可能だと言わんばかりの風評を流したのは、どういうおつもりです？」

「風評を流したつもりはありません。自然に流れたものです」

「作為不作為はともかく、結果としては同じことなのです。つまり社長は、三津田さんの発明が単に日本酸素の発明を下敷きにしたものであることを承知の上で、それを悪用したとしか考えられません」

「三津田氏の話では、その窒素の固定化の方法が特殊の発明によるもので、非常に簡便に固定化出来るのだそうです。でも、これ以上に専門的な説明は申し上げることが出来ません。そのためにも、今日の総会に三津田氏の出席を予定していたのですけれど……」

「その説明が出来ないから、三津田さんは来ないのです」

「そうとは言い切れません。突発事故があって、来られなくなったということもあり得ます」

「そうですか。もし、汐見社長が本気で、それほど三津田さんを信用しているというなら、三津田さんが、どういう経歴の持ち主であるのか、この席上で公開して頂きたいと思います」

「三津田氏の過去や経歴について、わたくしには特に知識がありません」

「そんな馬鹿なことってありますか？　汐見社長は二千万円も費用をかけて、三津田さんのために研究所を作り、一切の設備、研究費を保証して来たそうじゃありませんか。おまけに、三津田さんの研究成果なるものを公表したり、それに社運を賭けようという気持なのです。三津田さんはあなたにとって、いわば生涯を任せた人、と言っても過言ではないでしょう。その三津田さんの過去も経歴も知らないとしたら、汐見社長、あなたは精神異常者ですわ」

「三津田氏は、わたくしの女学生時代の友達のご主人です。若い時分から発明に凝り、静岡に三津田技術研究所というものを作って、数年前までに幾つかの特許をとり、それぞれ会社へ売ったこともある、つまり町の発明家でした。四年前、奥さんを亡くし、妹さんがアメリカの農家に嫁いでいるほかに、血縁関係者は一人もいないという寂しい境遇にあって、非常に気は弱いけれども、発明に対する情熱とその真面目な研究態度は、わたくしが保証します。わたくしは、三津田氏に関しては、その程度のことぐらいを知っているだけなのです」

「とても感傷的で情感がこもった目で三津田さんを見ていらっしゃるんですね、汐見社長は……。でも、事業と感情は、はっきり区別しなければいけません。社長は多分、お友達のご主人ということで、三津田さんに親近感を持たれた……。それに第三者としての観察度が薄れたのだと思います。そうでなければ、汐見社長は、三津田さんの人となりを知った上で、女性の情によって、三津田さんを庇護なさっている……」

「それは、どういう意味でしょうか……？」

初めて、ユカの声の抑揚に乱れが生じたようである。今までの久美子の挑戦的な毒舌に何の変化も見せなかったユカだった。忍耐の限界に達したのだろうか。それとも、この久美子の言葉に限って、ユカは急所を突かれたものだったのか。

「つまり……」

久美子は引き吊ったような笑いを、微かに口辺に浮かべた。

「汐見社長と三津田さんの関係は、もっと個人的なもので、はっきり申し上げれば男と女の結びつき……」

「いいかげんになさい！」

ユカはピシッと言った。その硬ばった声には、狼狽が含まれていた。本心を見すかされたという狼狽ではなく、茶目な生徒に意表外な野次を飛ばされて当惑した女教師のように、衝動的な怒り方をしたのだ。

しかし、久美子の方は、ユカのそんな狼狽を予期していたかのように、次の言葉を澱《よど》みなく口にした。

「ということを否定なさるなら、わたくしの方から、三津田さんの経歴について申し上げましょう。わたくしが調べたところによりますと、三津田さんは六年ほど前、特殊な乾電池の発明に成功したと称して、静岡市に住む数人の資産家から総計約五百万円の出資金を騙し取り、詐欺事件犯人として懲役二年、執行猶予五年の判決を受けております。四年前に三津田さんが奥さんを亡くされたというのも、この詐欺事件のためなんです。奥さんは夫の行為を恥じ、責任を感じて土地にも住んではいられないと悩み抜いた末、到頭、発狂して伊豆半島の最南端にある石廊崎で海へ飛び込み、自殺を遂げたのです。妻が悲惨な死によって、自分の罪を幾らかでも償おうとしたのに、当人の三津田さんは尚も誇大妄想狂的な発明熱に浮かされて、汐見社長を頼って上京して来たのです。三津田さんには、このほかにも、数件、寸借詐欺に似た行為があったと聞いています」

短い間、会場は空洞のような静けさを迎えた。いわば、夕凪のような無風状態であった。久美子が暴露した予想外の事実に、人々は反応をどう示すべきか、迷ったのに違いない。

《矢崎久美子の言うことは事実なのか？》

松島はそう問いたい気持で、ユカの横顔を見上げた。

ユカは俯向いていた。しかし、それは久美子が言ったことを事実として認めたのだ、というふうには見えなかった。むしろ、全く知らなかったことを突然指摘されて、咄嗟《とっさ》にそれを頭の中へ受け入れることが出来ない、といったユカである。

俯向いてはいても、目が何かを探し求めているように動いているのが、その証拠だった。

「知りません、そんなことは知りませんでした……」

弁解する相手を見失なったように、ユカは顔をあちこちに向けて言った。

「知りませんでした……？」

嘲笑的に、久美子が鼻を鳴らした。敵の弱点を握った時の、その手応えに満足した笑みが、彼女の目尻にあった。

久美子はテーブルの端に両手の親指をかけると、乗り出すようにして会場を見回した。

「みなさん、常識で考えて、こんな無責任、不見識が許されるでしょうか。一企業の経営責任者が独断で技術研究員を雇いました。ここまでは許されるかも知れません。でも、その研究員が過去、発明を種に詐欺行為を働いたということも知らなかったという社長、しかも、そのような研究員の言葉を頭から信じ込み、新発明を公表したり、株価の安定を阻害したり――これでは、怠慢を通り越して、無能というより仕方がないのではないでしょうか」

テーブルの端にかけた久美子の指は、白く色変りしていた。それだけ、久美子がこの呼びかけに力をこめているのは、ここで一挙にユカの失脚を決定づけようとしていることを意味していた。

　その久美子の演技は、ある程度、成功したようである。会場に、緊迫感から解放されたようなどよめきが拡がった。久美子の意見に同調する頷きや、ユカの解釈を促す囁きやらが、風が吹き渡る池の小波《さざなみ》のように、会場に蔓延した。

　松島は会場を一渡り、さりげなく見回した。罵声や野次が飛ぶ様子はない。そのような軽率さが鳴りを静めているのは、十数分も続いた二人の女の対決が真剣勝負さながらに緊迫していたからだろう。

　ユカは会場の人々に謝罪するかのように、テーブルに両手を突き、背を丸めて項垂《うなだ》れたまま微動だにしなかった。ユカが敗北を認めたという姿態であった。

　松島はユカの表情を覗いてみたかった。だが、彼女は深々と顎を胸に埋めている。泣いているのか、唇を嚙みしめているのか、それさえも読み取ることは出来なかった。

「最後に、もう一言つけ加えさせて頂きます……」

　久美子の甲高い声が、三度、会場のざわめきを掻き分けた。

《まだ続けるつもりか……》

　松島は舌うちをした。ユカへの同情は別として、久美子の押しつけがましい態度が腹立たしかった。矢崎幸之介の娘だという意識が彼女を専横にしていることは事実だ。

「汐見社長の無能ぶりは、これで証明されました。もし社長が、ご自分の無能ぶりを認めないというなら、社長は特別な関係にある三津田研究員と結託して、架空の新発明を吹聴することにより、株価変動を利用して私腹を肥したと考えるほかはありません。とにかく大事に至らない前に、汐見社長は退陣して、同時にわたくしの父矢崎幸之介から借用した三津田研究員の研究費、二千万円を返済するよう要求します」

言い終って、久美子は椅子に坐った。やや紅潮した頰にハンカチを添えながら、久美子は自分の最後の一言によって、会場にどのような反響が起こるか、期待しているようだった。

汐見ユカは、三津田の研究費二千万円を矢崎幸之介から借り出したのだ——ということを、久美子は最後の台詞《せりふ》として、大切にとっておいたらしい。所詮、ユカはわたしに頭が上らないのだ、ということを久美子は強調して、幕切れにしたかったのだろう。女の低級な優越感の表現方法である。いかにも金貸しの娘らしい、と松島は久美子の横顔が小憎らしかった。

ユカは相変らず、黙念として、先程の姿勢を崩さなかった。頭を垂れたまま、彫像になってしまったようだった。僅かに胸が波打っているが、それがなければ、一体、生きているのかと疑いたくなる。

会場は白けきっていた。矢崎幸之介からユカが二千万円借りている、という久美子のスッパ抜きも、彼女が思っていたほど人々の興味を惹かなかったらしい。それよりも人々は、この時になって、初めて自分たちが少しも発言をしていなかったことと、今日の会議がたった一人の小娘にすっかり牛耳られてしまったことに気づいて、気抜けとも不快感ともつかないものを味わっているようだった。

確かに、人々は久美子に対して反感を抱いていた。最初のうちは、若い女の積極的な発言でもあり、暴露的な質問の内容に興味をそそられて、耳をそば立てていたのだ。それにユカへの非難や反撥も手伝って、久美子のユカ攻撃に胸の中で喝采を送っていたのが、会場にいた人々の殆んどだったろう。

しかし、久美子の発言は、痛烈というよりも、むしろ執拗に過ぎた。蒼白な顔をして抗弁するユカの姿を見ているうちに、人々は自分たちがユカ個人に対しては何の私怨も抱いてなかったことに気づく。やがて人々は、久美子の勝ち誇った態度に嫌悪をもよおす。人身攻撃の矢面に立たされているユカが、気の毒になる。

ここで人々は、今日の総会の本当の目的や成果がどういうことであるべきかを、思い起こす。久美子の一人舞台などに、構ってはいられないという気持になる。

だから、久美子が千両役者を気取って、軽やかに着席した時、人々は、彼女の意図した劇的効果など全く無視したのである。

それよりも彼等は、総会がこの先どのように運営されるのかが気になった。だが、久美子に引っ掻き回されたことによって、人々の意欲は機先を制せられていた。それに、頭から謝《あやま》ってしまったようなユカの銷沈《しょうちん》ぶりに、拍子抜けしたということもある。人々は倦怠感を覚えた。恰度、お偉方の退屈極まるスピーチが終った直後の、あの白けた空気と同じだった。

《チャンスだ》

と、松島は思った。思った瞬間に、彼はマイクを引き寄せながら立ち上っていた。多勢の人々の集まりには、その雰囲気に一定の波というものがある。盛り上った時と、エア・ポケットのように空白状態になった時だ。この一種の呼吸を敏感に捉えるのが、司会進行係の役目なのである。

松島は、今こそ総会の運営を思うように操作出来る時だと判断した。彼は間髪を入れずにマイクへ声を送り込んだ。

「本日の総会の司会を承る予定になっておりました、総務部長の松島であります……」

人声の少ない会場に、松島の声は艶のある低音となって、よく通った。人々の顔が、驚いたように松島に向けられた。

「司会者の不手際により、総会が妙な形になってしまったことを深くお詫び致します。つきましては、本日出席の予定でありました三津田研究員が一身上の都合で、未だに会場へ参っておりません。三津田研究員がおりません以上、本日の総会の主旨は全く無意味となります。従いまして、甚だ勝手ではありますが、本日の総会は中止ということにさせて頂きまして、後日、改めてご参集をお願い致したく存じます。では……」

　これだけのことを、異議申し立てによって中断させないように、松島は一気にまくしたてた。言い了えると、彼はすぐ壁際に立っていた社の守衛たちに、会議室のドアを開くよう目で合図した。

「異議があります！」

　松島が予期した通り、久美子が手を高く差し上げて叫んだ。

「総会が中止というのは変ではありませんか！　流会ということになります。わたくしは流会には反対です。わたくしの汐見社長に対する要求は、まだ討議もされておりません。社長のお答えもないんです」

　松島は久美子の自信ありげな顔を睨《にら》みつけた。そして、視点を久美子に固定させたまま、彼はマイクに唇を近づけた。

「はっきり申し上げておきます。本日の総会は、司会者の挨拶、社長の開会の辞も、まだすんでおりません。従って、本日の総会は正規な手続きによって開会されてはいないのです。ですから、流会ではなく中止です。それに総会が開会されてないのですから、異議を主張されては困ります。念のためにつけ加えておきますが、矢崎幸之介氏の代理の方が述べられたことは、全て総会外の発言ですから、それについて討議も答弁も必要ありません。では、大変失礼致しました」

松島はここで、さっさとマイクのスイッチを切った。これ以上、久美子と渡り合うことも、会議を継続するつもりもないということを示したつもりだった。

久美子の口は封ぜられた。相手に無視されたのである。それに、松島の言い分は理窟が通っている。一斉に椅子が引きずられる音がして、会場の人々が席を立ち始めると、久美子もそれに従うより仕方がなかった。

最初の険悪な空気にしては、人々の解散ぶりは素直だった。一つには、松島の妥当な提案が彼等を納得させたのだし、一つはユカが泣き出さんばかりに悄然となったことに、彼等なりの満足を覚えたからであろう。

ユカは、やはり動かなかった。参会者たちが一人残らず退場してしまったのに、それでもユカは、テーブルに両手を突き、深く項垂れていた。心配そうにユカを取り巻いている社の役員たちに、松島がこの場は引き受けたから会議室から出て行ってくれと目顔で知らせた。役員たちは、幾度か振り返りながら、ドアの外へ消えた。

会議室にはユカと松島二人だけが残った。俄かに人のいなくなった会議室は、放課後の小学校の教室を思い出させた。そう言えば、ユカの姿は恰度、放課後も一人残されている立たされ坊主といった感じである。

松島はふと、小学校時分の教室の匂いを懐しみながら、ゆっくりユカの背後に近づいた。先生に叱られて、すっかりしょげてしまった仲のいい女生徒を慰める、自分が小学生であるような気持だった。

ユカが孤独な時、そばに寄り添ってやれるのは、やっぱり自分だ——と、松島にはそんな甘い感慨があった。

「さあ……」

松島はユカの肩に手を置いた。

ユカは静かに顔を上げた。彼女は先刻の久美子との激しいやりとりの情景を思い浮かべるように、ガランとした会議室を見回した。

松島はユカの顔を覗き込んだ。別に涙を流したような跡もなく、ユカの表情は冷やかに整っていた。だが、はるか彼方を見やっているような彼女の目は、さすがに暗く沈んでいた。ユカは、敗北を悲しむより、すでに諦めを自分に言い聞かせていたのかも知れなかった。

「ありがとう、松島さん……」

「何が？」

「総会を中止させてくれて……」

ユカは、ひどく投げやりな口調で、そう言った。

六

午後の五時を回ると、太平製作所は一斉にその機能を停止する。工場の機械音もとまり、一日中聞こえていて、すでに音として意識しなくなっていた聴覚に、自由時間を得た社員たちの弾んだ声が生きてくる。

「さよなら」

「あら、二人一緒に帰るの？　怪しいわ」

「渋谷までタクシーで行く気のあるやつはいないか？　合い乗りでどうだ？」

「あんた、明日当番よ」

そんな気儘《きまま》な言葉を撒き散らして、若い社員たちは、夕靄に沈んだ門の方へ遠去かって行く。工場の屋根の斜線が、大通りの人家の灯を反射させている。黄昏《たそがれ》は銀座方面から、次第に濃くなってくる。自動車《くるま》の警笛はネオンを恋しがらせ、都電の地響きは家庭の団欒《だんらん》へ通じている。

《夜か……》

松島は、意味もなくそう呟いてみた。夜は待たずともくる。そんな自然の法則が、今夜は妙にわずらわしい。気が重いせいだろうか。

「帰ろうか……?」

松島は、オーバーを肩から引っ掛けただけで、ソファに坐り込んでいたユカを振り返る。

「そうね……」

「今日は、月曜会、中止だろう?」

「疲れているもの」

「じゃあ、六本木あたりでお茶でも飲むかい?」

「いいわ」

「よし、行くぞ」

松島は窓際を離れて、ドアへ向かった。ドアの外へ出ながら、彼は壁のスイッチを押した。社長室の蛍光灯が消えて、窓の外の常夜灯にユカのシルエットが浮かび上った。ユカは、ポケットから鍵束をとり出して、社長室のドアを締めた。

この日は月曜日だった。いつもだったら、今夜はこれから社の会議室で、決まった連中が顔を合わせるはずである。月曜会と称して毎週の月曜日、必らず社長を始め、部長以上の社の幹部が集まるのである。親睦というよりも、社内のいろいろな意見の疎通を計って、会社の発展のために役立たせようというのが、この月曜会の存在目的だった。近所のそば屋から取り寄せた天丼などをパクつきながら、四、五時間は結構まだまだと思っているうちに過してしまうものである。

しかし今日は、午前中にあの株主総会だった。こういう時にこそ、社の幹部が集まって意見の交換を行なうべきかも知れなかったが、何しろユカの疲労がひどかった。

それに、他の幹部連中にしても、矢崎久美子という小娘に、完全に圧倒されて沈黙してしまった社長と、その日のうちに顔を合わせるのは、気の毒のような照れ臭いような気がして、いさぎよしとしなかったのだろう。

誰が言い出すともなく、今日の月曜会は中止ということに、午後になって間もなく決まってしまったのである。

松島とユカは肩を並べて、会社の門を出た。狸穴の通りへ抜けるまで、二人は言い合わせたように口を噤《つぐ》んでいた。二人は互いに、今日の矢崎久美子のことは口にすまいと思いながら、やはり、それが話題にならないはずはない、ということを知っていた。それだけに口をきくのが億劫《おっくう》なのである。相手が先に、矢崎久美子のことを口にするのを待っているのだ。

主幹道路は自動車《くるま》のラッシュ時だった。狸穴と六本木の間を、絶え間なく自動車の列が流れていた。

「ぼくたちの関係も長いね……」

松島は、互いの頭の中にあることとは、およそ無関係な言葉をこぼした。しかし、こうして夜の町を一緒に歩いていると、十年も前の二人を不意に思い出すようなことが、ちょいちょいあった。

「ユカさん、君はあの頃のこと、懐しいなんて感じないかい？」

歩道の真ん中に電柱があって、松島とユカは一旦、右と左に離れてから、電柱の脇を通り抜けると、再び肩を並べて歩いた。二人は六本木の方向へ足を向けていた。

「そりゃあ、ある。でも、思い出にしたって……あまりにも遠すぎるわね」

ユカは乾いた声で答えた。そう答えること自体にも、大した興趣が湧かないといった素っ気なさであった。

勤め帰りの男女がかなり歩いていた。これから映画か食事か、二人だけの時間を過そうとするらしいアベックともすれ違った。女の含み笑いやら、男の陽気な饒舌が、松島の耳許を通りすぎた。

同じ男女のカップルにしても、自分とユカだけが、何の潤いも情感も伴っていないような気がする。松島は、何となく味気なかった。確かに松島とユカは、人間同士として愛し合い、友達として信じ合い、互いに頼ってはいる。しかし、それだけではどことなく物足りないものなのだ。もっと別の意味で求め合う甘さに欠けているからだろう。

だがそれは、松島とユカの結びつきの宿命みたいなものかも知れなかった。かつては激しく抱擁を交し、互いの唇をむさぼった二人なのだが、現在のユカは、そんな記憶の片鱗すら残っていないという面持ちだった。それは、思い出にしても遠すぎるのだというよりも、ユカ自身が別人のように変ってしまったせいである。ユカの憑《つ》かれたような事業欲が、彼女自身を変えたのだ。ユカは事業のために、女であることを放棄したようなものである。

「ところで、しばらくお会いしてないけど、奥さんお元気？」

気を変えたように、ユカが言った。

「相変らずだ」

「そう。お芽出たの兆候、まだないの？」

「ああ」

「駄目ねえ」

「子供は特に欲しいと思わんさ」

「そう……」

なぜ急に女房のことなど言い出すのだ、と松島は肩をすかされたように興ざめた。自分こそ、子供を産んでみたいという女らしい気持になったらどうだ、とユカに言ってやりたかった。

いっそのこと、ユカの外見だけでも、オールドミスにありがちな、骨っぽくギスギスと中性化した女になればいいと思う。そうなれば、松島も割り切れそうな気がする。だが、ユカは表面的に、最も家庭的な女のタイプなのだ。容貌にしろ身体つきにしろ、円味もあり、ふくよかであった。顔には母性的な温か味が漲《みなぎ》っているし、胸も腰も男の目を惹くには充分の発達を見せていた。

松島は、妻の律子を思い浮かべる。律子との結婚に特に後悔はしていない。だが、律子との結婚生活は決して充実していなかった。そもそも、松島が律子との結婚に踏み切った動機が不純だったのかも知れない。

その動機というのは、律子に言わせれば、

「面あて結婚か、腹癒《い》せ結婚というところね。ユカさんにフラれて……」

であった。この律子の解釈は、事実に近かった。ユカに当分結婚する意志のないことを聞かされて、衝動的に松島は他の女と結婚する気になったのだからである。

松島にしてみれば、ずいぶん長い間、ユカとの結婚を待ったつもりだった。全く顔を合わさなかった期間も幾度かあったし、大喧嘩して一年近く絶交状態を続けたこともある。あるいは、十年間も交渉がありながら結局、肉体的には結ばれなかった二人なのだから、結婚の機会を逸してしまった男女とも言えた。

しかし松島は、自分はユカと結婚するものと、漠然と決め込んでいたようだった。それを、あっさり結婚はしないとユカに拒まれたのである。

長い間行列を続けていて、いよいよ自分の番が来た時、買おうとしていた品物は売り切れだと言われた時のように、松島は腹立たしかった。彼はその店のガラス戸でも蹴飛ばすような気持で、律子と結婚したのである。

だが、失恋したからと言って交渉を絶ったりせずに、律子との結婚後も、その親密度に変りなかった点で、松島とユカの本質的な愛情の深さを物語っていると言えた。

律子はその頃、太平製作所の事務員だった。豊満で肉惑的な肢体をしていた。まあ美貌に準ずる顔立ちだが、絶えず笑っている瞳と受け口気味の唇がコケティッシュで、男と接触するために生まれて来た女、という印象がないでもなかった。

「彼女を誘惑するのは簡単だぜ」

「あの女はね、好き嫌いは別問題で、男に弱いんじゃないかな」

社内の男たちの評判は、もっぱらそんなふうであった。いわば、手軽な女という感じだった。

松島が腹癒せ結婚の対象に律子を選んだのも、その手軽さが魅力だったのかも知れない。ユカがいる以上、深刻な恋愛をする気にはなれないし、また、そんなことは面倒でもあった。それに、腹癒せで結婚する相手には、律子のような女の方が気持の負担が軽かった。精神的な愛情に縋《すが》る女より、肉体の結合に重点をおいてそれですむ女の方が、はるかに無責任な結婚に踏み切れる、という考え方の裏側には、別れる時も簡単だろうという計算があったとも言える。

勿論、律子の方でも松島には好意以上のものを示していた。それで、二人の結婚は至極あっさりと実現したのである。

律子の身体は、すでに数人の男を知っていて、成熟しきっていた。だが、一種の性器具と考えれば、律子の肉体は予想以上に素晴らしかった。松島も妻の肉体に接している間だけは、充分に満足だった。日常生活における律子の、怠惰、無器用、鈍重などは、さして気にならなかった。最初からそんなことは期待していなかったし、また律子に妻としての万全さを求めるほど、彼女の価値を認めていないのだった。松島はただ律子の多淫さを愛して、それに溺れることによってユカに腹癒せをしているような気になっていた。

もっとも、そんな変則的な夫婦生活は長くは続かなかった。所詮、男は女の肉体には飽きるものである。間もなく、松島は律子の身体にさえも感興を覚えなくなった。松島にとっては、退屈で、無気力で、新鮮味のない家庭が出来上ったわけである。

だからこんな時、ユカの口から律子の名前が出ると、松島は不味《まず》い料理をすすめられるように、やりきれない気持になるのだった。

「子供が出来ないと、律子さんも一日が長くて仕方がないでしょう」

六本木の交叉点近くにある『ララ』という喫茶店に入ってからも、ユカはまだ律子のことを口にし続けた。

「さあね、子供がいたら、あの女一人の手には負えないだろう」

松島はカウンターの方へ顔を向けたまま、テーブルの上のマッチ箱を指先で弄んだ。テーブルの下では、彼の靴がコツコツと小刻みな音を立てていた。

「そんなことないわ。律子さんって案外、家庭的なのよ。いいママになるわ、きっとね……」

ユカは松島の煙草を一本抜き取って、唇の端にはさんだ。

「そりゃあ、あんたよりは家庭というものを大事にするだろう」

「皮肉？ それ……」

「煙草、覚えたのかい？」

「時々……。家で寝る前なんかに、いたずらしてるの……」

「いよいよ、仕事を持っている女、になりきって来たな、ユカさんも」

「寂しい？」

「まあね……」

「わたくしも、寂しいわ。煙草を覚えようとしている自分が……」

店では、『川は流れる』という流行歌が低い声で歌われていた。勿論レコードなのだが、特別な音響装置がほどこされているらしく、歌声はまるで壁から滲み出て、聞く人の耳に囁きかけてくるようだった。

この店は、ボックスでは喫茶、カウンターでは洋酒が飲める。いわゆる六本木族と言われる人種が集まってくる時間ではないが、店はかなり混んでいた。裸女の群を浮き彫りにした壁画が、煙草の煙りで霞んで見える。

「でも、律子さん、あなたとの生活が不満ではないんでしょう?」

ユカは濃い煙りを吐いた。彼女はまだ、煙りを吸い込めはしないらしい。

「どうだか……。そんなこと訊いたこともないし……」

ユカはなぜ今夜、こうもひつっこく律子の話をしたがるのか——と、松島は不思議だった。普段、こんなことは一度もなかったのである。今夜に限って、ユカはどうして急に律子のことを思い出したのだろうか。

今日の午前中、矢崎久美子に見事に足をすくわれて、敗残者のように沈みきっていたユカである。今夜あたりは、苦悩する彼女を松島が励ますといったところが自然なのだ。だがユカは、今日の出来事とは全く無関係な律子のことを、しきりと話題にしたがるのである。気をまぎらわすために、現実とかけはなれた無駄話をしたがる場合もあるだろう。しかし、それにしても、律子の噂話では意味がなさすぎると松島は思う。

「外へ出たがったりしない?」

「律子がかい?」

「そう」

「さあね、ぼくがいない時は、結構出歩いているんだろう」

松島は、少々うんざりしながら答えた。

「だいたい律子さんっていう人、派手な性格なのかしら?」

「まあ遊び好きの方だろう」

「浪費家？」

「に属するだろうが、とにかくこっちは月々定った額の金しか渡さないからね」

「律子さん、結婚してからもお勤めを続ければよかったのにね」

「あいつには、勤めと家事の二足わらじは無理だろう。炊事と洗濯だけで手一杯だそうだから」

「でも、あなたが家へ帰れば、律子さん、ちゃんと食事の支度をして待っていてくれるんでしょう？」

「うん、そりゃあね……」

「お倖《しあわ》せね」

「そうかい」

松島は砂を嚙む思いだった。気のない相手の、気のない話を聞いている時のように、上の空になりきれるならまだ救われるが、今の松島は、とにかくユカの言葉を受け入れて、それに答えなくてはならないのだ。ユカがなぜ、律子について聞きたがるのか気になるからである。女が他人の妻に関心を持つのは、自分が結婚を考えている時ではないか。

《ユカが、誰かとの結婚を考えている》

という推測と、律子のことを持ち出される味気なさが、松島に焦燥感を強いるのだ。

松島は運ばれて来たコーヒーに砂糖を流し込み、スプーンで丹念に掻きまぜた。彼の気持は、すっきりしなかった。胸の底に、沈澱物があった。その沈澱物は恰度このコーヒーのように、粘っこく、そして熱くなっていた。

一つには、今日まで互いに隠しごとはないと信じていたユカが、松島の全く気づかなかった秘密を持っていたことである。

それは、ユカが工面して来た二千万円の金の出所だった。三津田にかける費用二千万円を、ユカが都合した時、松島はその金策手段を尋ねたことがあった。その時ユカは、確か個人的に親しくしている証券業者から借りたと答えたはずである。抵当としてユカ所有の土地家屋は全部押さえられたとも言った。

しかし今日の総会で、矢崎久美子が二千万円の金は、父矢崎幸之介が貸したものだと公言したではないか。太平製作所の株主でもある金融業者の矢崎幸之介から借りたなら、ユカはなぜ、その通りのことを言わなかったのだろう。矢崎幸之介から借金することを、松島に隠す必要は全くないのだ。どうしてユカは、そのような嘘をつく必要があったのか。松二千万円という大金を手軽に貸し借り出来る矢崎幸之介とユカの仲を、松島に知られたくなかったからだ、と解釈するよりほかはない。

松島は、総会の席上で矢崎久美子から対決を迫られた時、ユカの顔色が死人のように蒼白になったことを覚えている。あの時、ユカは久美子が二千万円の金の出所を口にすることを恐れて、顔色を変えたのに違いない。

この事実に、ユカが結婚を考えているという推測を結びつけると、ユカと矢崎幸之介の関係がおのずから明らかになる。

松島は思いきったように顔を上げた。是非はっきりさせておきたいことだった。ユカが誰と結婚しようと、それは仕方のないことだが、ただユカに隠されているのが耐まらなかった。ユカと最も親しい人間としての自負が、松島にはあるのだ。

「ユカさん、正直に答えて欲しいんだがな……」

松島はコーヒーカップから、スプーンを抜き取った。コーヒーの表面は、まだ泡立ちながら渦を巻いていた。

「どんなこと？」

ユカは俯向きかげんになって、コーヒーに口をつけていた。前へ垂れた髪の毛の割れ目が、頭の地の白い線となっている。松島は、それでユカの髪の毛の豊かさに気づいて、ふと彼女の若さを思った。矢崎幸之介は確か五十三歳と聞いている。角張った身体つきで、紙を顔に押しつけると脂でそのまま張りついてしまいそうな、精力的にギラギラしているような男だった。

その矢崎幸之介とユカとを結びつけて想像するのは、松島にとって苦痛であった。ユカが惜しいようにも思うし、矢崎幸之介に組み敷かれたユカの裸身を想い描くと、加虐的な息苦しさを感ずるのだ。

「君、矢崎幸之介との間に、縁談でもあるのかい?」

「………」

予測は的中したようである。ユカはコーヒーカップを唇から放して、短い間スチール写真のように動かなかった。

「ぼくは君と十年来の仲だ。そんなことを隠しているなんて、水臭いよ。二千万円を矢崎幸之介から借りたってこともバレちゃったんだし、もう内証にすることもないだろう」

「そうねえ……」

ユカは顔を上げないで答えた。

「でも、縁談なんて四角張ったものじゃないのよ。矢崎さんにプロポーズされただけのことだわ」

「それはいつ頃のことだったんだ?」

「二年ぐらい前かしら」

「二千万円を借りた直後……その頃だろう」

「そうね」

「君は、結婚申し込みを承諾したのか?」

「まあね……」

「まあね、とはどういうことなんだ？」

「結婚について具体的には話し合ってないという意味だわ」

「つまり君は、煮えきらない態度をとっているというわけだな」

「そんな……意識的には、そんなつもりはないわ。ただ、そう簡単には話をとり決めるわけには行かないのよ。わたくし、あなたから言われた時だって、わたくしには仕事がある、奥さんになる意志は当分起きないでしょう、とお返事したわね。矢崎さんの場合にしたって同じことなのよ」

「じゃあなぜ、矢崎幸之介の申し込みをはっきり断らない？」

「そうする必要もないからだわ」

「どうして？」

「どうしてって……」

「二千万円の借りがあるからかい？」

「松島さん、言葉が過ぎるわ」

「ユカさん、君の考えは卑劣だよ。君ともあろう人が、会社のためということになると、どうしてそうも悪辣な行為を平然とやってのけるのか、ぼくは不思議だよ」

「悪辣？」

「悪辣だよ。手っ取り早く言えば、君は色仕掛けで、矢崎幸之介から二千万円を融通させているようなものじゃないか」

「松島さん、ひどいわ……！」

ユカは顔をそむけた。だが、そのそむけ方は、伏せていた顔を右へよじったのだった。つまり、松島の視線を避けたのである。やはり、松島の指摘が当を得ていて、ユカの胸には狼狽があったに違いない。

しかし、ここでユカが仮に口先だけで否定したとしても、事情の推移が、彼女の本心を物語っている。

矢崎幸之介は八年前に妻を亡くしている。その後正式には再婚していないが、好色家の彼のことでもあり、かなりの女関係はあったらしい。

その矢崎幸之介がユカに目をつけた。あるいは真剣に愛したのかも知れない。五十三歳の金融業者と三十二歳の女社長、その行動性や住んでいる世界、それに年齢の点でも、そうそう不釣り合いではない。

恐らく矢崎幸之介はユカに好意以上のものを示しただろう。いや、彼らしい強引さでユカに言い寄ったとも考えられる。

その頃、ユカは三津田誠を知り、研究所設立を考えていた。だが資金がない。たとえ事業家として一会社を経営しているユカであっても、具体的な成果がはっきりしない研究所設立のために、おいそれと大金を融資してくれる相手は見つからなかった。

こんな時、ユカはどういうことを考えついただろうか。一種の女性本能として、自分に惹かれている男に頼めば何とかなる、と思ったに違いない。女は男に買物一つねだるにしても、無意識に甘える。玄人女とか堅気の娘とかいう区別はない。よく言えば女の弱さであり、悪く言えば媚態で取り引きするのだ。ユカも女として、男の弱味を心得ていた。彼女は矢崎幸之介に話を持ち込んだ。矢崎にしてみれば、二千万円の金融はそれほど難事ではないはずだ。彼は引き受けた。

そして今度は、媚《こび》を売る女に対して媚を買う側の男が取り引きを持ち出す番である。女の願いを叶えてやった男は、そのことを楯に自分の欲求を女に押しつける。女にねだられて買物をした男は、買ったあとの女の出方に期待している。特に、女が自分を頼って来た場合、男はその願いを叶えてやったことによって、女が自分の所有物になったものと考える。矢崎幸之介は二千万円の金を融資してやってから間もなく、ユカに結婚を申し込んだのである。

借りがある限り、その相手に対して強く出られないのが人間の常である。ユカは矢崎幸之介との結婚に素直に応ずる気はなかった。だからと言って拒絶することも出来ない。はっきり断れば、二千万円の貸し借りの結着を持ち出される恐れがあるのだ。

こういう場合は、煮えきらない態度をとるのがいちばんである。つまり、時間の引きのばしを計るのだ。ユカは女であり、矢崎は男である。結婚申し込みは拒絶しない。そして承諾もしない。時々、奥さんになってみたいとか、事業なんてやめようかしらなどと、さも結婚に気があるという言辞を弄せば、それでいいのだ。

しかしユカは、矢崎幸之介とこういう間柄であることを、あまり世間には知られたくなかったのだろう。適当な口実を設けて、矢崎の口も封じておいたに違いない。恰度、商売の上で男の気を引いている女が、当の相手には愛人だと吹き込みながら、それを他言することを禁ずるように。

松島は陰鬱であった。意欲と実力だけに頼る女としてユカを尊敬していただけに、この彼女のやり方は娼婦にそのまま同じという感が深かった。哀しい失望であった。目の前にいるユカが、彼女とは全く別の人間であるような気がする。松島は、長い間脳裡に刻みつけてあったユカの面影を、今、見失ってしまいそうだった。

「ぼくは、君を信じられなくなりそうだよ……」

松島は、だるそうに唇を動かした。

「哀しいことだけど、仕方がないわ。やっぱり、わたくしの気持、あなたには分かってもらえないのよ」

ユカは重そうに肩をゆすり上げた。

「確かに松島さんの言う通り、わたくし、煮えきらない態度をとっているわ。結婚のことも言を左右にして逃げている。それに矢崎さんから二千万円を融通してもらったこと、隠していたわ。でも、わたくし、何も色仕掛けで相手を操っているなんて気はないのよ。ただ、矢崎さんを利用しているだけ……」

「利用？」

「そう、会社のために……」

「利用と言えば、聞こえはいいさ。しかし、本質的には色仕掛けと変らない」

「そうかしら？」

「そうだよ」

「わたくし、そうは思わないの。矢崎さんはわたくしよりも、もっと悪辣よ。わたくしは彼のその悪辣さを利用しているんだわ」

「矢崎さんには、彼なりの企みがあるというのか？」

「勿論よ。そりゃあ、矢崎さんのわたくしと結婚したいという気持は嘘じゃないわ。でもそれは決して、わたくしへの愛情とかいうもののせいじゃないのよ。考えてごらんなさいよ、どんなにわたくしを手に入れたいという気持が強くても、そのために二千万円の大金を、五百万そこそこの土地や家を担保に、黙って貸してくれる人が、あるかしら？　矢崎さんは純情な青年じゃないのよ。海千山千の、五十三歳の金融業者なんだわ。色恋のために捨てる金は、一万円だって出しはしないわ。ね、分かるでしょ？　矢崎さんの狙いがどこにあるか……」

「君と結婚することによって得る、莫大な利益か……。そのためには、二千万円を遊ばせておいても構わない……。矢崎さんの狙いは会社なのか？」

「そうなのよ。太平製作所なのよ。わたくしと彼が夫婦になる……太平製作所は矢崎さんのものになるというわけ。いちばん合理的な会社乗取りじゃないの。それに、わたくしの土地家屋、その他の財産も持参金になるわ。わたくしに身寄りはないんだから。貸した二千万円だって、捨て金にはならないのよ」

「君がもし、結婚に応じなかった場合には、矢崎幸之介はどうするつもりなんだ？」

「二千万円の返済を迫るでしょうね。勿論、相当な高利がついて……」

「じゃあ、君は矢崎幸之介に身売りするより仕方がないじゃないか」

「今はそこまで考えてはいないわ。ただ、彼の野望を利用して、何とかうまくことを運ぶだけで精一杯だわ。それだけに、わたくしは三津田さんの新発明に生命を賭けていたのよ……それを、インチキ発明で株価の変動を計り、私腹を肥したなんて……」

「三津田のやつ……一体、どこへ行ったんだろう……」

松島は、ユカの本心を多少思い違いしていたことに気がついた。軽率に誤解へ走ったことを後悔していたし、ユカにも言い分があったことを知って、幾らかでもホッとした。

しかし、だからと言って、そこに気持の休息があるわけではなかった。別の意味で、ユカは全くの窮地に追い詰められていたのである。

矢崎幸之介と結婚して彼に太平製作所を任せない限り、ユカは二千万円とその利子の支払いをすませなければならない。たとえ担保で五百万は相殺出来ても、残金を何とかしなければ、事実上ユカは破滅する。

ユカの計画通り、三津田誠の新発明が実現すれば、二千万円の負債は解消出来るだろう。しかし、三津田誠の新発明には不安がある。現に三津田は姿をくらまして、今日の総会に現われなかったのだ。

総会が中止になってすぐ、太平製作所の幹部たちは手分けして、三津田の立ち寄りそうな場所に連絡をとった。だが、三津田の行方は分からなかった。朝、柿ノ木坂のユカの家にある研究所を出たことだけは確かなのだが、その後の彼の足どりは不明だった。

三津田の新発明が事実だったら失踪、もし噂通り発明妄想狂だったとしたら逃亡したのだ、と松島たちは判断した。だが結局、警察へ手配を頼むようなことは明日にして、今日一日だけ、ユカが自宅で三津田の帰りを待ってみることになったのである。

「やっぱりユカさんは、背のびしすぎたよ……」

こんな時、こんなことを言っても仕方がないとは思いながら、松島はそう口にせずにはいられなかった。

ユカは椅子に背をもたせ、手だけをのばして、指先でテーブルの縁をこすっていた。放心したような横顔があどけなく、そんな少女めいた仕種《しぐさ》を見ていると、松島にはユカが年上の女と思えなかった。

「三津田という男、二千万円、研究所、新発明……。今はそんな悠長なことを言っている場合じゃないかも知れないが、高価な教訓として銘記しておくべきだよ。君は焦った。焦りすぎると、人間は実に馬鹿げたことをやるものだよ。ユカさんがよかれと思ってやった、その結果は、君自身を八方塞がりにした」

口に出してみればみるほど、ことの重大さが実感となって胸を締めつける。

太平製作所の株価変動については、証券取引法違反の疑いで、警視庁捜査二課の会社事犯取締班が乗り出したという。株主総会ではあの始末である。それに矢崎幸之介は、ユカぐるみ太平製作所を乗取る策謀を進めている。三津田誠は行方不明だ。

ユカにとっては悪材料ばかりが揃っている。まさに満身創痍《そうい》であった。そして、この窮地を脱する方法としては、何一つ思惑もないのである。

強いて言うならば、三津田が再び姿を現わしてくれることが、残された唯一の救いだった。三津田がユカの許へ帰って来て、しかも彼のいう新発明が事実だとしたら、万事は解決する。そうあって欲しいというより、そうでなければ、ユカの立場は絶望的である。

「とにかく、家へ帰って三津田を待つわ。それに希望を繋いでみる。全てはそれからのことよ」

ユカは短く吐息してから、緩慢な動作で席を立った。二人は喫茶店を出るというより、そこが歩いて行く通り道といった足どりで、出口のある階段を上った。

階段の途中で、ジャンパーとスラックス姿の若い娘たちとすれ違った。彼女たちが駈けおりて来たので、松島とユカは壁に身を寄せた。目の前を、赤いセーターや、嬌声や、笑った顔が通り過ぎて行った。

二人はドアの外へ出た。ドアがしまると、背後で音楽が消えた。

「しかし、今日の総会になぜ矢崎幸之介自身が出て来なかったのだろう?」

松島は、オーバーの襟を立てながら言った。

「さあ……」

ユカは、交叉点を四方から彩るネオンを仰いだ。食料品店と本屋と花屋と、そのいずれも小さなデパートほどはある建物に、ネオンが文字を描いていた。

矢崎幸之介が今日の総会に出席しなかったことは、確かに妙であった。大株主であり、またユカを含めた太平製作所に野心を持っている矢崎幸之介が、重要な総会に参加しなかったのである。

「自分の口からは、ユカさんをあれだけ攻撃出来ないので、娘を代理人に立てて、言いたいことを代弁させたのかな」

「さあね……でも、久美子さんがわたくしに挑戦的だったのは、彼女自身の気持からだと思うわ。久美子さんの自発的な意志で、わたくしを攻撃したのよ」

「そう言えば矢崎の娘、ひどく感情的だったな」

「あの人、以前からわたくしをよく思ってないの。あたくしには分かっていたわ」

「どういうわけで？」

「月並なの。つまり、彼女は一人娘でしょ。それに、もう大人よ。自分の父親が若い女を後妻にもらうことを嫌うわ。わたくしをお母さんなんて呼びたくない。それどころか、まるでわたくしを、自分の父親を誘惑した悪い女とでも思い込むんでしょうね。わたくしを傷つけ、彼女の生活の中へ侵入させまいとするのよ。それが、わたくしへの敵意になっているのだわ。だから、わたくしと三津田が関係を結んでいるなんて言ったんでしょう」

「とすれば、尚更、矢崎自身が出席しなかったことはおかしい」

　松島は、しきりとこのことに拘泥したがった。

　ユカには、松島がなぜそれを気にするのか分かっていた。松島は、矢崎幸之介が総会に代理人を立てたことと、三津田の行方不明を結びつけて考えているに違いなかった。矢崎が三津田をどこかへ監禁したのだ、という想定である。

　三津田を総会に出さなければ、ユカの立場はいよいよ苦しくなる。ユカを追い詰めておいて、太平製作所の乗取り時期を早めよう、というのが矢崎幸之介の狙いではないか――松島はそんな危惧を抱いているのだろう。

　ユカはしかし、そうとは考えていなかった。彼女は、三津田が今夜にでも、柿ノ木坂の家へ戻ってくるだろうと信じていた。東京に、三津田の行くところはないはずである。それに彼には、そう多くの現金を持たせなかった。そのほかにも三津田には、ユカの家へ帰らずにはいられない弱味があることを彼女は知っていた。

ただ、ユカの大きな不安は、どういうつもりで三津田が総会へ出て来なかったかにあった。やはり三津田の新発明というものが口から出まかせの嘘っぱちだったとしたら——と、ユカは恐怖に近い不安を感ずるのである。

いずれにしても、三津田の行方不明は、矢崎に関りないことだ、とユカは思った。実は、矢崎幸之介がなぜ今日の総会に出席しなかったか、ユカにはその理由の察しがついていたのである。

「じゃあ、ここで……。何かあったら、すぐぼくの家に電話して下さい」

「さよなら」

ユカは、都電の停留所へ立ち去って行く松島の後ろ姿を、深い眼差しで見送ってから、手を上げてタクシーを停めた。

七

汐見ユカの家は、目黒柿ノ木坂の高台にある。斜め左下に都立大学のくすんだ校舎が見え、更にその先に自由が丘方面へのびる舗装道路が白い帯のように流れている。

典型的な東京郊外の住宅地で、夏になるとこの近辺は、水彩画を思わせる鮮やかな緑の樹木で、ふっくらと被い隠される。晩秋の夕暮には、銀杏《いちょう》の葉が地上に黄色い絨毯《じゅうたん》を敷いて、そこをひっそりと散歩する学生の姿があった。ユカの家の南向きのベランダから眺める夜景は郊外のそれらしく、一方には東横線都立大学駅の周辺に密集した灯が見え、ほんの少し向きを変えた方向には、星の瞬きが美しい広大な黒い空間があった。

ユカの家は、特に目立つような豪華な邸宅ではなかったが、二百坪ほどの庭は広く、芝生はなだらかな斜面となって隣家に接していた。洋風の二階家で、間数は少ないが、各部屋はそれぞれゆったりとした間どりだった。そのせいか、ユカと四十になるハウスキーパーの二人暮しでは、どことなく寒々とした家の中の空気だった。

門の前でタクシーを停めたユカは、地上に降り立ちながら習慣的に庭の右手へ目をやった。生垣越しに、そこには十坪ほどのコンクリート造りの建物が見える。三津田誠のために建てた研究所だった。

家へ帰って来て、門の中へ入る前に、まず研究所の窓へ視線を向けるのは、ここ一年間のユカの習慣になっていた。研究所の窓に灯は点いていなかった。

三津田は研究所の一隅にある四畳半の部屋で寝起きしている。帰って来ているとすれば、彼はこの四畳半にいるはずだった。

昨日までのユカは、帰宅してまずこの研究所の窓へ視線を走らせることが、何よりも楽しかった。窓が蛍光灯の光に白く染まり、そこに三津田の影が動いていてもいれば、ああやっているな、とユカの口許は自然に綻《ほころ》びるのである。

だが、今夜のユカには、やっているか、という期待さえなかった。窓に灯が見えていないのが、一層ユカの気持を惨めにした。研究所の建物が、傾きかけた廃屋のように思えた。

ユカは、もぎるように研究所の窓から目を放して、玄関へ通ずる階段を小刻みに歩いた。

玄関のステンドグラスを透して、暗い地上へ三色の光が投げ出される。自動車の音を聞きつけて出て来た家政婦の影が、ステンドグラスに映った。

「お帰りなさいませ」

家政婦の宮地禎子が、半開きのドアから顔を覗かせた。いつものように、作った無表情の顔である。彼女は、この年になるまで男を知らずに過したというような四十女だった。忠実だが冷やかで無愛想なのである。

「三津田は？」

玄関の中へ足を踏み入れる前に、ユカはそう訊いた。家政婦は、そう訊かれるのを予期していたようだった。今朝から幾度も、三津田の行方を問い合わせられたからだろう。

「…………」

家政婦は無言のまま、目で頷いた。

「そう、帰っているの……」

ユカは足を揃えて、靴を脱いだ。だが、いつもよりは気が急《せ》いていた。三寸のヒールは右と左にそれぞれ倒れた。

「何時頃、帰って来たの？」

「夕方でした」

禎子は、転がったヒールをなおしながら答えた。

「で、今は？」

「研究所の方に……」

「寝ているの？」

「いいえ……」

「暗闇の中で坐ってでもいるっていうの？」

「はい」

「すぐ呼んで頂戴！」

家政婦にぶつけるように言って、ユカは二階への階段を上った。ユカの表情には安堵があった。だが、それとは別に、しきりと目が考え込んでいた。三津田に何と切りだすべきか迷っているようでもあり、また、全く違った思索をめぐらしているのかも知れなかった。

ユカの部屋は、二階の八畳間だった。純日本間で、ベランダ代りの六尺の廊下が窓際にあった。窓からの眺めはよかった。特に早朝の、靄に包まれた都立大学の森と、夜の街の灯の点在が、ユカは好きだった。廊下の籐椅子に坐ると、この部屋は温泉場の高級旅館の一室という感じであった。

ユカはオーバーを脱いで、洋服ダンスのハンガーに吊るした。それから、床の間のいけ花に目をやり、三面鏡の前に腰を下した。このベージュ色の三面鏡だけが、女の部屋を思わせる唯一の調度品なのである。

ユカは背をこごめて靴下をはずそうとしたが、階段を上ってくる人の気配に、それをやめた。ユカは立ち上って、部屋の隅のデスクの前にある回転椅子へ移った。彼女はわざと部屋の入口に背を向けて、デスクに肘をついた。

「三津田です……」

襖の外で、しゃがれた声がした。

「どうぞ……」

ユカは背中で返事をした。

襖が時間をかけて開かれた。ユカは振り向かなかった。三津田は部屋へ入ったところで、所在なさそうに立ちすくんでいた。

「お坐りなさい」

ユカはやはり、背中で言った。

え土色にくすんでいる彼の顔は、蛍光灯の光線を受けて、青黒い粘土のような肌になった。

ユカは、肘をついた手の先を髪の毛の中へさし込んで、顳顬《こめかみ》のあたりを揉みながら黙り込んでいた。取調べを始める前の刑事と容疑者のように、二人の間には気を持たせた沈黙が続いた。

「研究所で、何をしていたの？」

やがてユカが口にしたのは、この言葉だった。もの憂いような、穏やかな語調である。

「考えていました……」

三津田の生気のない顔が、それに答えた。

「そう。何を考えていたの？」

「あなたのことを、です」

「わたくしのこと？」

「ええ……」

「なぜ？」

「つまり……」

「気の毒だって……」

「はあ……」

三津田は、長身を折り曲げるようにして、デコラ張りのテーブルの前に坐った。たださ

「え……ええ……」

　三津田は苦しそうに、声をしぼり出した。

「そうなの……じゃあ、あなたはやっぱり、説明のしようがないからって、今日の総会に出て来なかったのね？」

「…………」

「逃げていたのね？」

「…………」

「やっぱり、やっぱり……あなたは、わたくしを騙して、裏切って、破滅させようとしたのね……」

「…………」

「三津田さん……」

　初めて、ユカは回転椅子ごと三津田の方へ向きを変えた。三津田は慌てて、弱々しく目を伏せた。

「三津田さん、わたくし、今の今まで、あなたを信じようとしていたのよ！」

　ユカのこの一言には、激しさがこもっていた。三津田は揃えた膝の上に手をついて、ガクッと首を垂れた。

「何も言うことはないわ。あまりのことに何も言えないのよ。三津田さん、今日の総会でわたくしが、どんなに苦しい立場に立たされたか分かる？　いいえ、そんなことは取るに足らないことよ、一体これから先、わたくしはどうなるの？　わたくしばかりじゃない、あなたも同じことなのよ」

「何とかして、責任をとります」

震える髪の毛の中から、三津田は言った。

「責任をとる？」

ユカは組んだ足を解いた。

「責任をとれると思っているの？　どうやって？　ねえ、どうやって？　三津田さん、わたくしは太平製作所を失うのよ。わたくしの命を賭けて来た、子供のような……ううん、違う、わたくしの全てだった、あの会社を……。世間に対して、どう弁解する？　発明なんて最初からインチキでしたとでも言うつもり？」

「違う！」

三津田は油っ気のない髪の毛を振り立てて顔を上げた。

「違います。あの研究は、最初からインチキだったわけではないんだ！　自信はあった、見通しもついた、ぼくも真剣だった。……ただ、日本酸素に先を越されて……ぼくは、ガックリ来たんです」

「日本酸素が空中窒素の固定化に成功したのは、とっくの昔じゃないの。確か去年の初めだったと思うわ。あなたはわたくしに、日本酸素とは違う特殊な技術で簡便安価な方法を発明したって言ったわ。それが嘘だったわけじゃないの。あなたは、去年の初めから、ありもしない夢の宝物の存在を、わたくしに信じ込ませて来たんだわ！」

「しかし、決して最初からインチキじゃなかったんです！　このことだけは信じて下さい！」

「結果から見れば、インチキも同じことよ」

突き放すように、ユカは言った。「わたくしと清美さんは女学校時代の親友だったわ。その清美さんのご主人だからっていうんで、わたくしは三津田さんを信じたのよ。そりゃあ、わたくしも甘かったかも知れない……でもね、親友と一心同体だったと思えば、尊敬もするし、好意的にも見るし、信用するのが人情だわ。それなのに、あなたっていう人は……詐欺事件で執行猶予になった身の上だってことも、そのために清美さんが石廊崎で自殺したってことも、わたくしに隠していたんじゃないの！」

ユカは立ち上って、ベランダ代りの廊下へ大股に歩いて出た。三津田は、いつの間にか膝の上から滑らせた両手を畳についていた。

「三津田さん、あなたはその時、なぜ清美さんと一緒に死んでしまわなかったの？　今頃清美さんの魂、海の底で泣いているわ、きっと。わたくしも泣きたい。でも、わたくしにはそれが出来ないのよ。三年間の苦労が水の泡、二千万円の借金、あらゆる人たちの非難を受ける矢面に立って……これから先、まるで犯罪者のように生きて行かなければならないのよ。それもこれも、みんな三津田さん、あなたのお蔭なんだわ。今のわたくしは、泣きたいよりも、死んでしまいたい気持なの……」

ユカはガラス戸越しに、街の灯を眺めた。東京郊外のこの街の夜景は平和だった。そのいずれの灯の許にも、家庭の温か味が滲んでいるようである。何万というサラリーマンたちの安息の城が、小さな灯を輝かせているのだ。

「三津田さん……」

思いなおしたように、ユカはガラス戸に映っている三津田の横顔へ声をかけた。

「もう一度訊くけど、あなたはなぜ清美さんだけを死なせてしまったの？」

ガラスの中の三津田は、オズオズと顔を上げた。その唇が僅かに動いて、押し入れの中で呟くような声が聞えた。

「ぼくも死にたかった……しかし、家内の遺書に、汚名をそそぐような新発明に成功して下さい、とあるのを読んで……もう一度だけやってみようと思いなおしたんだ」

「いい奥さんね。でも、その結果がこうだったんだわ。あなたは、清美さんの死体に唾を吐いたようなものよ」

「だが、ぼくは……やるだけのことはやった……努力もした、真剣だったんだ……そうでなければ、ぼくは四年前に清美と一緒に死んでいる」

「嘘おっしゃい。あなたは清美さんの遺書を見て、自殺を思いとどまったんじゃないわ。あなたは死ぬのが怖かったのよ。あなたっていう人は、意気地なしで、意志が弱くて、気が小さい人よ。三年間も見ていれば、そのくらいのことは分かるわ。新発明の見通しもないくせに、一年間わたくしを騙し続けて来たのも、きっと、その気の弱さのせいなんでしょう？　そうでなければ、あなたは生まれついての詐欺師か誇大妄想狂で、喰わんがためにに、わたくしをヒッカケたんだわ」

「そうじゃない！」

と、この時、三津田は這いずるようにして立ち上った。色褪せた彼の頬に、微かに血の気がさして、目には濡れたようなきらめきがあった。

「ぼくは喰わんがために、あなたにこんな迷惑をかけたんじゃない。そんなつもりだったら、今日、研究所にある金目のものを売り払って、逃げ出したままここへなんか戻って来なかった！」

「じゃあ、どうだったたっていうの？」

「どうだって……それは、ユカさん、あなたは知っているはずだ！」

「…………」

三津田の言うように、ユカには彼の胸裡にあるものが分かっていた。先刻、松島の憂慮をよそに、ユカが三津田は今夜必ず家へ帰ってくると自信を持っていたのも、そのせいである。三津田はどうしても、ユカのところへ戻って来ないわけには行かなかったはずなのだ。

しかし、ユカは黙っていた。ただ、多少の羞恥心を込めた視線を、チラッと三津田に注いだだけだった。三津田は、そのユカの一瞥に勇を得たかのように一歩前へ出た。

「ユカさん！　ぼくはたとえ一日でも、あなたの傍にいたかったんだ。朝、あなたと一緒に食事が出来る。夜、会社から帰って来たあなたは、必ず研究所へ寄ってぼくと話し込む……こんな生活が、ぼくにとっては生甲斐だった。ユカさん、ぼくはあなたを愛してしまったんだ。実を言うと、ぼくはもう発明なんかに興味を失っていた。ぼくはただ、あなたの生活の一部の中に住んでいられたら、それでよかった。しかし、ぼくはこんな男だ。何の取り柄もないし、事業家のあなたに愛情をうち明けたところで、乞食が映画スターに結婚を申し込むようなものなんだ。だから、ぼくは、あなたの傍にいられるのは、この発明というものだけがその仲介《なかだち》をしてくれる、と思ったんだ。ぼくはね、ユカさん、今日だって……多摩川の土手で水を眺めながら、やっぱりユカさんのところへ帰らずにはいられない……どうしてもね……」

「三津田さん……」

ユカは熱っぽい三津田の言葉を遮るように、身体全体で振り返った。

「わたくし……わたくしだって……あなたが清美さんのご主人でなければよかったって、

何度も思ったことがあるの。せめて、清美さんが死んで別れたんじゃなくて、あなたが清美さんと普通の離婚をしていてくれたんだったら……わたくし、そんな気持でいたのよ……」

「本当ですか！　ユカさん……」

「今日の総会でも言われたの。わたくしと三津田さんの関係は特別なものじゃないかって……。わたくし、内心ギクッとしたのよ」

「ユカさん……」

三津田はよろけるようにして、なおも二、三歩前へ出て来た。その唇は喘ぐように痙攣している。削り取ったようにこけた頬、窪んだ眼窩、鼻翼《こばな》が目立つ細い鼻柱——と、全体にトゲトゲしい彼の顔に、瞳だけが飢えた野獣に似て、異様に大きく燃えていた。

ユカは、その三津田の瞳に見入った。二人は放たれる寸前の二本の矢のように、凝視し合った。息詰まるほどの、重さと熱っぽさとが、この部屋を今にも破裂しそうな風船玉のようにする。三津田の両腕が左右に開き、ユカの重心は両足の爪先にかかる。その一瞬が完全に一致した。

ユカは、のめるようにして三津田の胸の中へ倒れ込んだ。三津田の腕が、ユカの上半身と下半身をねじ切るようにして締めつける。

「愛しているの……」

目を閉じて仰向いたユカの唇が、三津田の耳許で動いた。

「ユカさん……」

「三津田さん、わたくしたちって……どうしてこうも皮肉なの。折角、お互いの気持を口に出来たのに……それが、破滅の直前だなんて……」

「何でもいい、もうどうなろうと構わないんだ……その気でいれば、何とかなる」

「でもでも……駄目なのよ。警察が動き出したの。わたくしは証券取引法違反だけど、あなたは詐欺容疑っていうことになるわ……。もう執行猶予の期間はきれていたとしても、あなたには前科があるんですもの、致命的よ……わたくしたち、どんなに愛し合っていても、結局は離れ離れになるのね……」

「警察が……？」

三津田の顔色は、この一言でみるみるうちに蒼白に変った。だが、彼はその恐怖を振り切るようにして、ユカの唇に自分のそれを押しつけた。むさぼるようなその激しさに、うめき声をあげたユカの目尻から、不意に銀色の雫が一筋、頬を伝って落ちた。

周囲に生きている音はなかった。

八

六本木でユカと別れた松島は、そのまま下落合の彼のアパートへ真っ直ぐ帰った。国電の混雑の中にいても、松島の気持はあたりに分散しなかった。対象は何でもいい、どんなに短い時間でもいい、何かに気を引かれていたかった。だが、彼の興味をそそるものは何一つないのである。

通勤用の乗り物の中にいる時は、意味もなく他人を観察したり、広告を眺めたり、そうでなければ居眠りをするより仕方がないものなのだ。それだけに、中央線の車内の決まりきった、平面的な視線の範囲をもて余して、なおかつ、思案が同じ一点を堂々めぐりしているることは苦痛だった。

松島はユカを心配していた。楽観的に考えようとするのだが、いかなる今後の事態発展を想定しても、ユカの致命的な破滅という結論が出るのだ。今日一日だけでも、いろいろなことがあり過ぎた。明日からはもっと難題が増すだろう。

松島は夢で見ているように、自分から遠去かって行くユカを漠然と頭に描いていた。ユカが犯罪者とされる可能性は薄い。だが、今度の事件が契機となって、ユカが今までのように松島と袖触れ合う存在ではなくなる、という恐れは充分にある。例えば、矢崎幸之介の妻となることも、その一つだ。

松島は寂しかった。自分の想像で、寂しくしているのかも知れない。しかし、彼の力では現在のユカを救えないということだけは事実だった。

どうにもやりきれない気持だった。新宿駅で西武電車に乗り換える際、松島はふと酒でも飲もうかという気になった。華やかなネオンの乱舞が、そう誘ったのである。だが、彼はすぐに思いなおした。昨日までの彼の節度と変りなく酔う自信がなかったのだ。それにユカからどんな連絡があるか分からない。彼には、家にいる必要があった。

西武線の下落合駅で降りる。松島のアパートは、下落合駅前から新井薬師寄りに五分ほど歩いたところだった。皮革製品の大きな問屋と銀行の支店との間を入り、線路際まで行くと、『美代荘』と浮き出た軒灯が道路に面して出ている。

かつて新橋あたりへ出ていたという芸妓上りの女が経営しているアパートだった。『美代荘』というのは、彼女の名をそのままアパートにつけたという話である。

階上四軒、階下四軒と、計八世帯が入っている二階建てのモルタル建築で、電車が通る度に多少揺れはするが、松島は律子と結婚以来、ずっとこのアパートに住みついていた。

松島は、アパートの前の道をゆっくり歩いた。足を早める気にはなれなかったし、またそうする必要もなかった。この附近は、夜を迎えると、それを待っていたように素直に寂しくなる。どうして家が建たないのか、と不思議に思いたくなるような空地が多く、それに道が行きどまりになっているせいか、通行人の数が少ないのである。

『美代荘』の窓にだけは、灯がともっていた。サラリーマンの家庭が殆んどだから、夜電気が消えているという窓は少なかった。階上《うえ》に四つ、階下《した》に四つ、八世帯全部の窓に灯がともると、アパートは遠くから見て、ホテルのように豪華だった。

しかし、今夜は一つだけ、灯の消えている窓があった。二階の右端の窓である。と、視覚が確かめると同時に、松島はそれが自分の部屋であったことに気がついた。

窓に面した部屋は、いわば茶の間であるから、律子がいれば当然灯がついているはずだった。

《律子は留守だな》

と、松島は呟いた。

律子が留守だと分かると、松島は足早になった。少しの間でも家を空《から》にしておきたくないという、その家の主の本能的な心理からである。松島はアパートの階段を上り、部屋のドアを合鍵であけた。手探りで壁のスイッチをひねり、玄関の電灯をつけた。部屋の中の空気は冷えていた。最初に寝室を覗き、それから茶の間へ入った。茶の間の電気コタツの中へ手を差し込んでみたが、温か味は全く残っていなかった。火鉢の中には、白い灰になった炭火の残骸が崩れていた。律子は大分長い時間、外出しているようである。

《どこへ出掛けたのか……》

松島は、壁に吊ってある律子の普段着を眺めた。近所まで買物に行ったのではなさそうである。彼は空腹を思い出して、急に不愉快になった。律子の帰りを待ち、それから食事の支度なのだ。火の気がないことも、当然迎えてくれるべき者が迎えない時の腹立たしさを強める。彼はオーバーを着たまま坐り込むと、火のない火鉢に手をかざした。気が重いだけに、イライラしてくる。

《食事の用意をしておくぐらいの能っきりない女のくせに》

などと、彼は腹の底で律子をののしった。

「あなたが帰ると、律子さん、ちゃんと食事の用意をして待っているんでしょう？　羨しいわね」

そう言ったユカの言葉を思い出して、彼は火鉢の縁をバシッと叩いた。

律子が帰って来たのは、それから約三十分後である。柱の鳩時計が八時を告げたばかりの頃だった。

「やっぱり、あなただったのね？」

ドアをあけたとたんに茶の間を覗き込むようにして、律子は言った。

「おれで悪かったな」

火鉢の前で、松島は言い返した。

「そんな意味じゃないのよ。だって、今日、月曜日でしょう、だから……」

律子は下駄箱をガタピシさせながら、鼻にかかった声を張り上げる。下駄箱に草履《ぞうり》をしまっているらしい。

律子にそう言われて、松島はいつもなら今夜は月曜会で帰りが遅くなるのだった、と初めて気がついた。だが、だからと言って律子の外出を当り前だと認めるわけには行かなかった。帰りが遅いだろうと先を見越して外出していた妻の計算に、彼は余計に不機嫌になった。

「鬼のいない間に洗濯か。しかし、洗濯は昼間のうちにすませたらどうだ」

彼は皮肉な言い方をした。

「ごめんなさい。でも、わたし大急ぎで帰って来たのよ。窓に灯がついているし、慌てちゃった……」

荒い呼吸で、松島の背後に近づいて来た律子の声は弾んでいた。

「どこへ行った？」

「デパート」

「馬鹿言え、月曜日はデパート、休みだ」

「あら、木曜日休みっていうデパートだってあるわ」

「それから？」

「それからって？」

「八時までやっているデパートへ行ったのか?」

「ああ、そうそう、帰りに映画見たの。一本だてを」

「いいご身分だ」

「そうポンポン言わないでよ、あなたらしくもない」

律子は、そう言いながら松島の脇をすり抜けた。彼の顔を包むように香水の匂いが漂った。同時に、彼の目を律子の真白な足袋《たび》をはいた足がよぎった。

松島は、ぼんやり律子を見上げた。サモン・ピンクに黒の縞御召《しまおめし》、白いミンク・シールのコート、そして、豪華な糸錦の名古屋帯が覗いている。何から何まで、律子の一張羅《いっちょうら》であった。

いつも見馴れている律子とは、人が変ったように見えた。思わず目を疑いたくなる、妻のあでやかさだった。目と唇を生かして、ドーラン化粧をした律子の顔も、映画女優のように華やかで美しかった。

「何を見てるのよ」

律子は眩しそうな目をして、顔をそむけた。

松島はわけもなく落ち着きを失った。いつでも思うままになる妻の肉体を、彼はまるで手のとどかない女のそれのように頭に描いた。彼はポケットから煙草を出して、口にくわえた。

「マッチないか……？」

松島は妻の顔は見ずに言った。

「あるわ」

律子は気軽く答えた。パチンとバッグの口金の音が鳴って、松島の目の前にマッチが差し出された。

松島はそのマッチで、煙草に火をつけた。深く吸い込んだ煙りを吐き出すと、何となく気持に余裕が出来た。彼は、たまに見た妻の外出着姿にドギマギした自分が可笑しくなって苦笑した。苦笑しながら、彼は何気なく律子が寄越したマッチに目をおとした。

《…………？》

同時に、松島はおやっと思った。ほんの小さな疑問ではあったが、彼の気持はその疑問につまずいたのである。

マッチには朱色、黄色、緑色の三色の線が鉤型に曲折した模様のレッテルが貼ってあった。一目で、中華料理屋のマッチと分かる配色だった。

『上海料理、桃源楼、護国寺前、出前迅速』

レッテルにはそう印刷されてあり、これに電話番号が付け加えてあった。松島の目を捉えたのは、この中の『護国寺前』という活字である。

マッチは新しかった。赤燐にも、松島がすったマッチ一本のすり跡が、一か所残っているだけだった。このマッチは、今日、律子が外出先で手に入れたものに違いない。その律子は今日、デパートへ行き、映画を見たという。しかし、文京区の護国寺附近に、デパートや一本だての映画を上映しているような劇場があるはずはない。

護国寺にいちばん近い盛り場は、池袋である。だが、律子が池袋へ行ったのだとしても、その帰りに護国寺方面へ回るのはおかしい。この下落合とは全く違う方向なのである。

第一、律子の親戚とか友人とかが護国寺の近くに住んでいるという話は、ついぞ聞いたことがないのだ。言い換えれば、護国寺近辺の土地と、律子とは全く縁がないのである。つまり律子が、護国寺あたりへ出掛けて行く必然性がないのだ。

《護国寺附近へ、何かのために行き、そこで中華料理を食べたりしたのは、どういうわけなのか……?》

松島は、家にあってはならない汚物でも扱うように、マッチを畳へ投げ捨てた。

律子はコートを脱いだだけの恰好《かっこう》で、台所へ行った。棚から電気釜をおろしている。ラン、ラン、ラン、と流行歌のメロディを鼻にかけて口ずさみながら、律子は水道の水を流し始めた。ひどく陽気である。松島はその陽気さも気になった。普段はあまりないことなのだ。

「律子……」

松島は立ち上った。

「なあに？」

鼻声の途中で律子は答え、すぐまたラン、ラン、ランを始めた。

「映画はどこで見たんだ？」

「銀座よ」

律子は軽く受け流す。松島の方が面喰らうほど、シャアシャアとした態度である。

《律子は嘘をついている……》

松島は、妻の背中に近づきながらそう思った。

「飯のオカズは何だい？」

「カレーライスを作ろうと思って。その方が簡単で早いでしょ？」

「お前も食べるのか？」

「あら、どうして？　勿論よ」

「いやあ、お前は外ですませて来たんだと思ったのさ」

「とんでもない、お腹はペコペコよ」

律子は今は空腹だという。とすると、この護国寺前の中華料理屋へ寄ったのは、昼間だということになる。どうやら律子は、昼間家を出た足で真っ直ぐ護国寺近辺へ行ったようである。松島に嘘をついてまで、律子には護国寺近辺へ行かねばならなかった必要があったのか。

「律子……」

松島は妻の背中に胸を密着させて、腕を前へ回した。女の秘密を探るには、愛情の表現によってその反応を見るのが一つの方法だ、と彼は咄嗟《とっさ》に思いついたのである。

「何よオ……」

律子はびっくりしたように、顔をねじ向けた。強い香水の匂いに鼻腔をくすぐられながら、松島は強引に律子と胸を合わせようとした。

「いやよ、放して……！」

律子は眉をしかめた。

「どうしてだ？」

「着物が駄目になる……」

「このままの恰好で、水仕事をしようとしてたじゃないか」

「いや！　いやだってば！」

律子は、松島が唇を近づけると、白い喉を見せて顔をのけぞらした。

松島は律子から離れた。彼の掌には、燃えているように熱い律子の体温が残っていた。

松島は茶の間へ戻った。電灯の下に、両方の掌を拡げて、それを瞶めた。妻に対する彼の疑惑は、すでに無形のものではなくなっていた。とは言っても、松島はそんな妻を責めようとも、詰問しようとも思っていなかった。彼の気持は、むしろユカの許へ飛んでいた。

妻の不貞を知ったとたんに、彼は妻以外の女のことを堂々と考える権利を与えられたような気がしたのだ。これで、もう一度、ユカに求愛しても、誰にもとがめられるはずはないだろう、という男の打算があったのかも知れない。

勿論、松島は、この頃ユカが、柿ノ木坂の家の二階で、三津田誠の狂ったような接吻を浴びているとは、夢にも思っていなかったのである。

夫婦であろうと、恋人であろうと、一度、声のとどかないだけの距離を隔てていれば、信頼という空しい言葉を心の拠りどころとするだけで、もう相手がどこで誰と何をしていようと、知るよしもないのだ。律子にしても、ユカにしても同じなのである。こんなところに男と女の、いや、人間のはかなさがあるのではないだろうか。

ユカのこのような行為さえ思いもよらなかった松島である。間もなく、自分の周囲に二人の人間の死が横たわるということを予測し得なかったのは当然だった。

彼の気持の重苦しさは、目先の陰鬱ばかりを呼び、暗い予感へ誘おうとはしなかったのである。

第二章　死

一

昼間は、風光明媚というより、豪快なタッチで描き上げた巨大なキャンバスの油絵と言った方がピッタリする。

冬でも、太陽は強烈な光線を注ぎ、限りない太平洋の海原はギラギラと陽光に戯れる。ここには波というものがない。あるのは怒濤《どとう》なのだ。林立した岩は、その怒濤を水柱のように舞い上らせ、無数の渦を作る。

岬の西岸にある高岩、突端の灌頂浜《かんじょうがはま》、東岸の毘沙姑《びしゃこ》岩を結ぶ岩壁は、絶えずこの怒濤を聞き、空と海に陸地のあることを示している。

灯台は一八九九年に建設のもので、形こそ古めかしいが、その白い塔は視界の九十九パーセントを占める紺と青色に映えて、目にしみるように鮮烈だった。

岬全体に亜熱帯植物が群生していて、それが南国らしい情緒をかもしだす。

しかし、この男性的な海の美しさも、夜を迎えて一変する。黒の空間を走るのは、灯台から流れ出る一筋の光の帯だけである。月の夜なら、この大自然は宗教的な冷厳さを見せるのだが、風のひどい曇り日など、岬の夜は凄惨な死の世界を思わせる。日本の台風史上に残る、凄まじい大暴風雨も、この岬に上陸したのである。

天候の穏やかな今夜はまた、この岬の静寂が無気味であった。波の音は断崖のはるか下で鳴り、海も空も黙って冷笑を続けているようである。一人、岬に佇んでいると、海が招いているような気持になってくる。目には見えない何かによって、水平線のあたりまで運ばれ、誰一人気づかないうちに海の中へ吸い込まれてしまいそうな幻想に捉われる。

すぐ近くの市には、多くの旅館があって、一年中観光客があとを絶たない。しかし、だからと言って、この岬が混雑するというようなことはなかった。観光客は昼間のうちに、市内から十分ばかりバスに乗り、この岬へやって来て、灯台やら海の景観やら、また弘法大師が開いた寺と、忙しく歩き回り再び市内へ戻って行く。岬は常に孤独だった。

この四国高知県にある室戸崎の、通称『馬の岩』といわれる奇岩の蔭で、東京者と思われる男の死体が発見されたのは、一月二十三日火曜日の朝であった。

その日の夕刊で、土地の新聞はこう事件を報道している。

一月二十三日午前八時頃、室戸市室戸岬の通称『馬の岩』近くに、四十歳ぐらいの男が倒れているのを、同市坂本の無職羽生清太郎さん（六二）が見つけ室戸警察署に連絡した。同署員が現場に駈けつけて調べた結果、男はすでに死んでおり、現場の状況から男は溺死したのではなく、十メートルほどの断崖の上から落ちて死んだものと推定された。同署では他殺の疑いもあるとして、高知県警察本部にも急報、捜査を始めた。今までに分かったところによると、この男は室戸市内鏡月旅館に四日ほど前から泊まっていた東京都目黒区××町××番地汐見方三津田誠さん（三九）と、身許がはっきりした。三津田さんは旅館には一人で泊まっていたが、室戸市内で東京の者らしい女と一緒にいたのを見かけた人があり、室戸署では目下、この女に関する情報を集めている――

二

四国高知県の室戸岬で、三津田誠の変死体が発見される五日前――一月十八日、汐見ユカも東京から姿を消している。

ユカは金策のため、旅行中だということになっていた。しかし、これはあくまで表向きの口実であって、事実はそうではなかったのである。

ユカが何を目的として、どっちの方面へ旅行しているのか、知っているのは松島だけだった。松島がユカから全てを打ちあけられたのはその前日、一月十七日の夜である。

この一月十七日の数時間は、松島にとって、ある意味での記念すべき夜となった。松島は、彼の生涯のうち、この夜ほど予想を裏切られ、激しい衝撃を受け、試練に耐えて、なおかつ寛大さを求められるという、めまぐるしいような感情の推移を経験したことはないだろう。松島は、重苦しいような失望感と、人に度量を示す時の悲壮な爽快味を、同時に味わったのである。

一月十七日、定刻に社を退けた松島は、その足で柿ノ木坂のユカの自宅へ向かった。周囲の者には、病床にいる社長を見舞いに行くと言っておいたが、この日の昼間のうちに松島はユカから電話で呼び出しを受けていたのである。一身上の問題について、是非相談したいから、一人で柿ノ木坂の自宅まで来てくれないか、というユカの頼みだった。

松島は赤羽橋まで歩いて、済生会病院の前から自由が丘行きのバスに乗った。この一週間に数回利用しているから、バスの混雑ぶりには驚かなかった。松島は今更のようにオーバーの厚味を腹立たしく思っただけで、乗客たちの背を割りながら、あいている吊り革を探した。

冬の夜は早かった。間もなく窓外を流れる街の灯が、闇を濃くし始めた。バスは殆んど無停車で走った。目黒あたりまでは、降りる客もなく、あらたに乗客を詰め込むだけの余裕が車内にないのである。人々の体の密着によって、震動も感じないぐらいだった。

松島は、窓に映る自分の顔を瞶めた。疲れきった顔だった。これが生きているおれなのだろうか、と疑いたくなるほど生気に乏しかった。彼は頰の筋肉を動かしてみた。だが窓ガラスでは、能面の『姥《うば》』のような顔が引きつって歪んだだけであった。

松島は、結局は中止に終ったあの株主総会のあった一月八日以来、三度ほどこのバスでユカの自宅へ足を運んでいる。ユカは、あの日の翌日から、病気ということで社に出て来ていない。疲労が甚だしいので二週間の休養を要す、という医師の診断書が出されている。社長が自宅で病気療養中ということになれば、太平製作所の幹部たちは必然的に、何かにつけて指示を受けに、柿ノ木坂の汐見邸へ通わなければならなかった。まして、インチキ発明だとか、株価変動だとか、自社株操作などと世間や株主たちからの一斉非難の渦中にあって、社運を賭けた難事に直面している太平製作所なのである。日々、いろいろな問題が起り、重要事項は山積している。太平製作所の幹部たちは、とても一存で事の解決を計るわけには行かなかった。面倒ではあっても、病床の社長に一切を報告して、指示を仰ぎ、説明を求め、また進言もしなければならなかった。

こんな時期に、社長が病に倒れたことは、太平製作所にとって大きな傷手《いたで》であった。しかし、社の幹部たちは決してユカを責めようとはしなかった。むしろ同情的でさえあった。彼らは、日頃のユカの会社に対する愛情と熱意を、目のあたりにして来た。月曜会の集まりなどでも、ユカの真意を充分知りつくしているのだ。世間や株主がどう非難をユカに浴びせようと、社の幹部たちはユカを信じ、また忠実だった。彼らは、ユカが太平製作所の発展を期して、多少背のびはしすぎたとしても、とにかく死にもの狂いになって努力して来たことを認めている。そのために心労が重なり、ユカは健康を害した——と、彼らが解釈するのも当然であった。

三津田誠を技術研究員として雇用していたことには、われわれに一言の相談もなく、独裁だ、秘密主義だ、と一部の幹部の間に不満の声があったらしい。だがその点も、技術研究員の雇用はあくまで試験的なものだったから、というユカの釈明によって納得がいったようである。

一月八日の株主総会が、あのような結果に終り、ユカが自らの惨敗を認めた時以来、社の幹部たちは完全に社長を擁護する立場をとった。長い間、苦労を共にして来たユカへの情もあった。そのユカが窮地に追い込まれたことによって、彼らは結束した。自分たちが育て上げて来た太平製作所に対する愛着もあった。伝統に疵《きず》をつけまい、という気持と同じである。人は結束することによって、何とか急場を乗り切ろうという意欲を高めるものである。彼らは利害を二の次にして、青年のように真剣になった。

彼らをこうにまでさせたのは、ユカが単なる事業家ではなかったことも一つの原因であった。もしユカが、利潤追及を唯一の目当てにしている海千山千の商売人であったら、社の幹部たちはあまり責任を自覚しなかったろう。だが彼らは、ユカが彼女自身の金儲けよりも、事業に押しつぶされて死んだ父親の遺志に報いようとして、太平製作所の経営に打ち込んでいることを察していた。いわば、精神的な商売人であるユカには、同情すべき余地があったわけだ。

それに、ユカがまだ三十を越して間もない女であることも、男たちを一肌ぬごうという気持にさせたのかも知れない。

株主総会があった日の翌日、部長以上の幹部たち七名がまず、柿ノ木坂のユカの自宅に招かれた。三津田誠に関する報告と、ユカの健康状態についてを聞かされるためだった。

「こんなことになってしまって、みなさんにご心配やらご迷惑やらをおかけして……。おまけに、会社へも出られない身体になってしまいました。何もかも、わたくしの責任なんです。申し訳ありません……」

二階の自室に一同を迎え入れると、ユカは夜具の上に起き上って、深く頭を垂れた。

ところせましと居並んだ七人の男たちも、葬儀に参列しているような神妙な面持ちで会釈を返した。彼らの目には、片羽をもがれた蝶のようにユカの姿が痛々しく映った。

ユカは白いネルの寝巻を着ていた。それは決して上等な夜着には見えなかったが、深窓の女の長襦袢《ながじゅばん》のように、清楚な艶っぽさを感じさせた。

《美しい……》と、いちばん端に席を占めていた松島は、ユカとは別の女を観賞するような気持になっていた。そこには、事業家の衣を脱いだ、一人の女がいた。映画によく出てくる、薄倖の美しい人妻、といった雰囲気が今夜の彼女の印象にあった。

胸のふくらみや、揃えた膝のムッチリと盛り上った肉づきから厚味のある腰への曲線には、成熟しきった女の円味がある。だが、ほっそりとした項《うなじ》、青白い顔にかかったほつれ毛が、繊細で弱々しい乙女を思わせた。敷布と蒲団カバー、それに寝巻という白一色が、彼女を一層、幽寂な感じにしていた。

「社長、そんなに弱音を吐かないで下さい。われわれも、全力をつくしてあなたに協力するつもりでいますから……」

常務が、引き込まれるように力をこめた口調で言った。男たちの中には、その通りだと頷く顔が幾つもあった。

「そんなことを言って頂くと……わたくし、本当に嬉しくて……」

ユカは色のない唇を軽く噛んだ。

「強気な社長に似合わんですよ……」

子供が八人もいて苦労が多いといつもこぼしてばかりいる、この初老の常務は、生活のにじんだ実直そうな顔を突き出した。

「われわれは、太平製作所がほんの町工場だった時分から、社長と一緒に注文とりに駈け回ったんです。安心して下さい。ただ月給欲しさに勤めているサラリーマンとは違うんですよ」

「そうまで言われると……わたくし、尚更、口に出しにくくなるんですけど……」

「三津田研究員のことですか？」

工場長が口を出した。

「そうなんです……」

ユカは、膝の上で重ねていた掌を、顔を被うように持って行った。

「三津田は昨夜、やはりここへ戻って来ました」

ユカのこの一言に、ほう、というような歎声や溜め息があちこちで洩れた。

「わたくし、三津田に発明について問い糺しました。その結果……わたくしの判断では、例の三津田の発明には見込みがないようなのです」

「やはり、最初から社長をペテンにかけるつもりだったのですか？」

常務が、比較的落ち着いた声で言った。

「あとで研究所を見て頂けば分かると思いますけど……三津田の発明は、まるっきり嘘でもなかったようです。ただ、今後の見通しについて曖昧なのです。というより、万策つきたというような口ぶりでした」

「それで、三津田は今後どう対処するつもりなのか、あなたに対してどんな償いをするのか、彼の意志を示さなかったのですか？」

「ただ申し訳ないの一点張りで……三津田にしても、切羽詰まった苦悩ぶりでした」

「それは当然でしょう。昨夜ここへ戻って来たからには、三津田にも彼なりの誠意があったものと思いますが……。しかし、申し訳ないだけではすまない問題ですからね」

「わたくしも、そのことについては強く言ったのです。たとえ前評判されているような画期的な新発明でないにしろ、少なくとも、わたくしの言っていたことが嘘とならないような新発明を完成してもらいたい……って。三津田は何とか努力してみると約束しました。ところが、今朝になって……」

「どうしたのです?」

「三津田はいなくなってしまったんです。家政婦にも気づかれないように、家を出て行きました。調べてみると、三津田の持ち物はすっかり持ち去られているんです」

「自分の荷物を持って出たとなると、逃亡したわけですね?」

「研究所の三津田の部屋に、こんな走り書きが残されていました」

　ユカは、枕許のスタンドの下にはさみ込んであった一枚の便箋を抜き取って、常務に手渡した。常務は便箋に目を走らせると、すぐ隣りの工場長に渡した。便箋は次々に回覧され、やがて松島のところに回って来た。

『申し訳ありません。責任をとります』

　便箋には、二行に分けてそう書いてあった。便箋が一通り、人の手を回るまで沈黙が続いた。しかし、特に席はざわつかなかった。誰もが、証拠の品を吟味する裁判官のように冷静な面持ちだった。こうした結果を、半ば予期していた人々の顔であった。

「三津田は、どういう方法で責任をとるつもりでしょうか？」

間もなく、常務がそれほど深刻な気持ではいないということを強調するように、ゆったりとした仕種で煙草に火をつけながら言った。

「……」

ユカは力なく首を振った。

「非常に冷酷な言い方ですが、この際三津田が、詐欺行為と自認して警察へ自首して出るか、それとも自殺でもしてくれた方が、社長にとっても、また太平製作所にとっても有利なんですがね……」

片桐常務は、八人の子供たちに囲まれているよき父親には似合わない、過激的な考えを述べだした。

「そうあることが、むしろ当然じゃありませんか。三津田は自首か自殺かによって、幾らかでも罪の償いをしたことになるんです。三津田がそうして一切の責任を引き受ければ、社長も会社も彼に騙されたということで、結局は被害者の立場に立つのです。社長、事態がこうなったからには、残った問題は太平製作所の信用恢復《かいふく》と、社長が証券取引法違反の疑いで警察の追及を受けることを防ぐ、それに太平製作所の経営陣入れ替え要求を喰《く》いとめる。この三点だけなんです。われわれも、この三つの問題を実現するために全力を注ぐつもりでした。しかし、もし三津田がそれなりの責任をとってくれれば、全てが一挙に解決するじゃありませんか」

片桐常務は喋っているうちに、自分の意見に酔ったようである。彼の声は、かすれ気味に上ずった。

「わたくしも、三津田はそのような方法で責任をとるものと思います」

ユカは小声で言った。

三津田は明らかに詐欺行為をやっている。法律に違反した犯罪者なのである。被害者はユカであり太平製作所なのだ。その三津田が被害者であるユカに、責任をとる、と書き残して姿をくらましたのだから、彼が警察へ自首することも、また自殺することも当然考えられた。しかし、松島にはどうしても頷けない一点があった。それは、三津田が自分の持ち物を携帯して逃亡していることである。自首なり自殺なりする意志のある人間が、なぜ自分の持ち物を必要としたのだろうか。

松島は落語の『品川心中』を思い出した。あの落語の中に、娼妓から心中を迫られた男が、刃物で死ぬのは痛いとか、海に飛び込んで死ぬには今風邪をひいているとかいう台詞がある。その言葉のような矛盾が、三津田にも当て嵌《は》まるのだ。自首するにも自殺するにも、身の回り品は不要なのである。三津田が荷物を持って逃亡したのは、これから先の人並みの生活を考えたからにほかならない。つまり三津田は、責任をとるためではなく、責任を回避しようとして逃げたのだ。

松島はそう解釈したが、そのことを口にしようとはしなかった。言ったところで、ただ議論の種を提供するにすぎないからだ。

この日はこれで終った。一同はユカの報告を素直に受け入れて、彼女を励ましながら、今後の対応策について決意をあらたにしたのである。悲運に泣くお姫様に、家の子郎党が忠誠を誓う図に似ていた。

松島が二度目にユカの自宅を訪れたのは、警視庁捜査二課の刑事が太平製作所に来て、前回の株主総会の模様を聞き込んで行った時だった。この時は、松島は片桐常務と二人でユカに会いに行った。ユカは相変らず、顔色が悪かった。ユカの話によると、彼女の家にも刑事が来て、三津田について聞き込んで行ったそうである。いよいよ警視庁捜査二課が具体的に捜査を始めたことは、歴然としていた。だが、その後の三津田の行動は全く不明だった。自首した形跡もないし、彼の自殺死体が発見されたという連絡も受けてなかった。

三度目は昨夜だった。太平製作所へ矢崎幸之介が現われて、早急に株主総会を開くよう強く申し入れて来たのである。この対策を練るために、松島や片桐常務を含んだ七人の幹部たちが再び病床のユカを囲んだのだった。

そして今日、四度松島はユカからの呼び出しを受けとったのである。しかし、今日は松島一人で来て欲しいということだった。

一人で来てくれ――というユカの頼みを、松島は喜ぶべきか恐れるべきか、判断がつかなかった。総務部長として呼ぶのか、松島個人への信頼感から相談を求めているのかが、はっきりしないのである。

太平製作所乃至はユカ自身の浮沈にかかわるこの時期に、総務部長としての松島が単独で解決を計れる問題は一つとしてない。松島には、それだけの地位も権限もなかった。つまり、公的な指示を与えるならば、ユカは常務なり相談役なりを呼ばなければ動きがとれないわけだ。

すると、ユカはやはり松島個人に会いたがっているのだろうか。長年の友情を信じて――ということになると、ユカは私行上の問題で松島を相談相手に求めているわけである。このような急迫した事態にありながら、ユカは個人的な問題で、何を苦悩しているのか、松島は不安を感ずる反面、女の甘さが羨しくもあった。

ユカから、一人で来て欲しい、とせがまれて、少しも楽しくなっていない自分が、松島は寂しかった。ユカにあくまで頼りにされている、という充足感はあった。しかし、小さなヒロイズムを満足させてくれるだけのことだ。それは、自分が利用度の高い男だからとも言い換えられるのである。僅かな喜びはあっても、決して嬉しくはなかった。ユカの話が今日の現実に関するものであり、男としての松島に期待を抱かせるような相談でないことは、分かりきっているからである。

柿ノ木坂でバスを降りると、雨が降っていた。雨は商店街の灯の中を短い銀糸となってよぎった。その音もなく散漫な降り方が冬の雨らしく、地上はなかなか濡れそうになかった。

傘がなく、雨の中を小走りに行く勤め帰りの人々に急《せ》かされるように、松島は足を早めた。松島の胸のうちには、侘しさだけがあった。彼を追い越して行くサラリーマンやB・Gたちの足どりには、一日の労働から解放され、家庭の温かい灯へ吸い寄せられて行く安らぎが感じられる。彼等を待っているのは、食事と、テレビの娯楽番組と、それに家族の愛情なのだ。

現在の松島には、安息の場も、温かく彼を迎え入れてくれるものもなかった。彼には住居があっても、家庭はないのである。妻の律子にその後何も訊かないし、彼女の方からも言おうとはしない。だが、律子が松島以外の男と秘密の時間を過していることは、確かなのである。松島は精神的な意味では、律子に未練がない。だから、嫉妬もしなかった。しかし、律子の不貞を知って以来、松島はあの下落合のアパートが自分の家のような気がしなくなったことだけは事実である。もはや、無味乾燥な下宿屋も同然だった。

せめて、ユカと二人で寛いだ時を持てれば救われるだろう。しかし、現状はそれを許さない。今は、ユカとの事務的な接触があるだけだった。

ユカの家は暗かった。建物全体が悄然と項垂《うなだ》れているようだった。松島は頭髪に冷たい湿りを感じながら、力の入らない指先でブザーのボタンを押した。

家政婦の宮地禎子が、陰鬱の象徴であるような顔を覗かせた。彼女は松島を見ると、短く会釈しただけで引っ込んだ。松島も無言のまま玄関の闇の中へ入った。

松島は靴を脱ぐと、勝手に玄関の正面にある階段を上った。磨きこまれた階段に、スリッパの底が滑りそうで、彼の足運びを一層重くする。

二階へ上って、松島は深く吐息してから、ユカの部屋の前に立った。

「松島さん？」

部屋の中でユカの声がした。

「ああ……」

松島は、ぶっきら棒に応えた。

「ちょっと、待って……」

慌てたようにユカが言って、部屋の中では乱れた夜具をなおすような気配がした。

「どうぞ……」

幾分落ち着いたようなユカの声がすると同時に、松島は襖《ふすま》を開いた。かけ蒲団を大きく二つに折って、ユカは敷き蒲団の上に坐り、寝巻の襟元をかき合わせていた。今夜の寝巻は淡い水色のそれに変っている。

「ごめんなさい？　度々呼びつけて……」

ユカは肩に散った髪の毛をはらうように首を振って、顔を上げた。その顔は昨夜よりも更に憔悴していた。

「だんだん窶《やつ》れるようだな。また何かあったのか？」

松島はオーバーのボタンをはずしただけで、そのまま夜具の枕許に、あぐらをかいた。

二人は、希望を失った病人同士といった感じで、互いに憐れむような、慰め合うような、暗い視線を交した。

「今日の午前中、矢崎さんがここへ来たの」

仲間にいじめられたことを訴える少女のような口調で、ユカは言った。

「矢崎幸之介が？」

「そう。会社の方へ行っても、わたくしがいないのでは埒《らち》があかないって……」

「つまり、会社に申し入れて来たことを、直接ユカさんに言いたかったんだろう？」

「というより、本音を吐きに来たのよ。自分と結婚して、太平製作所を共同経営っていうことにしようじゃないか、と矢崎さんは言うのよ。そうする以外に、この危機を乗り切る手はないって……」

「例の二千万円の件は？」

「勿論、匂わせたわ」

「なんて？」

「妻の道楽だと思えば、二千万円は捨ててもいい。だけど、赤の他人のために二千万円を遊ばせておくほどの余裕は、金融業者にはない……こういう言い方をしたわ」

「うまい脅し文句だ。結婚か、さもなければ元利ともども返済するか……。こう来たわけだな」

松島は、このような矢崎幸之介の動きを、特に驚きはしなかった。当然、予想していたことでもある。三津田が失踪してしまった今こそ、取り引きに乗り出すには絶好の時期なのだ。まず太平製作所へ、株主総会の招集を要求して来て、それからユカに対しては裏の交渉ともいうべき妥協案を示す。いかにも巧妙な駈け引きであった。

矢崎幸之介は、資産ぐるみのユカと太平製作所の経営権を手に入れようと、一石二鳥の効果を狙って、二千万円の金を融資した。ユカは矢崎幸之介のそのような野望を見抜きながら、彼を利用するつもりで二千万円を借り受けた。そしてこの勝負の結果は、矢崎幸之介が勝ったのである。

ユカの方はまさに完敗であった。現在のユカは無能者に等しいのである。二千万円に百万円の利子を加えて返済することは、絶対に不可能と言ってよかった。とすれば、ユカは莫大な持参金つきで矢崎幸之介の妻となるよりほかはない。同時に、矢崎は太平製作所をも手に入れる。まる儲けとは、こういうことを言うのだ。

だが、このような結果になることは、五分五分の比率で、見通せていたのだ。松島も、来るべき時が来たという心境だった。

「それで君は、矢崎幸之介にどう返事をしたんだ?」

半ば諦めの気持で、松島は訊いた。

「勿論、即答は出来ないって言ったわ」

ユカは床の間へ目をやった。床の間の水盤には春蘭の花が盛ってあった。その花の豪華さが、今夜のこの部屋には似つかわしくなかった。

「考えさせてくれって、言ったのか?」

「そう……」

「それですむ問題じゃないだろう?」

「四、五日の間に決心するって言ったの」

と、自信なさそうなユカの口ぶりだった。ユカは一時逃れに矢崎幸之介にはそう答えておいたのだろう。だが、一時逃れはあくまで一時逃れにすぎないことは分かりきっている。自殺でもするか、さもなければ法に触れることは覚悟の上で債務不履行を押し通すかしない限り、ユカは矢崎幸之介の申し入れを承諾せざるを得ない。これは動かしがたい結論なのである。松島の力の及ぶ限りではなかった。

「そんなこととの相談に、おれを呼んだのか……?」

どうにもなりはしない、と附け加えたい言葉を、松島は口の中で濁した。

「松島さん……」

松島の問いには答えずに、ユカは顔を上げた。相手の目を直視するのは、本題を切り出そうとする時のユカの癖だった。こうなって、松島は初めてユカの腹の中には全く別のことがあるのだと気づいた。

「お願いがあるの……」

厚かましいことを頼み込む時の、逡巡と真剣味が半々に、ユカの表情にはあった。

「何も言わずに、わたくしの頼みを聞いて……？」

「君がおれに対して、そうまで改まって頼み込むからには、余程のことなのだろうな」

松島は畳についた両腕で身体を支え、天井へ視線を向けた。ユカが言い出そうとしていることは、恐らく自分が心底から頷けるべきものではないのだろう、という予想はついた。

「わたくし、矢崎さんとの結婚は何とかして避けたいの。太平製作所の方も、今まで通りわたくしの手でやって行きたいわ。この気持は分かってくれるわね？」

「分かるさ。分かるけど、それも不可能ということになったんだろう？」

「でも、まだわたくしは諦めてないわ」

「何とか逃げ道があるというのか？」

「三津田よ」

「三津田をどうするんだ？」

「もう一度、彼をここへ連れ戻して来て、研究を続けさせるのだ、などとは言わないわ」

「当り前だ、そんなこと」

「わたくし、三津田を説得して、彼に自首させたいのよ。片桐常務も言ってたでしょ。三津田が一切の責任を負って自首してくれれば、太平製作所の面目は保てるって。わたくしに対する株主たちの誤解も柔らぐと思うのよ。経営者としての無能力ということで追及されるかも知れないけど、その点は今後の努力次第で巻き返しも可能だわ。ねえ松島さん、今はそうするほかに仕方がないでしょ?」

「しかしだね、たとえその方は押さえきることが出来ても、矢崎幸之介が承知しないだろう。三津田が自首したとしても、二千万円の大穴は埋まらないんだ。矢崎幸之介は依然として結婚か借金返済かを迫るだろう」

「本当のこと言うと、その点で松島さんにお願いしたいのよ」

「ということは……? 一体、おれにどうしろというんだ?」

「矢崎さんに会って欲しいの」

「借金の期限延長を交渉しろっていうわけか?」

「違うわ。矢崎さんはそんな交渉に応じっこないもの。ただ彼の動きを封ずるために工作して欲しいのよ」

「動きを封ずる?」

「もし、病人のわたくしが旅行に出掛けたとしたら、その行動を矢崎さんは当然、三津田に結びつけて考えるわ。今日も矢崎さんは、わたくしと三津田の間に密かに連絡がついているのではないかって気にしていたくらいなの。矢崎さんは、三津田が失踪したことを最も喜んでいる者の一人よ。三津田がこのまま姿を現わさなければ、矢崎さんにとってはますます有利にことが運ぶんだから。わたくしの立場が一層苦しくなって、ついには矢崎さんに屈服せざるを得ないからね。それだけに矢崎さんは、わたくしが三津田と連絡をとることを恐れているのよ」

「すると、ユカさんは旅行するつもりなのかい？」

「そうなの。あなたにお願いしたいのは、矢崎さんにわたくしの旅行の目的を察せられないように取り繕ってもらうことなのよ。矢崎さんが当面の目標だけど、世間の思惑もあるし、警視庁も昨日あたりの様子だと、わたくしと三津田に厳しく注目をしているらしいわ。だから、わたくしの旅行の目的をあくまでも表面的には金策だということにして、松島さんに隠蔽策を一任したいの」

「ユカさんの旅行の目的は、一体……」

「こんなことをお願いするからには、あなただけには本当のことを言わなければならないわね」

「当然だ」

「三津田に会いに行くの」

「え?」

「三津田の居場所が分かったのよ」

「本当なのかい、ユカさん!」

「昨夜遅く、彼から電話があったわ」

「どこにいたんだ、三津田は……」

「四国よ」

「四国?」

「高知県の室戸市ですって」

「しかし、それは事実なのかい?」

「室戸市からの電話だったから、嘘じゃないわ」

「電話をかけて寄越して、三津田は何だって言うんだ?」

「わたくしに会いたいっていうのよ。わたくし、すぐにでも室戸へ行くからって返事したわ」

「今更何を言ってるんだ。あの男は……! われわれがここまで追い詰められているというのに、社の幹部連中がユカさんの口から三津田が失踪したと聞かされた時、それほど驚かなかったのは、ある程度そんなことだろうと予想していたし、恐らく三津田が責任を感じて自殺するなり自首するなりするだろうと考えたからなんだ。しかし、おれはそう思わなかった。三津田が荷物を持って失踪したと聞いたから、これは逃げたに違いないと解釈したんだ。案の定……四国くんだりまで逃げのびて、今更ユカさんに会いたいなんて……何んていう間抜け野郎なんだ！」

「松島さん……」

「ユカさん、警察へ通報すべきだよ。三津田を詐欺で訴えて、逮捕させるんだ！」

「駄目よ、そんなことしたら……。警察の手がのびたと知れば、三津田は自殺するかも知れないわ」

「自殺すれば、それでもいいじゃないか。そのくらいのこと、あの男には当然の報いだろう」

「死なせたくなんかないわ」

「何だって！」

「三津田はあの人なりに、苦しんで苦しんで苦しみ抜いたのよ」

「ユカさん、馬鹿なことを言うな！　君はあの三津田に同情しているのか？　君は……君の一生を破滅に追い込もうとしているその張本人に、救いの手をのべようっていうほどの能なしだったのかい。……まあいい、同情するのは、ユカさんの感情の上では自由だ。しかし、君がもし三津田に対する同情を行動の上で示そうとするならば、それは今日までユカさんを擁護して辛酸を甜めて来たわれわれを裏切るのも同然だぜ」

「裏切行為と言われても仕方がないわ。とにかくわたくしは三津田に会いたいの」

「会ってどうする?」

「だから、さっきも言ったでしょ。自首するように説得するのよ」

「おとなしく説得されるような男なら、自分からとっくに自首しているさ。言うだけ無駄なことだ」

「わたくし、必ず説得して見せるわ」

「三津田が承知するような餌でも用意してあるのか?」

「あるわ」

「どんな?」

「罪の清算だけはして来て頂戴。すっかり綺麗な身体になるまで、何年でもわたくしは待っている。……って」

「少女趣味の色仕掛けか。三津田がそんな甘い言葉を信じて、刑務所へ行く気になると思っているのかい?」

「口先だけのお芝居じゃないわ。わたくしは本気なのよ」

「………?」

「あなたも知っての通り、わたくしって一時的な感情に左右されない性格だわ。現実的よ。

幾ら愛しているからって、明日のない生活なんて出来ないわ。わたくし、あの人を愛すると同時に、あの人とのこれからの生活をも愛したいの。結婚というものは、そういうものだと思うわ。ただ一緒にいたいなんていう気持は、盲目的な情欲にすぎないわ。三津田が罪の償いをすませて、人並みの人間になるまでわたくしは待つの。それが待てないようなら、愛情だなんて言えないわ」

「ユカさん！」

「わたくし、だから三津田に自首させたいの。彼が刑を了えたら、わたくしたち結婚するわ」

「ユカさん、君は絶対に本心からものを言っているんだろうね！」

「…………」

ユカは、ハッとしたように手を口の端へ持って行った。調子に乗りすぎて、つい言ってはならないことを口走ってしまった時のようなユカの顔だった。

気拙い沈黙が続いた。それは凍結した感情と、相手の気持を探り合って摩擦する神経との谷間だった。

松島は坐りなおして、腕を組んだまま凝然と動かなかった。彼の胸のうちは、急速に冷えて行った。そのくせ全神経はユカの表情に集中して、彼女の目の中にあるものを窺うために火花を散らしていた。

そんな馬鹿なことが、と一方では否定しながら、松島は耳の底にこびりついているユカの言葉を味わうように反芻《はんすう》していた。

「ごめんなさい……」

やがてユカが、顔を伏せると小さく言った。

「今日まで、わたくしは懸命になって口を噤んで来たの。誰にも言わなかったわ。言うのが怖かったのよ。今日初めて、あなただけに打ちあけてしまったの。わたくし……三津田と……」

「矢崎の娘が総会で指摘したことは、明察だったわけだな」

松島は、ユカにそのあとまで言わせまいとするように、口をはさんだ。

「違うわ。そういう気持はあっても、わたくしと三津田は互いに口にしなかったの。初めてそんな雰囲気になったのは、一月八日の晩なのよ」

「三津田も、君に惚れていたっていうわけか……」

「あの人の気持は、ずっと前からわたくしには分かっていたの。でも、松島さん……わたくし、あなたには本当に悪いと思っているのよ……」

本当に悪いと思っている——何が、どうして悪いのか、と松島は脚をのばすと、その反動で上半身を畳へ倒した。両手の指を組んで頭の下に差しはさむと、彼は天井に映っている円い光の輪を見やった。光の輪は、はっきりした輪郭を描いていなかった。電灯の傘から洩れる光線が、滲むように天井の暗さに混合しているのだった。今の自分の気持は、あの光の輪のように朦朧《もうろう》としている、と松島は思った。

　松島は瞬間的な衝撃のあとに来る、虚脱感に似た穽《おとしあな》の中に落ち込んでいた。多忙を極めている最中に、ふと子供時分のことを思い浮かべたりするように、松島は学生時代の友人たちの顔を次々に脳裡に描いていた。

　三津田に対する嫉妬と憎悪を覚えたのは、そのあとであった。すると、あなたには悪いと思っている、というユカの言葉の意味がはっきりと呑み込めて来た。

　ユカと松島を結ぶ歴史は長い。もし二人が夫婦であったらば、その化石のような生活が完成されている頃だろう。いや、たとえ家庭という形式の枠はなくとも、二人は現に、長い間互いの生活に触れ合って来た。その繋りは、ユカと松島の半生に大きな部分を占めている。過去という無形のものには違いないが、二人の人となりには、互いの作用が強く影響している。ユカと松島の思い出は、それぞれ一方が欠けていては成り立たないのである。

　親密度から言えば、互いに肉親以上であった。松島はユカに尽くした。ある時には下僕のように、ある場合には父親のようにである。

　しかし、松島とユカの関係は、ただそれだけのものだった。松島は今、それを実感として把握した。いかに身近にいようと、松島とユカの間には一枚のガラス板が差し込まれているのだ。このガラス板は、割ることの出来ないものなのである。

それに引き換えて、三津田とユカの間柄はどんなものだったろうか。知りあってからの歴史も浅い。男と女である以上に、二人の関係には何の特殊性もないのだ。その三津田を、ユカは生涯の伴侶として選んだ。そういう女の愛情のあり方が、松島には不思議だった。

松島に対しては、頑なに結婚を拒み、冷徹に事業欲を燃やし続けて来たユカが、彼女を危急に追い込んだいわば害毒物である三津田のために、あえて苦労を覚悟の上で愛情を捧げるのである。女というものは、誠実さより、不良性に魅せられるのだろうか。それとも、親密であることより新鮮さを欲するものなのだろうか。

松島はある小説の筋を思い出した。子供の頃から兄妹同様に育てられた青年と少女の許婚《いい》婚者《なずけ》同士がいた。青年は少女を愛していた。だがある時、都会から転地して来た男と知り合った少女は、急速にその男に惹かれて行った。やがて都会へ引き揚げてしまった男から、少女へ誘いの手紙が来た。少女は家出をしてまで、都会の男の許へ走りたかった。少女は許婚者の青年に全てを打ちあけて、家出の手助けを頼んだ。青年は一切を諦め、少女の幸福を祈って、唇を噛みしめながら家出の手助けをしてやるのである。こういう小説の筋であった。

松島は年甲斐もなく感傷的になった。その小説の青年と、現在の彼の立場が似ていたからである。ユカは三津田に会いに行きたいのだ。そのために、松島に力を貸してくれとユカは言っている。小説を読むのとは違って、松島はユカの仕打ちが残酷に感じた。亭主が女を買う金を、作って来いと命ぜられた女房も同じではないか。

「俺は、余程の太っ腹に見られたな」

松島は皮肉に言った。口をきくだけ惨めになるとは知っていても、黙っているわけには行かなかった。

「やっぱり、あなたっきり頼れないのよ……いざとなると……」

ユカは、それが寂しいことででもあるような口調だった。

「こういう時は、頼りのない男になりたいね……」

松島の目は、倦怠したように鈍く光っていた。

「申し訳ないと思っているのよ……お願いだから、責めないで……」

「責めているわけじゃない。ただ、相手が三津田だけに、裏切られたという気持が強いんだ」

「わたくしって……」

「せめて、おれ以上の男を好きになってもらいたかった」

「駄目なのよ、わたくし。……きっと、強い男、完成された男ってものを愛せない性質《たち》なんだわ」

「結局は君は、事態収拾のために三津田を自首させるんじゃなくて、あの男への愛情から四国まで出掛けて行くんだな？」

「その両方よ……。合理主義ね、わたくしは……。でも、三津田がいるから、わたくしも前向きの姿勢をとれるんだわ」

「おれは、何もかも忘れてグッスリ眠りたいよ」

一つ話題で話し合いながら、松島とユカの言うことはどうもチグハグな感じだった。

雨の音が耳につき始めた。窓ガラスに幾筋もの雫の線が走っていた。二人が黙っていると、切れ目なく聞こえてくる雨の音が静寂を強めた。

「考えなおすことは、不可能か?」

しばらくして、松島の言葉がポツリとこぼれた。

「四国へ行くっていうこと?」

「三津田のことさ」

「忘れろっていうの?」

「警察に任せるんだ」

「駄目だわ」

「どうしてもか?」

「だって……」

「だって、なんだ?」

松島は顔をユカへ向けた。ユカは一旦、目を伏せてから窓の方を振り返った。松島は彼女の横顔を瞶めた。唾を飲み込んだようにユカの白い喉が動いて、半開きの唇が呟いた。

「わたくし……三津田とは、もう他人じゃないの……」

松島の顳顬《こめかみ》のあたりが、一瞬痙攣した。彼は視線に鋭さを加えて、ユカの肩から胸、腰から膝へと眺め回した。松島の頭の中には、まるで残像のように、ユカの肌にへばりついた三津田の姿態があった。彼は、ユカの身体のふくよかな曲線に、男を受け入れたばかりの女を生々しく感じた。

松島は胸の動悸を鎮めるために、長い時間をかけた。彼はやがて、崩壊した壁の瓦礫の彼方に大きな空洞があるのに気がついた。彼は息苦しい場所から逃れ出て、その空洞に立ちたかった。

松島はこれが敗北感とは意識せずに、深く吐息した。

「分かった。君は金策のために旅行に出たんだ……」

窓ガラスに映っているユカへそう言って、松島は鈍い動作で起き上った。

妻が背を向け、ユカもまた背を向けた——と、松島は微かに自嘲した。雨の音も、今の彼のように孤独だった。

三

女中に応接間へ通されてから二十分近くたったが、矢崎幸之介は姿を現わさなかった。女中も、応接間を出て行ったきりお茶一つ運んで来なかった。いかにも人を見下しているというやり方で、松島はその金貸し根性が小憎らしかった。それを商売にしながら、威張って客に接するという金貸しの習性が、こうした非礼をあえてさせるのだろう。

さっきまで聞こえていたピアノも、今は止《や》んでいる。ピアノを弾いていたのは、久美子に違いなかった。松島の来訪を知って、ユカと同類と見ている彼への敵愾心《てきがいしん》から、久美子はのんびりとピアノを弾いている気になれなくなったのだろう。

ピアノの音が止むと、家の中は急に静かになった。この静けさの中で、矢崎父娘が何やら策謀を練っているような気がしてくる。

松島はソファを立って、部屋の中を何とはなしに歩き回った。どうも落ち着けないのである。部屋に火の気がないせいだろうか、松島はオーバーを着たままだった。

資産家の邸宅の応接間にしては、造作も調度品もお粗末であった。四坪ほどの広さはあるが、漆喰《しっくい》の壁の大半が剝き出しだった。天井も低く、何の変哲もない円形の電灯傘が下っていた。調度品と言えば、古ぼけたテーブルにバネが利かなくなったソファ、それに二脚の椅子だけだった。応接間というより、小さな会社の面会室の感じである。質素と思う前に、この家の主の吝嗇《りんしょく》を考えてしまうような部屋だった。

世田谷池ノ上のこの一帯は、渋谷という盛り場に近いわりには、郊外らしい静けさを保っているところだ。犬の吠える声と、遠く井の頭線の警笛が聞こえてくるぐらいである。

松島は応接間の窓から庭を眺めた。枯れた芝生が、ベージュ色の絨毯のように庭を被っていた。その庭の真ン中に、真黒な雑種犬が寝そべっている。そばに転っているアルミの餌の容器が、薄日を浴びて鈍く輝いていた。

松島は、今頃ユカはどのあたりまで行っただろうか、と考えた。ユカは今朝の『第一つばめ』で西へ向かったのである。時間から推して、現在豊橋の附近を走っていることだろう。

ユカの行手には三津田が待っている。二人はその劇的な再会を、激しい抱擁で確かめ合うに違いない——と、松島の想像はどうしてもそのようなことに走りがちであった。いたたまれないような苛立ちが、彼の胸を噴き上げてくる。

《貧乏クジ……！》

と、松島は自分のしていることが、ひどく無意味に感じられた。昨夜の衝撃は、まだ癒えきっていない。しかし、頭の中はすっかり冷えていた。気持が萎《な》えてしまったせいかも知れない。

ユカの頼みを受け入れて、今日、この矢崎幸之介の家に出掛けて来たのも、そうしなければならないという義務感からであって、熱意を伴った行動ではなかった。

松島は昨夜、ユカの口から三津田とは肉体的にも結ばれていると聞かされた時、彼女の存在を手をのばしても到底届かないという遠くに感じた。ユカはもう、松島の私生活の範囲にはない人間だった。そう思えば、彼も一つのビジネスとして、ユカの頼みを実行出来るのである。

応接間のドアの外で、大きな咳ばらいが聞こえた。主人公の登場を予告する、お触れのつもりかも知れなかった。

松島はオーバーを脱いで、ソファの上に投げ出した。オーバーのポケットの中で、硬貨が音を立てた。彼はやや固くなっていた。用件のせいではなく、相手が油断も隙もない策士だという意識があったからだ。

矢崎幸之介は細目にあけたドアから、一旦顔だけを覗かせて、その上で全身を部屋の中へ運び込んだ。万事に用心深いといった、矢崎の仕種だった。

「お忙しいところを。どうも……」

松島は一礼してから、ソファに腰を下した。

「いやあ、お待たせしました」

矢崎の声は、蛮カラに大きかった。結城の対《つい》の和服姿で、首にコゲ茶色の絹のマフラを巻いている。

　矢崎とは幾度か顔を合わせているが、二人さし向かいで言葉を交すのは、松島にとって初めての経験だった。それだけに、緊張度も強いのに違いない。

「ちょっと、髭をあたっていたんでね。わたしは朝、風呂へ入るんです」

　矢崎は、赤ら顔の頬から顎《あご》にかけて、大きな掌で撫で回した。風呂上りのせいか、いつもほど脂ぎっている皮膚ではないが、それでも額の光沢などが発散しきれない精力を物語っていた。

　矢崎は椅子に坐った。割れた着物の裾に白いものが見えた。長襦袢を着込んでいるらしいが、開いた膝から覗いたそれは、何となく不潔な感じだった。

　角張った顔の輪郭、太い鼻柱、厚い唇、精悍そうな目つき、と貪欲で冷酷な、そして好色家としての人相に相応しい道具立てだった。せめて矢崎らしくない点を探すならば、女のような声で笑う事ぐらいであった。

「ご用件は？」

　矢崎は探るような目をしてから、突き出した下腹の上で両手を絡み合わせた。

「社長の件につきまして、なんですが……」

　松島は煙草をとり出した。手持ち無沙汰でいると、矢崎の貫禄に圧倒されるような気がしたのである。

「そう。ユカさんのことで……？」

あまり興味はないというように、矢崎は軽く頷いた。ユカさん、などと馴れ馴れしく呼んだりして、矢崎は彼女が自分のものになるのは当然といった余裕を見せていた。

「はあ……」

「ユカさんの代理で来られたわけですか？」

「というようなものです」

「話を聞きましょう」

矢崎は、結婚なり太平製作所の経営権なりについて、ユカの諾否、あるいは妥協を、松島が持って来たものと思ったらしい。松島は、痛快だった。彼は矢崎の反応を窺いながら言った。

「実は……社長は今朝、旅行に出掛けられました」

「旅行？」

「はあ」

「どこへ？」

「関西だと聞いております」

「しかし、ユカさんは病気じゃないか」

「病気をおして、出掛けられたんです」

「ほう。で、いつ帰って来るんです？」

「分かりません」

「分からない？」

「一切、未定なんだそうです」

「社長ともあろうものが、そんな無責任な旅行に出ていいものかねえ」

「はあ……」

「旅行の目的は何なんだね？」

「金策だそうです」

「金策……？」

矢崎は眉をひそめた。金——という言葉には、最も敏感なものであろう。ここまで言って、松島も気持が楽になった。矢崎が一種の劣勢に立ったことは間違いない。松島はこれで、矢崎と対等に話し合えるような気がした。太平製作所の株主と、同社の総務部長という立場ではなく、ユカという一線によって画された対立者同士なのである。

「金策ねえ……」

気をとりなおしたように、矢崎は唇を綻《ほころ》ばした。

「関西にそんなアテでもあるのかな」

「さあ、そこまでは聞いておりませんが」

「悪足掻《わるあが》きはよした方がいいのにな」

矢崎は細い声で笑った。彼は、勝利者としての自信に充ちているようだった。ジタバタしても、城をあけ渡す以外に道はないのだ、と彼は言いたいらしい。

「しかし、現在の社長としては、何としても金策に成功したいのでしょう」

「何のために？」

「勿論、矢崎さんに二千万円の負債がありますからね」

「ほう……」

矢崎は一瞬、表情を険しくした。

「松島さんは、わたしとユカさんとの間にある事情に詳しいようですな」

「はあ、社長とは古い附き合いですから」

「なるほど、それでは話がしやすいが……あなた、どう思いますか？　ユカさんが今更、金策に奔走するなんて無駄なことじゃないですか」

「そうでしょうか」

「わたしの申し出をユカさんが受け入れれば一切は解決する。ユカさんばかりではなく、全てが安泰なんですがね」

「例えば、太平製作所も、とおっしゃりたいんですか？」

「なかなか、鋭いことを言われますね」

矢崎はニヤリとした。狡猾そうな笑い方だった。

「しかし、社長は矢崎さんとの結婚を歓迎していないんじゃないんですか？」

矢崎の痛いところを、松島は傍若無人に突いた。だが矢崎は相変らず含み笑いを消さなかった。

「さあね、どうだか……。わたしを嫌う理由もないだろうに……」

「社長には、別に愛人がいるんじゃないんですか？　とすれば、愛人以外の人との結婚は躊躇しますよ」

松島は無責任に言った。事実、そうには違いないのだが、もしユカに三津田という男がいなかったならば、こんな言い方はしなかっただろう。松島は三津田とユカに面あてるような気持で、事実を口にしたのかも知れなかった。

「愛人というのは、松島さん、あなた自身のことじゃないんですか？」

矢崎は言った。

「とんでもない。ぼくと社長の間柄は、そんなものではありませんよ」

松島は冷笑した。二日前までの彼なら、こう言われれば狼狽したに違いない。しかし、今の松島はそれを笑って打ち消すことが出来た。その反面、狼狽しない自分がもの足りなくもあった。

「そうですか。わたしは、ユカさんと松島さんが特別な関係にあると聞いてましたが……」

「だから、附き合いが長いというだけのことなんです」

「松島さんは、ユカさんをどう思ってますか？」

「愛してますよ」

松島は当然だというように言いきった。愛していてもどうにもならないと分かっていたから、言えた言葉だった。

「しかし、あなたには奥さんがあるんでしょう？」

好色家に似合わず矢崎は律義なことを言い出した。

「妻ですか？」

松島は苦笑した。

「妻と言えますかどうか……。どうも素行のよくない女でしてね。だから、ぼくがその気にさえなれば、妻とは離婚して、社長に求婚することも可能なんですよ」

「ほう……」

矢崎は眩しそうな目をした。日射しを遮っていた雲が移動したらしく、光の刷毛ではくように庭から部屋の中へかけて、俄かに明るくなった。

「それでいて、そうしないのは？」

照れたように笑って、矢崎は言った。

「つまり、社長には愛人がいるからです」

矢崎の焦燥を煽るように、松島はしきりとユカの愛人の存在を強調した。

「その愛人というのを、あなたは知っているんですか？」

矢崎も、さすがに不安そうな目の色だった。

「知りません」

松島は、あっさりと突き放した。

「まあ、いいでしょう」

矢崎は、煙草の火を灰皿でもみ消している松島の手許を見やりながら、鷹揚《おうよう》に頷いた。

頷きながら、矢崎は切り込むように話題を変えた。

「三津田という男の行方は分かりませんかね？」

「残念ながら……」

表情の動きを見すかされないように、松島は顔を伏せたまま答えた。

「警察に捜索を依頼してあるんでしょうな？」

「いや、依頼してありません」

「なぜです？　三津田という男を、このまま放っておくことはないでしょう？」

「しかし、警察に捜索を依頼したりすると、ますます騒ぎが大きくなって、これ以上太平製作所の信用失墜に拍車をかける結果になります」

「だがね、早いところ何とか手を打たなきゃ拙いな。株主たちの間でも、また世間一般の噂でも、ユカさんが三津田をどこかに隠したのではないか、と疑われているんだから」

「その点もよく承知しているんですが……」

「ユカさんと三津田の間に、連絡がとれているというようなことはないんでしょうね」

「ぼくの知る限りでは、そんなことはありません」

「そうですか……。で、今日のあなたは、ただそれだけのことを言いに来たのですか？」

「はあ、何分にも時期が時期ですし、矢崎さんからお話があった直後に病人のはずの社長が旅行に出たなどということになりますと、変なふうに邪推されはしないか……。そういうわけで、矢崎さんのところに伺って諒解を求めておいて欲しいと社長から言われたものですから……」

「なるほど、それでは喜んで諒解しておきましょう……」

矢崎は再び、声をたてて笑った。

「二、三日もすれば、ユカさんは疲れ果てて帰ってくるでしょうからね」

と、矢崎は羽織りの襟に手をかけて立ち上った。

「それでは、わたしはこれから銀座の事務所の方へ顔を出さなきゃならんから……」

全てを見越していると、落ち着きはらった矢崎幸之介の態度である。

「大変お邪魔致しました。失礼します」

挨拶を返しながら、松島は腹の底で矢崎を嘲笑した。彼は、自分の三枚目的な役割りも忘れていた。確かに、実際面のことの運びは矢崎幸之介の思い通りかも知れない。だが、昨夜のユカの決意から見ると、彼女はあらゆる手段をつくしても矢崎との結婚は避けることだろう。現に、ユカは三津田の待つ四国高知県の室戸市へ向かっているのだ。矢崎幸之介は、それを知らない。

松島は応接間を出て玄関へ向かった。玄関に出てみると、久美子が三和土《たたき》に立っていた。久美子は松島の靴を揃えながら、

「汐見社長は三津田を消しに行ったのね……」

と、低くそして鋭く言った。

四

三津田誠の推定死亡時刻は、一月二十二日夜の十時から十一時の間ということである。つまり、三津田誠はその死体が発見された日の前夜に、室戸岬の断崖の上から転落死したわけだった。

死体は殆んど水を飲んでいなかった。頭蓋骨折が致命傷で、即死に近いものと推断された。死体には、そのほかに傷がなかった。三津田は約十数メートルの崖の上から落ち、海

中の岩石で頭を打って死んだのである。

　室戸岬の突端は、岩石によって三角形の頂点のような形で州が出来ている。従って、岬の突端から海の中へ落ち込むということはない。だが、突端からやや右寄りのあたりに、海を真下に見る断崖がある。この辺にも岩石は多いが、それらは海面から頭を覗かせていて、波の激しい時や夜間は、岩の存在をはっきり見定めることが出来ない。

　三津田はこの地点で、断崖の上から落ちたのである。彼は頭から墜落して、直接岩に激突している。絶命した三津田の身体は浮き上って比較的大きな岩の一つ、通称『馬の岩』の背中の部分に引っかかっていたのだ。

　三津田の死については、自殺、他殺、過失死の三通りが考えられた。目撃者はなかった。夜の十時すぎ、室戸岬の突端をうろつくような物好きはいない。灯台関係者も、何も見てはいなかった。室戸岬をとり巻いて、無限の空間がありながら、三津田に注がれた目は一つもなかったのである。闇に衣がえした空と海は、三津田の死の真相を知りながら、翌日にはもう何ごともなかったように沈黙している。

　こうなれば、人間の能力だけに頼って、三津田の死亡現場の状況から判断を下さなければならなかった。

　室戸警察では他殺の疑いが濃いと断定した。その理由は三つあった。

　第一に、三津田が同夜の九時頃、会計をすませて『鏡月旅館』を引きはらっていることである。『鏡月旅館』は、室戸市内にある。三津田は一月十七日から、この『鏡月旅館』に泊っていた。滞在五日目の二十二日夜九時頃、三津田は急に旅館を出ると言い出して五日間の宿泊代を支払い、ボストンバッグを持って『鏡月旅館』を出ている。

夜の九時というのは、宿を引きはらう時間にしては中途半端である。大都会の駅前にあるホテルというならば、都合次第でそんな時間に出る場合もあるだろう。しかし、交通の便も不自由な四国の南端の地で、なぜそんな時間に旅館を出て行かなければならなかったのか。考えられるのは、三津田が誰かと会って、その相手と行動を共にするためだったということだ。

自殺するのが目的で、九時に旅館を出たのだとしたら、会計をすませ手荷物まで持って行ったというのは几帳面すぎる。この五日間の滞在中、三津田は幾度も外出しているのである。この時に限って旅館を引きはらわなくても、三津田の外出を宿の者は誰も怪しまなかったはずだ。

三津田の死体は、オーバーを着ていた。ボストンバッグは崖の上に残されてあった。『鏡月旅館』を出た三津田が、その足で室戸岬へ向かったことは間違いない。室戸市内から岬までは、歩いて三十分かかる。とすれば、彼が十時から十一時までの間に死亡したという時間の点でも辻褄《つじつま》が合う。

三津田は何のために、人っ子一人いない夜の室戸岬などへ来たのだろうか。まさか、真冬の夜に岬の散歩などという気まぐれだったわけではあるまい。自殺するためなら、何も急に宿を引きはらうこともなかったろうし、わざわざ室戸岬まで出掛けて行く必要はなかったはずだ。勿論、過失死など論外である。

他殺とした根拠の第二点は、『鏡月旅館』に滞在中の五日間、三津田が度々接触していた女の存在であった。

この女に関する聞き込みは、短い時間でかなりの成果が上った。まず、『鏡月旅館』で三津田あての電話、及び三津田がかけた電話について調べた。旅館、そして電話局の一致した資料によると、三津田は一月十七日、『鏡月旅館』に姿を現わしたその日に、東京へ電話をしている。二日後の十九日に、高知市内から『鏡月旅館』の三津田へ電話がかかり、それから二十一日にも一回、三津田が死亡した二十二日の朝に一回、いずれも同じく高知市内から女の声で電話があった。

高知市内のどこからかかった電話か、知るのは容易だった。電話局の調べによると、該当電話は三本とも高知市東唐人町にある『花月旅館』からのものであった。これで、室戸市に滞在していた三津田が接触していた女は、一人だけに限られていたと分かった。

この女は電話ばかりではなく、現実にその姿を『鏡月旅館』に現わしている。旅館の話によると、この女は三十歳前後、知的な美貌の持ち主で、白いアストラカンのオーバーを着込み、一目見て東京のそれも相当な地位にある女性だという印象を受けたそうである。

女が『鏡月旅館』へ最初に来たのは、一月十九日の夜である。高知市のハイヤー会社の自動車《くるま》で乗りつけた。この日の夕方に、高知市の『花月旅館』から三津田に電話をかけて、その上で『鏡月旅館』へ出掛けて来たわけである。

その晩、女は『鏡月旅館』に泊っている。勿論三津田と同じ部屋に夜具をとらせた。女中の話では、翌朝夜具をあげに行った時、二つとったうちの一方に人の寝た形跡はなかったとのことである。三津田とこの女は、一つ夜具に同衾する関係だったことは間違いない。

女が帰ったのは、翌二十日の夕方だった。三津田と女は、それまで旅館の部屋にとじこもったきりであった。白昼、お茶を運んで行った女中が、部屋の中の異様な雰囲気を感じて、頬を上気させながら炊事場へ逃げ戻って来たという話もあった。部屋には、炬燵《こたつ》が据えてあり、その女中は押し殺したような女の喘ぎと一緒に炬燵ヤグラの軋みを聞いたというのである。

女が『鏡月旅館』に姿を見せたのは、その時だけだった。あとは電話で、女の存在を意識したと旅館の女将は言っている。

しかし、女が室戸市内にいたところを見かけた者は、ほかにも何人かあった。室戸市とはいうものの、地方の小さな町である。豪華なアストラカンのオーバーを着て、洗練された個性的な美貌の女が、人の目につかないはずはない。

二十一日の午後一時頃、『鏡月旅館』にほど近い喫茶店で、女が三津田と待ち合わせたことがわかった。更に、二人が同じ日の三時頃、バスで室戸岬まで行ったのを、バスの車掌が覚えていた。そして、同夜七時から九時頃までを三津田と女は、室戸市内の割烹旅館『磯』で過している。休憩という形ではあるが、『磯』では女中が寝具をのべたし、ここでも三津田と女が情交を重ねたことは歴然としていた。しかし、この夜は三津田も『鏡月旅館』へ帰り、女はハイヤーを呼んで高知へ引っ返したようである。

翌二十二日、三津田が死んだこの日にも、彼は女と会っている。二十二日の午前十一時すぎ、女と三津田が室戸市内のバス停留所前で話し込んでいるのを、煙草屋の娘が店の中から見かけたのだ。

つまり三津田は『鏡月旅館』に滞在中、殆んど連日、この女に会うか電話で連絡をとるかしていたのである。しかもその間に、彼の死場所となった室戸岬へも二人で行っているし、幾度か情交を結んでいる。少なくともこの女は、三津田の日常、そして行動に、密接な繋りを持っていた人間と見ていいだろう。

同時に、死ぬ当日までそのような接触を保っていた人間がありながら、突如として三津田が自殺を遂げるというのは非常に不自然なことである。三津田とその女は赤の他人ではない。もし三津田が自殺を決意していたとしたら、女にもそれとなく感じとれたはずだ。そうなれば、女は当然、三津田の自殺を制止すべく何らかの手段をこうじたであろう。

三津田にしてもそうである。死を覚悟した人間が、その当日まで平然として同伴者に接していられるものだろうか。自殺という窮極を目前にすれば、人は自《おの》ずから過去を捨て、今日までの一切の絆を断とうとするのではないか。そうするためには努力が必要だ。だから、自殺者は死に至るまでの数日間を、空白のうちに過そうとする。自殺者はその空白の中に沈み、全てを捨てまた全てから捨てられたことを実証して、その孤独感を足がかりに自殺を決行する。山の中へとか、遠いところへとか自殺者が行きたがる心理は、そうあってこそ自然なのではないか。

死ぬ当日まで、三津田と女は互いの生きていることを肉体で確かめ合い、また明日がある人間と同じように熱心に話し込んだりしている。これらの点で、三津田が死を決意していたとは思えないのである。という推測を裏返せば、三津田は殺されたことになる。

三津田の場合、確かに自殺より他殺という解釈の方がしやすかった。犯人は、例の女と見ていい。これを裏付ける決定的な証拠が、他殺説の根拠の第三点目になったのである。

その証拠は、三津田が落ちたと思われる崖の上の、枯草の中から発見された。手がかりを求めて現場附近を綿密に調べた室戸署員が、それを見つけ出したのだ。

それは女物のオメガの腕時計だった。皮バンドがちぎれて、時計のガラスは砕けていたが、この枯草の中に落ちて間もないものであることは確実だった。皮バンドがちぎれているからには、自然に腕から落ちた時計だとは思えない。無理に、はめていた腕からもぎりとったか、さもなければ、何かにひっかかって瞬間的な強い力で引きちぎられたかしたものに違いない。非常に都合のいい偶然だったが、三津田と行動を共にしていた女がオメガの時計をはめていたことを、『鏡月旅館』の女中の一人が知っていた。この女中は旅館の廊下で女とすれ違った時、正確な時間を尋ねられたのである。女中が自分の時計を見せると、女はそれを覗き込んで時間を合わせた。その時女のしていた時計が、枯草の中から発見されたのと同型のオメガだったと、『鏡月旅館』の女中は証言した。その女中は、以前に客の一人から使いものにならなくなったオメガを騙されて売りつけられたことがあり、オメガには特に関心があったので記憶していたという。

これで、女が崖の上から三津田を突き落そうとして、その拍子に縋りつこうとした三津田の手の指が女の時計のバンドにかかり、バンドを引きちぎったという想定が、充分に成り立ったのである。それに、壊れた時計の針が十時五十分を指していたことで、この想定には確信が持てた。時計が壊れた時間と、三津田の推定死亡時間がほぼ一致しているからだった。

室戸署では、他殺の疑いが濃いとして、高知県警察本部へ連絡した。高知県警捜査一課では、三津田の身許照会と十七日彼が電話したという相手の電話の持ち主調査を東京警視庁に依頼した。一方、高知市の『花月旅館』へも係官を急行させた。

高知市の『花月旅館』に県警捜査一課の係官二名が駈けつけた時には、該当の女客はすでに旅館を出たあとだった。しかし、それが室戸市にいる三津田としばしば会っていた女だったということだけは確認出来た。室戸市の『鏡月旅館』あてに、十九日一回、二十一日一回、二十二日朝一回と電話を申し込んだのも、この女客であった。また。女が室戸市に来ていた時と『花月旅館』をあけていた時間とが完全に符合した。

女は二十二日の朝、今日も室戸岬へ行ってくるとハイヤーを呼び出掛けたそうである。そして帰って来たのは、二十三日の朝九時五十分頃であった。『花月旅館』の番頭は、二十三日の朝旅館へ戻って来た時の女の様子を、こう述べている。

「お客さんは疲れきっているようで、顔色が悪かったです。玄関の上り框《かまち》に坐り込んで、ぼんやり考えながら幾度も溜め息をついていました。わたしが、室戸から今朝お帰りでしたかと尋ねますと、お客さんはいきなり、今度の上り列車は何時に出るか、と逆に質問して来ました。わたしは、高知駅十時七分発の列車がいちばん早いと教えました。するとお客さんは、すぐ会計をすませてくれ、と言い出して……、それから今は何時なのか、と聞きました。わたしはこの時、お客さんの白いオーバーの裾が、ひどく泥でよごれているのに気がついたんです。ところが、わたしがその泥をはらってあげようとすると、お客さんはわたしの事を押しのけて、早く荷物を持って来てくれと、怒ったように言いました。お客さんの荷物は二つあって、一つはスーツケース、一つはボストンバッグで……そのボストンバッグの方は、お客さんが室戸へ出掛ける時、いつも提げて行かれました。会計をすませて、スーツケースを渡しますと、お客さんは挨拶も抜きで旅館を出て行きました……」

女は二十三日の朝に、高知市へ帰って来たのである。室戸岬に前夜の十一時頃までいれば、その日のうちに高知市へ戻って来られる交通機関がない。今朝の一番バスで安芸市《あき》まで来て、土佐電鉄に乗り、高知市へ帰ってくるほかはないのである。

『花月旅館』の番頭の話でも分かるように、帰って来た女の態度は正常ではなかった。番頭に時間を訊いたのは時計を失くして来た証拠である。そして女は、靴も脱がずに慌ただしく旅館をあとにした。白のアストラカンのオーバーが泥にまみれていたのは何を意味するのか、分かりきったことだった。

県警本部へは、東京警視庁から折り返し、照会に対する回答が電話で送られて来た。こんなに回答が早かったのは、別の事件で三津田誠という人間が警視庁の捜査対象になっていたからだった。

三津田誠は詐欺事件の容疑者としての捜査過程において、去る一月九日以来行方不明になっていたもので、自殺の可能性もあるが、同時にまた、三津田には殺される動機がないとは言えない、というのが東京警視庁からの回答であった。一月十七日、室戸市『鏡月旅館』から三津田が申し込んだ東京の相手電話については、三津田の現住所でもあり彼の雇い主でもある汐見ユカ宅のものだと、調査結果がもたらされた。

高知県警本部は、四国全県及び大阪、兵庫、岡山、広島、大分の各府県警本部に、殺人容疑者汐見ユカの緊急手配を依頼した。高知市の『花月旅館』の宿泊者名簿に『東京都目黒区××町××番地、会社社長、汐見ユカ、三十二歳』と記載されてあったからである。

関係各府県に緊急手配を依頼するとともに、高知県警本部と係官たちは高知市を起点として、ユカの足どりを追い始めた。

高知市から本州への逃走経路を予想した場合、陸路、海路、空路の三通りがある。鉄道を利用して四国の瀬戸内海沿岸に出て、そこから連絡船で本州へ渡るという経路が最も当り前だが、しかしこの場合にしても、多度津から尾道へ、新居浜《にいはま》から尾道へ、三津浜から宇品へ、今治《いまばり》から宇品へ、今治から尾道へ、高松から宇野へ、というふうに幾通りもあるのだ。大分県警にまで緊急手配を連絡したのは、宇和島別府間の航路があるからだった。

鉄道を利用しないで、直接、船で本州へ渡るには、高知と大阪を結ぶ関西汽船航路があるだけだった。この逃走経路は、簡単に否定された。一日に一隻の船が出るだけで、汐見ユカと思われる乗客はいないということが容易に確認されたのである。

三番目の経路として考えられるのは、飛行機であった。全日空のコンベア四四〇型機が高知飛行場と大阪伊丹《いたみ》空港間に就航している。高知発九時三十分、十三時三十分、十七時十分と、一日三便である。九時三十分発の五〇二便は当然間に合わなかったはずだ。あとの五〇四便と五〇六便については、搭乗者名簿を調べるより仕方がなかった。勿論、搭乗券を買うのに本名を告げたとは考えられないが、年齢や服装、容貌の点でスチュアデスに問い合わせ、また搭乗者名簿に記載されてある人物の実在を確かめて行くという消去法によっても、汐見ユカが飛行機を利用したかどうかは判断出来るのである。調べた結果、汐見ユカが空路大阪へ飛んだという形跡は見当らなかった。

海路と空路が消去されれば、残るのは陸路だけである。汐見ユカの足どり追及は、この一点に絞られた。

汐見ユカは『花月旅館』の番頭に、列車の時間を尋ねている。そうだとするならば、列車に乗って高知市を離れたものと想定するのが最も早道であり、妥当でもあった。だが、これは列車を利用すると見せかける偽装工作だとも考えられた。それで、航路と空路にも均等に重点を置いたのだった。

陸路高知を離れたとするならば、汐見ユカは何時の列車に乗り込んだのかが問題であった。船や飛行機と違って、列車の乗客は不特定多数である。どういう人間に切符を売ったかは分からないし、座席指定の特急券ではないから何時頃に切符を買った者が何時の汽車に乗るなどということは一切不明だった。

しかし、県警の係官の一人が、高知駅の改札掛りから思わぬ収穫を聞き込んで来た。これは、平静さを失っていた汐見ユカの軽率な行動であり、当局にとってはこの上もなく幸運なことだった。

無理もないと言えばそれまでだが、汐見ユカは先を急ぐあまり駅員の一人に強い印象を残して行ったのである。午前十時頃、高知駅の改札掛りを担当していた駅員の話はこうだった。

「十時七分発の一二六列車の発車時刻間近に、白い毛がクルクルっと巻いているようなオーバーを着た綺麗な女性が、改札で切符を差し出して肩で息をしながら、これ船に連絡するんでしょうね、と訊くんです。パンチを入れようとしてその切符を見ると、多度津行きでした。多度津から出る船は幾つもありません。一二六列車と連絡するとも考えられませんから、ぼくは連絡する船に乗りたいんなら国鉄連絡航路じゃなきゃ駄目だって答えたんです。するとその女の人は、国鉄連絡航路というのはどこから出ているのかって、泣きそうな顔で言うのです。ぼくは、列車で高松まで行って、高松から出ている国鉄連絡航路で岡山県の宇野へ……と説明してやりました。女の人は切符を買いなおして来なくては駄目かって訊きますから、もう列車の発車時刻だし乗ってから乗り越しの手続きをしなさいと答えて、ぼくは改札を通したんです。標準語を使って、三十ぐらいの美人でした。荷物は両手に持ってましたから、二箇だったと思います」

この女が汐見ユカであることは間違いなかった。やはり、汐見ユカは十時七分発の列車に乗り込んだのである。一刻でも早く、犯罪の場から遠去かろうとする犯人の気持だったのだろう。とすれば、汐見ユカは連絡がつく限り本州に直行することを心掛けているはずだった。高知から高松へ、そして瀬戸内海を渡り岡山県の宇野へ、宇野から更に岡山へと、汐見ユカの逃走経路は断定された。二十三日の夜八時五分のことである。

現在、汐見ユカがどの辺を逃走中であるかは各交通機関の時刻表を照らし合わせてみれば分かることだった。

高知発十時七分の列車が、香川県の高松に到着するのは十五時三十分である。国鉄連絡航路の宇高連絡線が高松港を出るのが十分の待ち合わせで十五時四十分、岡山県宇野着が十六時四十五分、これに連絡する列車は宇野発十七時四十二分、岡山到着が十八時三十四分となっている。

岡山から先、汐見ユカがどっちの方向へ向かったかは、東か西かの二者択一であった。東京方面へ向かったとするならば、岡山発十八時五十三分の上り急行『安芸』に乗ったはずである。西へ向かう可能性は薄いだろうから、九分通り汐見ユカは急行『安芸』に乗ったに違いない。

その急行『安芸』は、現在兵庫県の姫路あたりを進行中、という計算が出された。高知県警察本部からは直ちに、兵庫県警及び神戸鉄道公安室あてに、殺人容疑者汐見ユカは上り急行『安芸』に乗車しているものと思われる——と、手配要請が通報された。

汐見ユカは二十三日夜九時すぎ、姫路神戸間を疾走中の上り急行『安芸』の食堂車内で、鉄道公安官に発見された。汐見ユカは神戸で下車することを求められた。同夜は保護という形で神戸警察署に引き渡され、翌日、迎えに出向いて来た高知県警の係官に同行、汐見ユカは伊丹空港から高知へ飛び、更に室戸署に設置された捜査本部へ送られて、重要参考人として任意同行の名目は正式逮捕状に切り替えられた。

だが結局、汐見ユカが上り急行『安芸』の列車内で実質的に逮捕されたのは、三津田が死んで約二十二時間後ということになる。

汐見ユカは取調べの最初から、三津田殺しの犯行を否定した。

五

一月十八日の下り『第一つばめ』で汐見ユカが東京をたってから数日間は、太平製作所及び松島の身辺に特記すべきことは起っていない。

太平製作所の幹部たちには、十八日朝、ユカから直接電話で関西方面へ金策のために旅行すると伝えてあった。従って、太平製作所全体が、ユカの金策のための旅行を信じていたわけである。

警視庁から二度ほど、ユカの動静について問い合わせがあったが、社用で約一週間関西へ出張しているということで、一先ず納得してもらった。

何ごとも、ユカの帰りを待ってというわけで、この数か月間続いて来た太平製作所内の慌ただしさは、一時停滞した恰好になった。社内の緊迫した空気は、やや緩和された。昼休み、工場前の広場でソフト・ボールやバドミントンに興じている社員たちの姿を見ていると、松島も瞬間的に現在の苦境を忘れてしまうことがあった。

しかし、二十二日の月曜日は、片桐常務の肝入りで恒例の月曜会が開かれた。話題は主として、社長擁護の工作ということに集まった。工場長から、社長には金策に成功する目算があるのだろうか、という疑問点が出された時には、松島は目のやり場に困ったものである。

松島は、人々の熱心な話し合いからそれて、四国の室戸市にいるだろうユカのことを考えていた。三津田と二人きりになったユカが、どのような顔で、どんな話をしているか、松島は脳裡に二人をおいて勝手な芝居をさせてみた。東京と四国の間には、距離がありすぎる。それだけに、松島は一層具体的に想像した。一つの夜具の中で、三津田とユカが絡み合っている姿態を、様々に置きかえて吟味してみるのである。

東京をたって、まだ一度もユカからは連絡が来なかった。だが、帰って来ないところを見ると、ユカは三津田と会うことが出来たのだろう。

それにしても、電話の一本ぐらいは、かけて寄越してもいいはずだと松島は思う。三津田に会っただけで、ユカは連絡することすらも忘れてしまったと考えるのは不愉快だった。

この日も、松島は一日中、ユカからの電話を心待ちにしていた。だが、結局電話はかからなかった。昼すぎ、女の声で電話があった時は、松島は相手がユカだと思い込んで、勢い込んだのだが、それは妻の律子からのものだった。

「今夜、銀座あたりで食事おごってくれないかしら？　明日はわたしの誕生日でしょう。だから……」

律子は、何の屈託もないといった調子で、そうまくしたてた。松島は、そんな妻の暢気さかげんにムカッとなった。

「誕生日？」

「そうよ」

「今はそれどころじゃないってことぐらい、お前にも分かっているはずだろう！」

「あら、どうして？」

「いいかげんにしろよ」

「じゃあ、今夜駄目だっていうの？」

「当り前だ。今夜は月曜会で、そんなノンビリしたことをしちゃあいられないんだ」

「ああ、そうだっけ……」

「間抜け！」

松島にしては珍しく、野卑な言葉を生《なま》でぶつけて、荒々しく電話を切ったのである。

女とは、どうしてこう自分本位なのだろう——と、松島はユカと律子を一つにして、腹を立てていた。もっとも、腹を立てるだけ松島には余裕があったのだ。二日後に、ユカが三津田殺しの容疑で逮捕されるということを、幾らかでも予期していたら、勿論、松島は腹を立てるだけの気力も持てなかっただろう。

ユカが帰京の途中、上り急行『安芸』の列車内で逮捕され、室戸警察署へ引き戻されたという知らせがあったのは、一月二十四日の正午近くであった。

この知らせは警視庁からの連絡によるものだったが、その日の東京の夕刊にも大きな記事となって報ぜられてあった。

『太平製作所問題、殺人事件に発展。汐見社長、研究員殺し容疑で逮捕』

と、三段抜きの見出しで、三津田の死体発見から逃走中のユカを逮捕するまでの経緯が記されてあった。

《笑わせるな！》

三津田殺しの容疑でユカが逮捕されたと知った時、松島が最初に胸の中で呟いたのは、それだった。驚くよりも、まず呆れてしまったのである。

ユカが三津田を殺すはずのないことは、松島が最もよく知っていた。ユカは三津田を愛していたのである。そのために室戸市まで出向いて行ったのだ。二人が結ばれるためにも、三津田に自首させたかったのである。

第三者の見方からすれば、ユカには三津田を殺す動機がある。だがそれは表面的なことで、ユカにとっては三津田が死ぬよりも自首してくれた方が、はるかに有利なのだ。

今、三津田を殺せば、真先にユカが疑われることは分かりきっている。しかも、狭い土地柄でもある四国でそんなことをすれば、当然ユカが犯人と目されるのだ。それを承知の上で、あえて三津田を殺すほど、ユカは単純ではない。第一、ユカは人を殺せるような人間ではないのである。

松島はそれよりも、反射的に、矢崎幸之介のことを思い浮かべていた。三津田を殺す動機の点では、ユカよりもむしろ矢崎幸之介の方が強いのではないか。

松島は数日前、矢崎幸之介を訪れた時、その帰り際に耳にした久美子の言葉を、はっきりと覚えている。

「汐見社長は三津田を消しに行ったのね」

玄関の三和土《たたき》で、松島の靴を揃えながら久美子はそう言った。恐らく久美子は、応接間から洩れる、ユカが旅行に出たという話を立ち聞きして、そんな解釈をしてみたのだろう。あの時は、久美子の言葉を単なるイヤガラセと解して松島はとりあわなかったのだが、今になってみると気になる捨て台詞だった。

久美子は、ユカの旅行の目的が三津田を殺すことにある、と言った。そして、その予言は見事に的中したのである。これは、ただ久美子が直感的にそう思い、偶然それが事実となっただけのことだろうか。それとも、しかるべき根拠があって、久美子はそう言ったのだろうか。もし、それなりの根拠があったのだとしたら、作為的にユカを三津田殺しの犯人に仕立てた何者かがいたとも考えなければならない。

《矢崎に会ってみよう》

松島は咄嗟《とっさ》にそう思い立った。

太平製作所では、緊急幹部会議が開かれることになっていたが、松島はその前に矢崎幸之介と会っておきたかった。彼は誰にも外出することを告げずに、太平製作所を飛び出した。

三河台から世田谷の池ノ上まで、タクシーで小一時間かかった。矢崎幸之介の家は、高い石垣に囲まれた台地の上にある。そのせいか、家全体がとり澄ましたように静まりかえっていた。

門から玄関へ通ずる石畳の左側に垣根があって、その内側は庭だった。松島は門を入ってすぐ、庭に久美子が立っているのを認めた。久美子は、赤いタイトスカートの腰に両手をあてがい、真黒な雑種犬をぼんやりと見下していた。

松島が足をとめると、その気配に久美子が振り向いた。短い間そのままの姿勢でいた久美子は、やがてサンダルを引きずるようにして松島の方へ近づいて来た。

赤いタイトスカートに、白のトックリのセーターという服装が、総会の時よりもはるかに久美子を若く見せていた。だが、敵意をこめた彼女の眼差しは以前と少しも変っていなかった。

松島と久美子は、垣根越しに向かい合った。

「何のご用です？」

久美子の方が先に口を開いて、冷やかに言った。夕刊が発行される前だったし、久美子は三津田が死んだことも、ユカが殺人容疑者として逮捕されたことも、勿論知っているはずはなかった。

「お嬢さん……」

松島は、久美子の眉間に目を据えた。

「あなたは先日、うちの社長が三津田を殺すために旅行に出たのだろう、と言われましたね」

「…………」

久美子は答えなかった。だが、それは肯定の沈黙だった。

「お嬢さんは、なぜ、そんなふうにお考えになったのです？」

「なぜって、そう感じたからよ。感じたからそう言ったのよ」

久美子の語調は、最初から反抗的だった。

「感じただけですか？」

「そうだわ」

「具体的な裏付けがあったわけじゃないんでしょうね？」

「ひっつこいのね。どうして、そんなことを聞きたがるの？」

「もし、お嬢さんの言われたことが、そのままそっくり事実となってしまったとしたら……」

「起るべきことが起った……と、思うでしょうね」

「社長が三津田を殺したっていうんですか？」

「そうよ」

「あなたのお父さんが三津田を殺した、とは考えませんか？」

「パパが……？　まさか」

「矢崎さん、家にいらっしゃいますか？」

「いないわ」

「どこへいらしたんです？」

「それが……分からないの。一昨日の朝、家を出て行ったきり、帰って来ないのよ。パパは今まで、黙って外泊するなんてこと一度もなかったのに……。事務所の方にも訊いてみたんだけど。やっぱり一度も姿を見せないって……」

久美子は不安そうに、弱々しい目になった。たった今も、彼女は犬を眺めながら矢崎幸之介の行方を案じていたのに違いない。

矢崎幸之介は一昨日の朝、家を出たきり戻って来てないという。一昨日と言えば、二十二日である。二十二日は、四国高知県の室戸岬で、三津田が死んだ日ではないか。

矢崎幸之介はなぜ、どこへ姿を消したのか——松島は、長い時間宙の一点を凝視していた。

第三章　反転

一

　空から見ると、地上にいかに多くの水溜りというものがあるかよく分かる。もっとも三千メートルに近い高空から見下すのだから、それらは水溜りと表現されるが、事実は湖であり池であり貯水池なのである。

　地上にいると、とてもこれだけの湖や池といった類《たぐい》のものがあるとは、想像もつかない。それが、飛行機の上から見ると、実に多いということが知れるのである。いずれも、名のない湖や池なのだろうが、それらは雨降りの路上にある水溜りのように、広大な俯瞰図の中に点在していた。

　東京大阪間の航空路は、殆んどが海の上を行っているから、これらの水溜りはあまり目立たないが、大阪空港を飛び立つと、とたんに山間や山裾に鏡の破片を置いたような水溜りが目につき始めるのである。

　大阪定刻十三時二十分発の高知行五〇三便は、コンベア四四〇型機であった。主幹航路に就航しているDC機などよりは小型である。それだけに、窓際に席をとれる率も高い。窓際に坐って、窓ガラスに顔を押しつけると、眼下の景色は九分通り眺められる。翼も大型機と違って、視界を大きく遮らなかった。

　明石海峡の上空に出ると、右手に中国山脈を被った雲海が拡がり、神戸周辺の一帯だけが日射しを浴びて鮮明な俯瞰図になっていた。晴天のせいか、海の紺色が鮮やかだった。勿論、波立ちなど見えるはずがなく、海面はチリチリと皺《しわ》を刻んだ青い羊皮紙のように見えた。

　松島順二は飽かずに窓ガラスに押しつけていた顔を、矢崎久美子の方へ向けた。久美子の脇で、人の影が動いたからである。

「どうぞ……」

と、スチュアデスが紙コップに入れたコーヒーを、久美子に手渡しているところだった。

「窓際の席と替りましょうか？」

　松島もコーヒーを受け取りながら、久美子に言った。久美子は顔を左右に振っただけだった。風景などには興味がない。というような顔つきである。

　機嫌をとってやればいい気になって、好きなようにするがいい――と、松島は腹の底で舌うちをしたい気持で、熱いコーヒーをすすった。

久美子は待ち合わせた羽田空港から、すでに口をきかなかった。飛行機に乗り込んでからも、便宜上一緒にいるだけだ、という態度をとった。機上で配られる新聞や週刊誌を受け取る時も、松島を無視するように彼が読もうとした週刊誌を横取りした。一緒の旅行をしながら、あくまで松島とは一線を画そうと強調する久美子だった。

もっとも、久美子が松島と歩調を合わせまいとする気持も分からないではなかった。久美子の松島に対する敵対意識は以前からあった。ユカと親密であるという理由だけで、久美子は松島にうち溶けようとはしないのである。二人の間に繋りはあっても、感情の世界は全く別個にあった。

それに今度の旅行に出る動機というものが、そもそも二人が同調出来ない前提の上に立っていたのである。物見遊山の楽しむべき旅行でないことは勿論だが、二人は恰度、的を射たのは二人のうちのどちらの矢か、確かめるために倒した獲物のところまで歩いて行く猟師のようなものだった。自分の矢に決っているという自信が相手に対する不満になり、もし相手の矢だったらという不安が、自分を不機嫌にするのである。同じ方向へ向かっていても、二人が敵同士であることには間違いなかった。

昨日、松島は久美子の家へ行き、矢崎幸之介が一月二十二日以来、帰宅していないことを知った。二十二日と言えば、三津田誠が室戸岬で死亡した日と一致する。松島が、矢崎幸之介の行方不明を三津田の死に結びつけたのは当然だった。

松島は、父親が帰って来ないことを単純に心配している久美子と、垣根越しに話し合った。玄関先で立ち話するような問題ではなかったが、久美子は松島を家の中へ招じ入れようとはしなかったのである。

「ぼくには、矢崎さんの行き先が分かるような気がするんですがね」

松島は、久美子の表情の動きを探るような目で言った。

「どこへ行ったとおっしゃりたいの？」

お前などに分かるはずはない——と、久美子の口ぶりには、侮蔑と冷淡さが含まれていた。

「四国ですよ」

「四国？」

「高知県の室戸岬です」

「どうしてパパが、そんなところへ行ったと言えるのかしら？」

「お嬢さん。三津田誠は死にましたよ。変死です。そして、あなたの予言通り、うちの社長が三津田を殺したという容疑で逮捕されました。あなたの予言通りにね」

皮肉を強めるために、松島は言葉の終りは語気を鋭くして言った。

「そう……」

久美子は複雑な顔になった。驚きはあったに違いないが、彼女はそれを無理に押し隠しているようだった。自分の思いつきがそのまま的中したことに狼狽しながら、事実そうなったことが彼女の責任ででもあったように、久美子は、微かに悔いているふうだった。

「二十二日の夜遅く、三津田は室戸岬の崖の上から落ちたんですよ」

「じゃあ、あなたは……」

松島の遠回しな言い方の真意がやっと分かったと見えて、久美子は表情を固くした。

「パパがそのことに関連して、四国の室戸岬へ行ったというんですか？」

「違うと言いきれますかね？」

「何を言い出すの？　あなたは！」

「矢崎さんは、二十二日の朝、家を出たっきり帰って来ていない。三津田が死んだのは、同じ二十二日の夜だった。この日時の一致をどう解釈します？」

「偶然だわ！」

「偶然にしては出来すぎていますよ。矢崎さんが未だかつて何の連絡もなく家へ寄りつかなくなるなどということはなかったと、たった今お嬢さんが言われたばかりでしょう。従って、矢崎さんの行方が分からないということは、何か重大な事件に触れたからという証拠ですよ。その同じ日の夜、三津田が死んだとなれば、これを結びつけて考えないわけには行きません。矢崎さんとうちの社長、それに三津田とは密接な関係にあったということを、あなたもご存知のはずです」

「でも、距離的に言っても、二十二日の朝に家を出たパパがその日のうちに四国の高知県へなんて……」

「とんでもない、飛行機だったら東京から高知まで三時間足らずで行けるんです」

「あなたはまさか、パパが三津田さんを殺したんだと言いたいわけじゃないでしょうね」

「断言はしませんよ。しかし、可能性がないでもないでしょう」

「何を証拠にそう言えるんです！」

「矢崎さんが姿を隠したということ、これが何よりの証拠でしょう」

「パパが三津田さんを殺す必要なんかないわ」

「そうとも言いきれませんね」

「汐見社長が殺したというなら、まだ頷けるけど……」

「冗談じゃない。社長は三津田を殺す動機がはっきりしているだけに、実行には移せないはずですよ。逮捕されるのを覚悟で殺すなら、三津田が東京にいるうちにやっている。わざわざ犯人ですと言わんばかりに四国くんだりまで追いかけて行って三津田を殺す馬鹿がいますか」

「やっぱり汐見社長は、三津田さんの居場所を知っていて、そこへ出掛けて行ったのね」

「ええ、そうです。但し、社長が三津田に会いに行ったのは、あなたが想像しているようなことじゃないんだ。社長は三津田と、愛し合っていた。二人は今後の事態収拾を話し合う必要があったんですよ」

「それは初耳だわ」

「あなたは、流れた総会の席上で、社長と三津田がただの仲ではないと言いきったじゃないですか」

「あれは、ただの推測だったわ」

「とにかく、あなたの推測はよく当たりますよ。ぼくはこのことを、矢崎さんに話しました。この点も、矢崎さんが三津田を殺す動機の一つになりますがね」

「パパが、三津田の隠れ場所を知っているはずがないわ」

「そういう点に関しては、調査が必要です。ぼくは明日にでも、高知へ行ってみるつもりですよ。ことの真相を知るためにね」

「わたくしも行くわ」

「やはり、気になったらしいですね」

「そうじゃないわ。あなたの推定が当たっているかどうか、わたくし自身の目で確かめてみるのよ。もし今夜も、パパが帰って来なかったら、明日捜索願を出しておいて、わたくしは四国へ行ってみるわ」

「では、ご一緒に行きましょう」

これが、松島の四国行きに久美子が同行することになるまでの経緯《いきさつ》だった。久美子が四国へ行ってみると言い出したのは、勿論、松島の想定の可能性に対して幾らかでも危惧を抱いたからだった。父親が四国へ行っているとは信じたくなかっただろうが、三津田の死と矢崎幸之介の行方不明が全く無関係だとは断定出来なかったに違いない。とすれば、家にいて父親の行方を案じているよりも、四国へでもどこへでも出掛けて行った方が、若さの積極性を納得させられるのである。

ということで、表面的には久美子の方から乗りかかった四国行きだが、道連れとして松島に気を許すはずもなかった。

二十四日の晩も、矢崎幸之介は帰宅しなかった。二十五日の朝、久美子は北沢警察署に父親の捜索願を出してから、羽田空港で松島と落ち合ったのである。その後、空港の待合室にいても、飛行機に乗ってからも、久美子がひどくよそよそしい態度をとっているのは、一つには矢崎幸之介の消息不明を彼女が本質的な意味で憂慮しているからだった。松島に対する敵意は別としても、父親の身の安否が気がかりなことに変りはない。

久美子は、矢崎幸之介が立ち寄ると思われる場所に残らず問い合わせている。だが、矢崎幸之介はまるで蒸発でもしてしまったように、二十二日以降どこへも姿を現わしていないのである。最早、矢崎幸之介が通常の彼の行動範囲内にいないことは確定的だった。

伊丹空港で三十分以上の待ち合わせがあったので、空港の食堂で軽い食事をとったが、久美子はカレーライスに一匙《さじ》つけただけで、あとは、水ばかりをお代りして飲んでいた。緊張感と飛行機酔いに、気分が悪かったらしい。やがて、高知行のコンベア四四〇型機に搭乗してからは、久美子の口数がますます少なくなった。目的地に近づくに従って、彼女の気持は固さを増すのだろう。幾度か重そうな吐息を洩らしていた。

飛行機は間もなく、四国の上空に入った。海岸線がゆるやかな曲線を描き、それに沿って波の白さが帯状に走っていた。淡路島や鳴門の渦を見下そうとする人々で、ざわついていた機内は、再び静かになっていた。

平地の部分は短く、すぐ眼下は山波に変った。飛行機は四国山脈を越えて、太平洋側へ出るのである。機体が震動を伝えて、視界に雲が多くなった。

真上から見る山は、険しさを感じさせなかった。松島は一つとして孤立した山というものがないことを、初めて発見した。山頂から八方へ血管のようにのびた稜線は、また別の山頂へ繋っていた。稜線を雪が明瞭に描き出して、雪は更に谷間の斜面を被っている。これだけの広大な部分に、動くものがないのが不思議だった。

山頂の真上を通過する時、機影が一瞬、山肌を這った。遠近感が全くなく、もし飛行機から飛びおりたら、山頂にふわりと立つことが出来そうな気がした。

山間に小さな集落や発電所のパイプが見え始めた。どうやら四国山脈を越えたようであった。黄色い絨毯を拡げたような平面が、山裾から南の方向へ地上の大部分を占めていた。

松島は今日まで、これほど広い島を一度に望見したことはなかった。彼の胸に、ようやく東京を離れたという実感が湧いた。汽車の旅では、費す時間の長さで、遠いところまで来たという感が深まるのだが、飛行機の場合は地上の平坦さによって都会が遠くなったことに気づくものらしい。

松島は太平製作所の重役たちの顔や、出掛けに言い争った妻のことを思い出していた。太平製作所の首脳陣は、是非高知へ行ってみたいという松島の申し出を歓迎してくれた。彼らにしても、誰かを室戸市へ行かせなければならないことを知っていたのである。社長の被疑事実がどれほど具体的であって、釈放の見込みが全くないかどうかを摑んで来なければ、事態検討を進められなかったのだ。

そこで、誰もが進んで果したいという役目ではなかっただけに、松島の自発的な申し出に彼らはホッとしたようだった。

妻の律子は、松島の高知行にいい顔はしなかった。その理由が何であるかは、はっきりしなかったが、とにかく、

「行くのは、およしなさいよ」

と、珍しく強硬に松島の行動に口を出した。

「矢崎さんのお嬢さんと一緒だからって、まさか気にしているんじゃないだろうな」

「何言ってるのよ。馬鹿馬鹿しい……」

「そうだろう。おれたち夫婦の間には、嫉妬というものが存在しないからな」

「でもね。何も矢崎さんのお嬢さんまで連れ出さなくてもいいと思うのよ。あなた、余計なことしているみたいに見えるわよ」

「冗談言うな。彼女にだって、四国へ行くそれ相当の理由があるんだ」

「何なの理由って……」

「ま、余分なことに口出しするなよ」

「わたしはね、飛行機が怖いのよ。もしものことがあったら、矢崎さんのお嬢さんの分もあなたの責任になるわ」

「現代人じゃないな、そんなことを言うやつは。乗った飛行機が落ちるようでは、家の中にいても怪我して死ぬ人間だよ」

と、こんな会話を交わして、松島はアパートを出て来たのである。その律子も、別世界にいる人間のように遠く感じた。そんな気持になるのは、彼が旅行の目的地に近づいている証拠でもあった。

松島はすでに、高知へ着いてからの行動予定を考えていた。彼は、高知から室戸市へ直行するつもりだった。この飛行機は、十四時十五分に高知着のはずである。高知からすぐに室戸市へ向かえば、遅くも八時前に目的地に到着するという計算だった。

《それにしても、室戸市へ行けば矢崎の消息が分かるだろうか……？》

松島は、ふとそう思った。

矢崎幸之介が四国へ行ったという想定は、あくまで可能性のみが根拠である。それが確かであるという自信は、松島にもない。矢崎幸之介が東京を離れたという確証は、何一つとしてないのである。

矢崎幸之介が二十二日から今日まで、どこでどう過しているか、それを知っている者は、久美子の周囲にさえ一人もいない。ということは彼のこの数日間の行動が、常識では判断出来ないところにあることを示していた。久美子から聞いた話では、まるで雲を摑むように要領を得なかった。

矢崎幸之介は、一月二十二日月曜日の朝、いつもの習慣である朝風呂に入り、それから軽い食事をとって池ノ上の自宅を出て行った。午前十時頃のことである。

「今日は遅くなるだろう」

出掛けにそう言った時の矢崎幸之介は、平常と何ら変った素振りを見せなかった。

「いってらっしゃい」

久美子も、言い馴れた言葉を何の感興もなく口にした。仕事に出掛ける父を送り出す娘としては当然のことだった。

今日は遅くなる——という父の言葉も、久美子は特に気にはとめなかった。矢崎幸之介の帰宅時間は一定していない。勤め人とは違って、事業を持つ身体だし、交際範囲も広いのである。会合や宴会やらで夜中に帰宅することも珍しくなかった。

勿論、たまには父が女との時間を過して遅く帰る時がある、ということを久美子は知っていた。長い間、再婚をしないでいる男が、生理的に女を必要とする時があるだろう、ぐらいのことは、久美子にも察しがつく。

帰宅した父の衣服を片附けている際、上着の胸のあたりに女の香料がしみ込んでいるのに気づいたこともある。出て行く時は皺が目立っていたズボンに、アイロンが当てられて、父がそれを注意深くはいて来たこともあった。

しかし、矢崎幸之介は不思議に外泊しようとはしなかった。どこに泊ろうと、家に気がねするべき者はないし、娘の教育上とやかく思うなら、幾らでも口実を設ければいいわけだが、彼は明け方近くになろうと、必ず一旦は池ノ上の自宅に戻るのである。

これには矢崎幸之介なりの理由があったのだ。金融業というものには、当然時間が密接な繋りを持つ。金融するにも、また回収する場合にも、『時』というものが起点となっているからだ。彼はこの点で、非常に几帳面だったわけである。いざという場合に、彼の所在が曖昧だったとすると、事業に少なからず影響を及ぼす。従って矢崎幸之介は、夜間の自由時間と、金融業者としての彼が息吹する時間とを明確に区分して、針の先でつっ突いたほどの手落ちもないように気を配っていたのである。

その矢崎幸之介が今度に限って、何の連絡もしないで二日間も家をあけているのだから尋常とは言えなかった。二十二日の午前十時に家を出た矢崎幸之介が、西銀座にある矢崎ビルに顔を出しているところまでは、はっきりしていた。矢崎ビルの四階に、矢崎金融の事務所があるのだが、彼は社長としてそこへ出勤したのである。しかし、矢崎幸之介が事務所にいたのは、二時間ばかりの間だった。彼は午後一時すぎに、矢崎ビルを出て行っている。どこへ行くのか、事務所の連中には一言も言い置いていないし、それから先の矢崎幸之介の足どりは全く分からない。そして二日たった今日まで、彼からの連絡はないし、消息を示すような何ごとも起っていないのである。彼は、二十二日の午後一時以後、プッリと消息を絶っている。

唯一の手がかりは、朝の出掛けに久美子に残して行った『今日は遅くなるだろう』の一言だけであった。そう言ったからには、矢崎幸之介は予め、二十二日の行動予定を組んでいたはずである。そして、その予定通りに行動しているうちに、消息を絶たなければならない事態に触れた——と考えるべきであった。

しかし、その彼の行動予定についても、憶測のしようがなかった。『今日は遅くなる』という父親の言葉を、久美子が全く意に介さなかったのは、もともと週の月、水、金が矢崎幸之介の帰りが遅い日に当たっていたからなのである。だから久美子も、どこへどんな用事で行って遅くなるのか、訊こうとしなかったのだ。

このようなことから、矢崎幸之介は四国へ行ったのだ、という松島の想定が生まれるわけである。仮に、午後一時すぎに矢崎ビルを出たその足で羽田空港へ向かい、五時前に大阪に到着する便に乗れば、大阪発十七時、高知着十七時五十五分の飛行機に矢崎幸之介は間に合ったはずである。そして、三津田が死亡した二十二日夜十時から十一時の間に、彼は室戸市近辺に行きついた——と、時間の点では矛盾がなかった。

「みなさま、大変お疲れさまでございました。当機はただ今、土佐湾上空に出まして、これから高知飛行場へ着陸の態勢に入ります。どうぞ、お座席のベルトをおしめになり、お煙草はこれから先、飛行場待合室までご遠慮下さい」

スチュアデスのスピーカーの声に、松島は思索を中断した。窓から傾斜した水平線が見えた。飛行機は機体を傾けて左へ旋回していた。瀬戸内海よりは、はるかに濃い紺色の太平洋が視界の九十パーセントを占めて、それはみるみるうちに眼前に迫って来た。

この時、松島の目を灰色に霞んだ半島の遠影がよぎった。

《室戸岬……!》

意味もなく、彼は胸の奥で叫んだ。

隣りで、久美子が泣きやんだ時のような溜め息を洩らした。

二

室戸市は料亭、旅館の多い街だった。観光地の土地柄である。街そのものには、南国的な明るさがなかった。何となく、くすぶっていて目にしみるような色彩に乏しい。というのが街全体の印象だった。漁港を懐ろにした町の野暮ったさがあり、近代的な配色のない街並はどことなく粗野な感じだった。

室戸岬へ通ずる道が街の真ン中を突っ切り、川っぷちに沿って、やがて海を見下せる断崖の上に出ている。このあたりまで、旅館が繁昌を物語る満艦飾の灯を見せて並んでいた。川っぷちには、地方の小都市には珍しい水銀灯があって『喜仙』『ととや』『永楽』『柳水』などという粋な料亭の看板を浮き上らせていた。

室戸警察署は、この橋を渡って、道が右折しかかるところにあった。報道陣が押しかけている気配がないのは、被疑者の取調べが一段落したからというより、夜になったからという感じが強かった。夜になれば、報道関係者も動かないといった悠長さを感じさせるほど、平穏な街の雰囲気なのである。

松島と久美子が、高知市からのハイヤーを停めて、室戸署の構内へ入って行くと、すれ違った制服警官が数人、振り返って興味深そうな視線を二人に注いだ。この土地の者ではないと見て、警官たちは二人を今度の事件の関係者だと判断したのだろう。久美子の愁いに沈んだ美貌にも、目を惹かれたのに違いない。警官たちが再び歩き出した時には、彼らの目に憧憬のような柔らぎがあった。

松島と久美子が署内に入って、手近の警官に声をかけた時も、その警官は全てを呑み込んだというふうに、即座に奥の席にいる上司のところへ二人の来意を告げに行ってくれた。

松島たちの対応に出て来たのは、警部補と奥の席で談笑していた私服の男だった。目の澄んだ美男子で、背広のチョッキまで着込んでいるその男は、都会の刑事よりもスマートで手入れの行き届いた服をつけていた。疲れているという感じがしないのは、大都会の警察官ほど多忙ではないからだろう。

「高知県警の者ですが……」

ズボンのポケットに両手を突っ込んだまま刑事は言った。

「わたしは……」

と、松島が言いかけると、それを遮るように高知県警の係官は頷いた。

「汐見ユカの関係者の方ですか?」

「はあ、太平製作所の総務部長をしております……」

「松島さんですね?」

刑事は首を斜めに傾けて、松島から受け取った名刺を遠くに離して眺めた。

「こちらは、太平製作所の株主のお嬢さんで……矢崎久美子さんです」

松島は刑事に紹介した。刑事と久美子は、視線を交わすだけで挨拶をすませた。

「で、汐見ユカのことで、東京からわざわざ来られたというわけですな」

刑事は松島の名刺を上着の胸ポケットにおさめると、生徒を見下す先生のように、二人へ交互に視線を向けた。

「はあ。とりあえず、汐見社長の被疑内容について詳しくお聞きしたいと思いまして。会社の今後について、重大な影響を及ぼすことでもありますし……」

松島はスーツケースを持ち変えて言った。刑事は、そのスーツケースについている飛行機の荷物扱い票を、チラッと見やった。最初二十八、九に見えた刑事だが、そうした観察の目つきをすると、顔全体に四十近い男の分別臭さが表れた。

「なるほど。では、今までに判明したことをお聞かせすればいいんですね」

刑事は一人合点するように、顎を小刻みに動かした。そうしながら、何かほかのことを考えているように刑事の態度が軽々しいのは、きっと正規の職務外のことという気楽さがあるからだろう。

「事件のあらまし、それから汐見社長逮捕の経緯は新聞などで読みましたが、それに対して社長がどう弁明しているか、といったこともお聞かせ願えたら……」

松島はカウンターのような仕切り台の上に、ラーメンの空丼が五つ六つ並んでいるのを目の隅で見て言った。

「分かりました。どうぞ、こっちへお入りになりませんか」

刑事は両手をズボンのポケットに差し込んでいるので、肩を張るようにして二人を仕切り台の内側へ誘った。

松島と久美子は、刑事に従って、テーブルの間を縫いながら、奥に見えているガラス戸の方へ向かった。制服警官の姿は、そこここにチラチラするだけで、テーブルの大半は空席だった。

「署長室、借りるぞ」

「ああ、どうぞ」

高知県警捜査一課の刑事は、自分の席でラーメンをすすっていた警部補とそんな言葉を交わして、奥のガラス戸をあけた。ガラス戸の上に『署長室』と書かれた黒い標示板が出ていた。

「どうぞ。ここをちょっと借りて、お話ししましょう」

刑事は二人を振り返って言うと、勝手知ったようにさっさと署長室の中へ入って行った。

部屋に電灯はつけてあったが人影はなく、整頓された大型デスクが、中央にひっそりと据えてあった。亜熱帯植物の鉢があり、それを囲むようにして白いカバーをつけたソファとアームチェアが向かい合っている。刑事は自分がアームチェアに坐り、二人にソファをすすめた。

「汐見ユカは頑強に否認するんでね、今は取調べを中止して、頭を冷やさせているんですよ」

刑事は苦笑しながら、ピースを箱の上でポンポンと弾ませた。その口ぶりから察して、汐見ユカが犯人であることに確信を持っているようである。出鼻をくじかれた恰好で、松島はしばらく沈黙せざるを得なかった。

頭を冷やさせている——という言葉は、ユカを全く犯人扱いにしている証拠だった。それがどういうことを意味しているのか分からないが、恐らく取調べを中断してユカを留置場の中に一人で置いてあるのだろう、と松島は思った。この同じ建物の中にいながら、ユカに会えないことが不思議でもあった。大声を上げれば聞こえるくらいの近い距離にいて、実は海一つ置いたほどの隔りがあるユカと松島だった。考えてみれば、数日前までは自由だった。いや、自由すぎるくらいだった。精神的には拘束があっても、行動は制限されなかった。松島は改めて、容易ならないユカの立場を思った。

「汐見ユカが三津田誠殺害の被疑者とされた根拠はお分かりでしょうね？」

刑事はうまそうに、濃い煙りを吐き出した。自由そのものの人間の顔だった。

「分かってます」

松島は短く答えた。

「犯行時間、逃走経路、証拠品、目撃者、これほど何もかも揃っている被疑者も珍しいですよ。まあ、非常に単純な殺人事件です。ところが、汐見ユカは否認し続けている。あなた方の前でこんなことを言っては何ですが、なかなか手強《てごわ》い女ですよ。明日は検察庁送りなんですからね、早いところ自供した方が本人も気が楽になるでしょうが……」

「社長は、ただ否認しているだけなんですか？」

「いや、それはそれなりに辻褄の合う言い分を主張していますよ」

「社長はどう言っているんですか？」

「三津田誠が死亡する以前のことは、汐見ユカもわれわれの解釈通り認めているんです。一月十六日の夜半つまり十七日、室戸市にいる三津田から電話があって、是非会いたいと言って来た。それで汐見ユカは十八日に東京を発って十九日に高知に着き、すぐ室戸市の三津田と連絡をとった……」

「ええ、それは確かでしょう。社長は十八日の『第一つばめ』で東京を発っています」

「汐見ユカは一月十九日の夜、室戸市の鏡月旅館まで来て、三津田に会ってます。汐見ユカと三津田は愛人関係にあったそうですが、あなた方も詳しくご承知だと思うんですが……三津田の発明に関する詐欺行為、そのことによって追いつめられた汐見ユカの立場、そして太平製作所の危機などについて、一体どうしたらいいかを話し合った。以後、その話し合いは三津田が死ぬ二十二日まで続けられた。この間、二人は鏡月旅館、料亭『磯』

などで会い、幾度か情交を結んでいます」

「はあ……」

松島は目を伏せた。当然のこととは思っていても、ユカと三津田の肉体関係について、平然と聞いていられるだけの勇気はなかった。

隣りで、久美子の坐りなおすのがソファに弾力となって伝って来た。彼女にしても、義母になるかも知れなかった女の情事の話を、静かに耳で受けとめることは出来なかったらしい。

「汐見ユカと三津田の話し合いは、結局まとまらなかったらしいんですがね」

刑事だけが、事務的な口調で話を続けた。

「汐見ユカは三津田に、東京へ帰って自首してくれるように頼んだ。清算すべきことは清算してから結婚しよう、という条件のもとにね。ところが三津田は承知しなかった。汐見の言を借りれば、三津田は多分に絶望的、そして自暴自棄に落ち入っていたというんですよ。三津田は自分に前科があるし、今度のことに対する責任の重大さを考えて、彼としては人生の致命的な破局と決め込んでいた。それに、三津田は最近、胃潰瘍の症状が進み、健康の点でも前途を悲観する要素があった。そんなことから、三津田は死を覚悟していたらしく、汐見の顔を見るなり心中を迫った……と、まあ汐見はこう主張するわけなんですがね」

そんなユカの言い分はとても信用出来ないというふうに、刑事は薄ら笑いを浮かべた。

「しかし、それは充分にあり得ることですよ。われわれも一度は、三津田が自殺することを予想しましたし、愛人の顔を見れば心中を考えることにもなるでしょう」

意識してユカを擁護する気持はなかったが、松島の判断から推しても、三津田が心中を迫ったということの方に必然性を感じた。少なくとも、ユカが三津田を殺したのだという見方よりは妥当なのである。

「しかし……」

刑事は素人の反駁を静かに否定した。

「もし三津田が心中ひいては自殺行為を覚悟で旅館を出たにしては、どうも不自然なフシが感じられるんですよ。会計をすませ、旅装を整え、ボストンバッグを提げて、というふうにね」

「三津田が死亡した二十二日の行動に関しては、社長はどう説明しているんですか？」

「二十二日の朝早く、汐見は室戸岬へ行って来ると高知の花月旅館を出ています。そして午前十一時すぎ、汐見と三津田が室戸市内にいるところを目撃した者がいます。その後、二人がどこでどう過したかは分かりません。汐見は夜の八時近くまで岬周辺を、最後的な話し合いを続けながら歩き回ったと言っています。ところが八時すぎになって、三津田は急に旅館へ引っ返すと言い出して、汐見と連れ立って室戸市へ戻り、汐見を待たせておいて三津田は姿を消した。事実、三津田は九時頃鏡月旅館へ戻って来て、会計をすませて旅装を整え、再び鏡月旅館を出て行ってるんです。さて、この後が肝腎なんですがね。汐見の主張によると……」

刑事はズボンの上に落ちた灰の塊りを指で弾き飛ばして、それでも気になるらしく丹念にズボンの生地を揉みほぐした。

「結論から言うと、汐見にその気がないと見た三津田が無理心中を計ったというわけですよ」

「無理心中？」

「つまり、再び室戸岬へ戻った三津田と汐見は、灯台附近から断崖沿いに歩いた。三津田はこれから高知へ一緒に帰ろうと言って、現場近辺の道へ汐見を誘い、やがて断崖の際に出た。汐見はボストンバッグを提げている三津田を見て、これは自首する気になったものと安心しきっていた。そこを三津田が、死んでくれ、と叫びながら、いきなり押しこくって来たというんですよ。汐見は抵抗したが防ぎきれずに、断崖から足を踏みはずして急斜面を転った……と。そこまでは分かっているが、その後は意識を失って覚えていないというわけです」

「意識をとり戻したのは？」

「二十三日の払暁だと言っています」

「四、五時間は昏倒していたわけですね？」

「汐見は三津田との格闘の際に腕時計をちぎり取られたらしいので、正確な時間は分からないが、海はまだ暗く、水平線のあたりが乳色に染まっていたから、多分四時頃ではなかったかと言ってますよ」

「その時、三津田の死体を発見しなかったんですか？　社長は……」

「それが発見したというんです。意識をとり戻して、汐見はあたりを見回した。すると……」

松島は刑事の情景描写を聞きながら、二十三日払暁の室戸岬の光景を目のあたり彷彿させた。

海上は黒くうねり、波だけが凍りつきそうに白く岩を噛んでいた。岬は灯台の灯を除いては、黒の死色によって塗りつぶされている。空もまだ重い眠りから覚めきれず、低い雲が垂れていた。僅かに、水平線近くで雲は杜切《とぎ》れて、淡いコバルトブルーに乳色を溶かし込んだような明るみが黎明を告げている。

ユカは崖の途中に突き出ている岩の根本に横たわっていて、ふと目を開いた。顔の上には薄れ行く闇と、膨みつつある明るさが、溶け合って流れていた。風が頰に冷たく、波音がすぐ身体の下で聞こえた。

瞬間的には、ここがどこであり、自分がなぜこうしているのか、ユカは判断がつかなかった。

　ユカはそろそろと首をもたげて、現在自分のいるところが、怒濤を眼下に見下す断崖の途中であることを知った。同時に、彼女は何時間か前、自分が三津田によって崖の上から突き落されたことを思い出した。

　助かったのだ――ユカは、俄かに襲って来た恐怖と緊張感に、早る気持を抑えて、用心深く立ち上った。

　風は空気の壁となって強く吹きつけて来る。ユカの髪の毛はちぎれそうに乱れて、アストラカンのオーバーが泥を撒き散らしながら翻った。

　ユカは這いずるようにして、急斜面を登り始めた。だが、その時である。ユカの左右に注意深く配られた視線が、断崖の下の大きな岩の上にそこにあってはならないような異物が投げ出されてあるのを認めた。ユカは、身体の動きをとめて目を凝らした。

　海中から突き出ている馬の形に似た岩は、沖に面して光り陸に面して黒く、とその部分がクッキリと陰影に区別されて浮かび上っていた。異物は明らかに、人間の輪郭を見せている。勿論、顔や服装の見分けはつかないが、ユカがそれを三津田の死体と判断したのは当然である。

　三津田はユカとの無理心中を計り、突き落した彼女は死んだものと決め込んで、自分もあとから飛び下りた――眼下の情景がその結果であることは、疑う余地もなかった。

ユカは今更ながら、慄然となった。死の一歩手前で踏みとどまったということが、その恐怖を倍加した。彼女はとにかく、逃げようと思った。少しでもこの場から遠去からないと、魔力のようなものによって海の中へ引きずり込まれそうな気がした。

ユカは今にも、冷たい手に足首を摑まれそうな恐怖に駆られながら、断崖をよじ登った。身体中に打撲傷の鈍痛を感じた。ユカは脂汗を滲ませて、崖の上まで辿りついた。崖の上には三津田のボストンバッグが、ポツンととり残されていた。それが、三津田の死を直接肌に感じさせた。だがユカは、ボストンバッグに近づこうともしなかった。

この時のユカの脳裡には、愛も責任感もなかったのである。過去と未来の連繫は、現在という時点で切断されていた。ユカは前を見ず、また後ろを振り返ろうともしなかった。現在という時点には恐怖のみがあった。ユカは、この恐怖から遠去かるために、逃げることのみを考えていた。

三津田の死を警察に急報しなければならないことを考えつく余裕も、ユカにはなかった。それに、警察に知らせれば、三津田の死がユカの責任として結びつけられる恐れがあることを彼女は考えていた。ユカは無意識に、そうなることを忌避した。言い換えるならば、面倒なことには関《かかわ》りたくないという心理だった。それに恐怖が加わった場合、何はともあれ、三津田の死に関連する一切の圏外へ逃げ出ようとしたのも無理はなかった。

ユカは岬から室戸市へ向かって歩いた。朝の早い漁港から、漁船のエンジンの音が響いてくるくらいで、室戸市はまだ水色の夜気に沈んでいた。勿論、交通機関は動いてなかった。かと言って、バスの始発を待っているわけには行かない。ユカは、逃げたい一心から主幹道路を北へ向かって遮二無二歩き出した。岬から室戸市内までは、バスで約十分、徒歩で約四十分かかる。だが、室戸市から先は何時間歩き続けたから、どこへ行きつく、という当てがなかった。

安芸市まで行けば、そこから土佐電鉄に乗り高知市に出られる。しかし、室戸から安芸まではバスで二時間二十分の道程である。それを歩いたら、何時間かかるか分からない。

そうは言うものの、バス、ハイヤーはおろか牛車一台通らない暁の道だった。ユカはただ当てもなく、歩き続けるよりほかはなかった。歩きにくい砂利道は、濃い朝靄の中を終着点のない道路のようにはるか彼方までのびていた。

気がついてみると、ユカは自分のボストンバッグの柄をしっかり握りしめていた。このボストンバッグは、簡単な着換えや洗面用具を詰め込んであるもので、高知から室戸へ行く時は常に携行していたのだった。だが、断崖から突き落とされても、なおこのボストンバッグを手放さなかったのは不思議だった。そのことに気がついたのさえ、室戸市を出て一時間ばかり歩いてからだったのだ。さすがのユカも、全く気持が動転していたのである。

ユカが甲浦高知間を走る国鉄バスに乗れたのは、更に一時間近く歩いて平尾という集落まで行きついた時だった。このバスは甲浦四時の始発で、平尾には六時三十分頃に到着した。バスは八時五分に安芸に着くという時間の便もあって、通勤者もまじえた超満員だったが、ユカもどうにか割り込むことが出来た。バスに乗りさえすれば、あとの行程は難かしいこともなかった。ユカは安芸でバスを降りると、土佐電鉄に乗り換えて高知市内鏡川橋まで直通電車で行った。そして、『花月旅館』で高知駅十時七分発の列車があると聞いた時、ユカは更に東京まで逃げ帰ろうと咄嗟に決意していたのである。東京へ帰ったからと言って全てが解決するわけではない。しかし、あの東京の物と人とが氾濫するような喧噪の中へ巻き込まれてしまえば、母の懐ろにも似た温かさと安心感を得られるような気がしたのである。ユカは望郷の念に駆られた放浪者のように、一途に東京を目指したのであった。そして、その途上ユカを待っていたのは殺人容疑者としての緊急手配であった——。

高知県警の刑事は、話し了えると、立ち上って署長室を出て行った。間もなく引っ返して来た刑事は片手に二つの湯呑み茶碗を載せた銀盆を持ち、もう一方の手で濡れた口辺を拭いながら、

「ということで、汐見ユカの無理心中だったという主張も、口から出まかせの嘘とは思えないんです」

と附け加えた。

松島はしばらくの間、膝の上で組み合わせている両手の指を瞶《みつ》めていた。久美子の組んだ脚の爪先が、彼の顔のすぐ脇にあった。何を考えているのか、久美子は全くの門外漢の

ように一言も口をさしはさまなかった。

「理論的根拠に基いているわけではないんですが……」

と、松島はこごめていた上体を起した。

「わたしとしては、社長の無理心中だという主張の方を信じたいですね。社長を特に弁護したり身贔屓《みびいき》するわけではありませんが、三津田が無理心中を迫ったという可能性は充分なんですよ。三津田と社長の愛情関係、これがそれを裏付けているじゃないですか。それに、二人の性格を考えてみてもそうです。三津田という男は、意志薄弱な人間にありがちな、甘くて気が弱くてご都合主義的なロマンチストでした。一人では死ねなくても、愛人となら死ねる。そして最後には死という逃避手段があるということを常に頭に置いているような男でした。それに対して、社長は気丈で現実派です。合理主義的なところはあっても、それはまた同時に、死ぬということを考えるくらいなら最初から何もやるな、といった良識を弁《わきま》えている証拠でもあるんです。三津田はあらゆる点で絶望して、心中という手軽な清算方法を考えた。しかし、社長は死んだ気になって一念を通すという性格だった。心中に同意するはずはない。と、そこで三津田が無理心中を計った……。こう話のスジは通っていると思うんですが」

「その程度の分析なら、われわれにも出来るんですが……」

理論派というよりも実際派といったタイプの刑事は、日焼けした色がそのまま肌の地色になったような顔を、両手でゴシゴシとこすった。

「しかし、われわれは何分にも心理学者ではないんでね。われわれに必要なのは心理分析ではなくて、現実の矛盾であり、可能性の有無なんです」

「すると、社長の申し立てには矛盾や頷けない点があるというわけですか？」

「ありますね」

「例えば？」

「例えばですね、汐見ユカが持っていたボストンバッグなんですがね。これを調べたところ、中味は洗面用具と女物の下着類が二、三枚入っていたんです。まず第一に、汐見ユカはたったこれだけの中味が入っているボストンバッグをなぜ後生大事に持ち歩いていたか。第二に、三津田に突き落されたというが、そんな時にも殆んど価値がないと言ってもいいこのボストンバッグを手放さなかったとは考えられるかどうか。また、恐怖の余りただ逃げることだけを考えたというのは、正常な判断力を有する人間として割りきれないものを感じないか。とこのほかにも、矛盾点や疑問点は幾つもありますが、捜査係官としてはこれ以上のことを申し上げられないので……」

「現場の状況はどうだったんでしょう。社長の主張は裏付けられなかったのですか？」

「いや、確かに汐見の言う通り、崖の途中にそれらしい岩の窪みがあったし、人が滑り落ちたような跡も残っていました。それに土質鑑識によると、汐見のアストラカンのオーバーから採出した泥と現場の土とは一致しましたよ。しかし、こんなことぐらいは幾らでも細工出来ますからね」

　刑事は両手を膝に置き、肩を怒らせて長く吐息した。これで言うべきことは全部言ったという、刑事のポーズだった。捜査係官として多言は許されない、とすでに釘を刺されているし、これ以上根掘り葉掘り質問すると相手の心証を害する恐れがある、と松島は思った。

「それで、大勢はいかがなんでしょう。やはり社長の容疑は非常に濃厚なものと判断すべきですか？」

　松島は結論的に、質問の方向を変えた。

「それは検察官の決断によるものでしょう。しかしわれわれ捜査段階においては、自信を持っていることは勿論です」

　刑事はそう答えて唇を結んだ。自信のあることを、その表情にも示したかったに違いない。

「あのう……」

　この時、実に東京を発って以来初めて、久美子が自分から口を開いた。

「この事件に関して、汐見社長以外に容疑者というものは浮かんで来ないのでしょうか？」

「というと？」

刑事は意表をつかれたように唇を尖がらせて、久美子を見返した。

「ですから、あのう……例えば、二十二日からそれ以後にかけて、室戸市内に見かけない男……東京の人間らしい男なんかがウロウロしていたとか……」

「さあ……どう答えていいものか分かりませんが、特に不審な人物がいたという情報は入っておりませんね」

「そうですか……」

久美子は松島の方を一瞥してから、ホッとしたような顔を伏せた。彼女は矢崎幸之介を念頭に置いて、質問したらしい。まさか、これだけの質問に答えを得て全面的に安堵したわけではあるまいが、表面に出ていないからと言って矢崎幸之介が四国には来なかったという結論にならない、と松島は久美子に言ってやりたかった。

しかし、矢崎幸之介の消息に関する限り、この場で久美子や松島が憂慮したり推測したりすることは全く無意味だったのである。この頃すでに、矢崎幸之介の消息は、東京において判明していたからだ。

三

室戸市内の旅館は殆んど満員で、四、五軒訊いて歩いてみたが、どこも断られた。夜の九時すぎに宿を探すのでは、それも無理はなかったが、やはり南国らしく冬場の観光客で賑わう土地だったのである。

　室戸市の旅館に泊る客にも二種類あって、直接室戸まで来て宿をとる者と、高知あたりから一泊予定で来るアベック客に大別されるわけだった。直接室戸まで来て泊るのは、殆んど団体客である。だから、どこの旅館へ行っても、

「ああ、お二人さんですか。お二人さんなら明日になりさえすれば、部屋は幾らもあくんですがね」

と、旅館の者に言われた。まして、

「いや、二人でも一人一部屋ずつ欲しいんだが……」

と頼むのでは、にべなく断られるのが当然だった。団体客に馴れているし、商売気のない田舎の旅館のことでもあり、同じ断るにしても甚だ無愛想な断り方をする。松島も少々むかっ腹を立てていた。

　二人は仕方なく、料亭に泊ることにした。勿論、旅館という看板は出してなくても、待合と同じようなものだから寝る部屋も貸してくれるに違いないと思ったのである。

　二人は川っぷちにある『柳水』という料亭に入った。事情を話して、泊る部屋を二部屋貸してくれと頼むと、二つ返事で承知した。それもそのはずで、通された部屋にはすでに枕が二つ並べて寝具がとってある次の間がついていた。つまり、ここで酒を飲み食事をす

ませた男女がそのまま寝具の中でご休息をとるという手筈になっているらしい。

二人は別にもう一部屋、用意してもらって、ここに落ち着くことにした。

部屋は調度品が高級というだけで、旅館のそれと違った作りではなかったが、中央の大きな炬燵に掛けてある蒲団の豪華で艶やかな色彩が、やはり生粋な水商売を感じさせた。

松島はすぐ食事を頼み、それから東京の太平製作所に電話を申し込んだ。太平製作所には出先の宿舎を連絡することになっていたし宿直の社員にでも『柳水』の電話番号を伝えておこうと思ったのである。

松島と久美子は、向かい合いに炬燵へ入った。何となく気拙い空気であることは確かだった。少なくとも好意は持ち合っていない男女が、こうした場所にいることは、ひどくチグハグな感じなのである。

「お嬢さんはどう思いますか？」

無理に話題を作るように、松島は口を開いた。何か喋っていなければ、この場がもてないような気がしたのだ。久美子も、二人きりの部屋の中では答えないわけにも行かなかったのだろう。松島の視線を避けるようにして顔を上げた。

「何が……？」

「社長の言うことが事実なのか警察の判断が正しいのか……」

と、松島はお絞りを弄びながら言った。

「さあね……」

久美子は、興味ないというふうに顔をそむけた。このように、久美子が冷やかな態度をとることは松島にも分かっていた。ユカに対する敵意、松島への反感が、強いて彼女にそうした見せかけを装いさせるのである。その実、久美子はユカが犯罪者とされるかどうかに異常な興味を抱いているのだ。それは、彼女が明日にでも東京へ帰ろうと言い出さないことでも、よく分かる。

「とにかく、警察の話を聞いていても、汐見社長の主張に曖昧な点や矛盾があることは確かかね」

「あの刑事が言ってたような？」

「そう。崖から突き落されても、ボストンバッグを手放さなかったっていう点ね。ああいうこともあり得ると解釈すれば、出来ないことはないわ。でも、わたしが気になるのはボストンバッグより靴の方よ？」

「靴？」

「アストラカンのオーバーを着ていたというからには、あの日の汐見社長は当然ハイヒールをはいていたはずよ。男の人には分からないかも知れないけど、ハイヒールというものはちょっとした拍子にでも、とても脱げやすいんだわ。もし崖から突き落されたのだとしたら、斜面を転ったでしょうし、ハイヒールの片方ぐらい脱げて飛んだと思うの。腕時計のバンドが引きちぎられているのに、ハイヒールが脱げなかった……わたしは、ここに矛盾を感ずるわ」

「しかし、それが絶対の矛盾であるとは言いきれないでしょう」

「でも、汐見社長が三津田さんを突き落しておいて、無理心中を装ったとすれば、その矛盾は矛盾でなくなるんだから……」

「いや、もし社長が三津田を殺したのだという想定に基いて考えたとしても、やはり幾つかの矛盾が出て来ますよ。第一に、三津田を殺すつもりならば、社長はあんな犯行時間を選びませんよ。逃げるに逃げられない真夜中なんていう時間をね」

「でも、夜でなければ人目が多い観光地ですもの」

「何も室戸岬を犯行の場所にしなければいいんじゃないですか。三津田はどこへでも誘い出せたはずです。人の目につかず、しかも逃げるのに便を得た場所は、探せば幾らでもあるでしょう」

「女の腕で男を殺すには、崖の上から突き落すぐらいの方法しかないわ」

「そんなことはないですよ。社長の立場にあれば、毒物入手だって困難じゃありません。工業用の青酸カリだってあるんですから。それを社長は、室戸岬という場所で、しかも犯罪者にとって最も肝腎な逃げ道が塞がれている時間に、なぜ三津田を殺さなければならなかったのです?」

「そんなこと、犯人じゃあるまいし、わたくしには分からないわ。でもね、とにかく恐ろしいということだけで、愛人の死を警察に知らせようともしないで東京へ逃げ帰ろうとした汐見社長の心理は、解釈しようのないものね？」

久美子は、勝ち誇ったようにそう言った。

「あなたは矢崎さんが室戸へ来た気配はないと知って、気が楽になったようですね」

松島は冷やかに唇だけで笑みを作った。

「しかし、ただのあの一言で、矢崎さんがこの事件に無関係だと決めてしまうのは早計ですよ。とにかく、矢崎さんが姿を隠していることは事実なんだから……」

「そうかしらね」

久美子も、目に反感の鋭さを強めながら、表情は嘲笑で弛めた。

「でも、わたくしね、ここまで来てからパパが四国へなど絶対に来るはずはなかったということに気がついたの」

「なぜです？」

「そりゃパパだって、時間をかけてならどこへでも来たでしょう。でも、あなたのお説によると、パパは二十二日のうちに高知へ来たことになっているわね。二十二日中に来るとすれば飛行機を利用するほかに手がないわ。ところが、パパは飛行機が大嫌い。飛行機だけには死ぬまで乗らないって、よく言ってたわ。パパは恐らく……ちょっと汚ない想像だけど、女の人を連れて温泉へでも遠出したんじゃないかしら」

松島は黙っていた。何を言っても久美子の意見とは並行線を辿ると分かりきっている。料理が運ばれて来たのを機会に、松島は口を噤むことにした。料理を運んで来た女中は、弘法大師の四国霊場八十八か所について一しきり喋り終ると部屋を出て行った。

この時、床の間に据えてある電話が鳴った。松島は腹這いになって手をのばすと、受送器をはずした。

「もしもし、東京お出になりました。どうぞお話し下さい」

帳場の女の声が、そう伝えて来た。

雑音は少なかったが、東京の相手の声はか細かった。松島は受送器を固く耳に押し当て、もしもしを大声で繰り返した。

「宿直の者、誰かいますか？　総務の松島だけど……」

「あ、部長ですか？　ちょっと、ちょっとお待ち下さい！」

最初、不機嫌そうな声で出た相手は、松島と聞いて慌てて引っ込んだ。余程気が急いだと見えて、投げ出すように置いたらしい受送器のコツンという音が松島の鼓膜をくすぐった。

こっちはただ『柳水』の電話番号を伝えようとしただけなので、松島は何も先方の相手が交替しなくてもいいのに、と思った。誰であるかは分からないが、電話に出た男は太平製作所の社員には違いない。その相手が一旦引っ込んで、一体誰に電話を引き継ごうとしているのだろうか——と、松島は首をひねった。時間は十時を回っている。こんな時間に、太平製作所の宿直室に何人もの人が居残っているはずはなかった。

《何かあったのかも知れない……》

松島は、吸い物の椀を手許に持って行ってる久美子の方を見やった。

間もなく、電話を通じて野太い男の声の何か言ってるのが松島の耳に響いて来た。松島の相手になろうとする者が、電話に近づいて来たのである。

誰だろう——と、松島は一瞬、期待を持った。

「もしもし、松島君かね？　いや、ご苦労さまでした……」

「ああ、片桐常務……！」

電話に出た相手の意外さに、松島は小さく驚いた。夜十時をすぎた太平製作所に、重役の一人が居残っているとは、全く予想していなかったことである。やはり、太平製作所に新しい事態の発展があったらしい。

松島が不安を覚えたのは、どうせ顔を綻ばすような新事態が生ずるはずはないと思ったからである。

「どうだね、四国は……。東京からくらべてやっぱり暖かいかね？」

「は？　はあ……」

松島は面喰らった。片桐常務が張りのある声で、しかも暢気《のんき》なことを話しかけて来たからだった。

「それより、常務。こんなに遅くまで社にいられたのは、何か緊急事態でも……」

「いや、あんたからの電話を待っていたんだよ」

「わたしに何か急用でも？」

「うん。明日にでも、すぐ東京へ帰って来てもらおうと思ってね。実はね、素晴らしい朗報が入ったんだ。詳しいことは帰って来てから話すがね。結論から言えば、社長の無実が証明されたんだ」

「社長の無罪が証明された？」

松島は思わず、声を張り上げた。その声に久美子が、箸の動きをとめて視線を松島へ移した。

「一体、どこからそんな朗報が入ったんです？」

「アメリカのカリフォルニア州、フレスノという町からだよ」

「アメリカから？」

「三津田の妹さんだ。いつか総会で矢崎の娘が言ってただろう。三津田の妹がアメリカ人と結婚して、西部で農業をやっているって。その人から航空便が社へ届けられたんだ。兄が社長さんと一緒に死ぬつもりだというような意味の手紙を送って来たが、心配だから問い合わせるってね」

「つまりですね、三津田は社長と心中するつもりだという遺書のようなものを、たった一人の肉親であるアメリカ在住の妹に送ってあったというわけですね？」

松島は久美子に聞かせるために、わざわざ要約の復誦をした。久美子がすっかり電話の話に引き込まれているのを見て、松島は痛快であった。

「とにかくね、その手紙は警視庁に持ち込んであるんだよ。恐らく明日にでも、警視庁から高知県の警察本部へ連絡が行くんじゃないかな」

と、ここまでは弾んだ声であったが、片桐常務は不意に声の調子を変えて言った。

「ところで、もう一つ、重大な知らせがあるんだ」

「何です？」

「そこに、矢崎の娘がいるのかね？」

「ええ、いますよ」

「とにかく、あんたね。明日になったら出来るだけ早く矢崎の娘を連れて帰って来てもらいたいんだ」

「はあ、承知しました。しかし……」

「うん。ついさっき、北沢警察から矢崎の娘の連絡先が分からないか問い合わせがあったんだがね。矢崎幸之介ね、殺されたんだ」

「何ですって！」

「今日の夕方、死体が発見されたんだ」

「で、犯人は？」

「まだ分かっていないらしい。アパートの部屋の押し入れの中に死体があったそうだ。絞殺されたということだよ」

「アパートっていうのは、どこのアパートのことなんです？」

「東青柳町って、ほら文京区の護国寺の近くに、東青柳町ってあるだろう。そこの青柳荘というアパートだそうだよ」

松島は身体が畳に吸い込まれて行くような気がした。二十二日以来消息を絶っていた矢崎幸之介が死体となって発見された。矢崎幸之介の死は、全く予想していなかったことである。しかし、松島が顔色を蒼白に変えたのは、違った意味にもあった。矢崎幸之介の死体があったのは、文京区の護国寺に近い東青柳町のアパートの一室だったという。

《護国寺……！》

極く最近、松島はこの護国寺という文字を見たことがある。それは強い印象となって、彼の記憶に刻み込まれていた。

妻、律子が持って帰って来た『護国寺前・桃源楼』というレッテルのマッチ。そして、矢崎幸之介の死体が発見されたのは、護国寺に近い東青柳町のアパート。この『護国寺』

の符号は、単なる偶然の一致だろうか。
松島はしばらく、片桐常務の呼びかけに応ずるのを忘れていた。

第四章　夕映えの道

一

推定死亡時刻の幅が、死後経過時間の長さに比例するのは当然である。死体発見が遅ればそれだけ、死亡時間を正確に推定するのが困難になるわけだ。

勿論、死亡時間を割り出すのは、死体の腐蝕状態によるばかりではない。胃袋の中味の消化状況という単純なものから、医学的に精密な測定方法まで各種あると言えよう。それに死亡と同時に偶発的に作用した周囲の現象、また死亡前後の実際的な事情によっても、推定死亡時刻が計算される。

例えば、身体に衝撃を受けて即死した人間の腕時計が十二時を示したまま破損していたとすれば、その腕時計の破損が死亡時刻の推定に大いに役立つのだ。また、十二時には生きていたとはっきりしている人間が、一時には死体になっていたとすれば、当然その人間は十二時から一時までの間に死んだものと断定される。

しかし、そのようなデータが全くない死亡事実——例えばその人間は誰とも顔を合わさず、はめていた腕時計は破損もしていない、というようなことになると、あくまで死体そのものから死亡時刻を推定しなければならなくなる。となると、何月何日の何時という推定時を測定するのは難かしい。そして、死体発見が遅れるに従って、何時から何時までという幅が広がるのである。腐爛死体になると、死亡時刻ではなく、死亡時期を推定するだけに留まる。約一か月とか二十日ぐらいとかいう概数で、死後経過を示すよりほかはない。白骨死体となると、死後何か月以上たっている、ということしか言えないのだ。

従って、死体は一日も早く発見されなくてはならないのである。他殺死体の場合、発見が遅れたことによって、犯人捜査に重大な影響を及ぼすのもこのためだ。逆に、計画的な殺人を目論んだ犯人は、一日でも死体の発見を遅らせるように工夫するわけであった。

死体の腐蝕度は、季節、温度、死因、場所などによってそれぞれ違うのだが、死体が置かれてあった場所というのが最も大きな影響力を持つものとされている。

カスペルの法則によると、

死体が土の中にある場合　2

死体が水の中にある場合　4

死体が空気中にある場合　8

の比率で、死体が空気中にある場合が腐蝕しやすいということになっている。

矢崎幸之介の他殺体は、死体が空気中にある場合、に該当する状態にあった。彼の死体は、東京都文京区東青柳町十八番地アパート『青柳荘』の二階B号室で発見された。発見者はアパートの持ち主である倉持庄太郎という男であった。倉持とその家族は、アパートとは別棟の二階家に住んでいるのだが、この日——一月二十五日の夕方、彼はペンキ屋の職人を連れてアパートの二階B号室を訪れた。倉持はアパート各部屋のベランダのペンキ塗りかえをするつもりで、この日ペンキ屋を呼んだのである。一階二階各三部屋ずつ、計六つの部屋があるアパートで、ペンキ屋は朝から仕事を始め、二階のB号室に回って来た時は夕方の五時近かった。

『青柳荘』には、家族ともども住んでいる世帯は一つもなかった。従って、どの部屋も留守でドアには鍵がかかっていた。そのためにペンキ屋は、一つの部屋のベランダを塗り了えると、アパートの持ち主のところへ行って次の部屋を合鍵であけてもらわなければならなかった。

倉持がアパートへ足を運ぶのは五度目であった。部屋を手入れしたりする時、留守であれば勝手に入りますからと借主たちにはあらかじめ断ってあるので、無断でドアの鍵をあけることに気は引けなかったが、それでもやはり、留守の間に他人の部屋に入り込むのはあまり愉快だとは言えないものである。部屋の中を覗くにも、その動作は何となく恐る恐

るになってしまう。二階B号室のドアをあけた時もそうだった。まず細目に開いたドアの

隙間から、倉持は視線だけを部屋の中へ入れた。

その倉持の目に、板の間の藤色の絨毯の上に落ちている小さな銀色の物体が触れた。そ

れが、この部屋のドアの鍵であることは倉持にもすぐ分かった。だが、だからと言って彼

が何の不自然さも感じないでそれを見逃したわけではない。直感的に、倉持はおかしいな

と思った。この部屋の借主は留守のはずである。それで、ドアには鍵がかかっていたのだ。

それなのに、あってはならない鍵が部屋の中の、しかも床の上に落ちている。

異変がある——という漠然とした予感とともに、倉持は反射的に勢いよくドアを押しあ

けた。同時に倉持とペンキ屋の職人は、息を呑んだ。目を部屋の中に走らせる前に、二人

の視線は一目で呼吸をしていない人間と分かる男の横臥を捉えたのである。

死体は下半身を押し入れの中に突っ込み、恰度ドアの方を向いて寝そべったという形で、

奥の六畳間に横たわっていた。凝然として動かない死体は、展覧会か何かの会場にある等

身大の人形のように見えた。眺めている限りでは、それほど恐怖を誘わなかった。もっと

も、倉持にしてもペンキ屋にしても、瞬間的に感覚が麻痺していたのかも知れない。二人

が顔色を変えたのは、部屋の中に漂うタクアン漬のような死臭を嗅いでからであった。

倉持からの通報によって、三台のパトカーと管轄の大塚警察署の係官が現場に到着した

のは十分後の五時恰度であった。

東青柳町は、護国寺の左斜め前一帯の比較的範囲の狭い町である。護国寺は江戸川橋方面からぶつかる道路を芯棒としたT字路の頂点に位置する。護国寺にぶつかって右へ折れれば大塚仲町へ出て、左の道路を行けば池袋に通ずる。この江戸川橋方向から大塚仲町へ直角に右折する一角が、東青柳町だった。この町は電車通りから一歩横丁へ入り込む閑静な住宅街になる。新しくはないが、骨組みのしっかりした邸宅がたち並ぶ。戦災にあってないせいか、松の古木などが塀の外へ枝を張り出しているといった家もある。昼間は都電通りを行き交う車の相当な交通量のために、都心並みの騒音が絶え間ないが、夜遅くなると護国寺の森から梟《ふくろう》の声が聞こえたりして、ふと山間の静寂を思わせる。この界隈は伝統と定着した生活に、どことなくおっとりした土地柄という大都市の盲点のようなところだった。

アパート『青柳荘』は、こういう町には場違いな感じがした。クリーム色の鉄筋コンクリート造りという外見ばかりではなく、アパート自体のあり方といった点でも、この土地にはそぐわないものがあるのだ。『青柳荘』はいわゆる高級アパートである。部屋は六畳の洋風な板の間と六畳四畳半の和室、それに台所バストイレつきで、さして広くはないがエアコンディショナア、水道と井戸水が出る蛇口、直通電話と設備は贅沢なくらいであった。合計六世帯きり入れないというのも、高級アパートの条件の一つだった。各部屋にベランダがつき、もの干し場は屋上にあった。これもまた、一般的なアパートには望めないことである。

　こうなれば、敷金四十万円、家賃月額三万円という値段も当然ではあった。勿論、地道なサラリーマンが住めるはずはなかった。一般家庭の住むところとして、建てられたアパートではないのである。

　こういった高級アパートに住む人種、そしてまた利用方法はだいたい限られている。限られてはいるが、現在の東京には、そのような人種が意外に多い。だからこの『青柳荘』のようなアパートの需要はひきもきらないのである。もし、青柳荘が六本木、赤坂、四谷といったところにあったとしたら、少しも珍しい存在ではなかっただろう。だが、町全体が家庭団欒の雰囲気にあり、落ち着きのなかにも生活の根が張っているこの土地では、非生産的な匂いのする『青柳荘』が異物視されるのは無理もなかった。

　この種のアパートの住人たちは、世間並みの附き合いを嫌う。同じ屋根の下に住む者同士であっても、全くの没交渉である。隣りの部屋にどんな人間が住んでいるか、顔を合わせたこともないし、知ろうという興味さえ感じていない。いわば彼らは、旅館の一室を持続的に借りているつもりなのだ。

『青柳荘』の近所に住む人たちも、アパートの住人の顔を見たことは殆んどなかった。近所の人との接触はまるでないし、彼らの生活は普通とは正反対で、昼間は外へ出ずに夜が遅いのである。また、彼らのうちの一部は、週に何回か『青柳荘』へ来るだけであった。

こういう人種に部屋を貸すからには、アパートの持ち主にしても、幾つかの点で暗黙のうちに諒解し、そしてそれなりの気使いも必要だった。まず、借主の職業とか生活状態とかいうものに興味を抱いてはならないのである。どの部屋の誰が、どんな人間を連れて来て何をしようが、見て見ぬ振りをしているのだ。観察も質問も口だしもしない。余計な干渉は極力避けるべきだった。つまり、待合のような粋場所の仲居と同じ、野暮な詮索はしないという心構えが要るのである。それがこうしたアパートの長所で、そうした利点がないならば誰も高い金を払って借りようとはしないのだ。

だから倉持庄太郎も、自分のアパートの住人たちに関してはあまり詳しくはなかった。知っているのは、借主の名前だけだった。銀座のナイトクラブのホステス、テレビ女優、株屋の二号、バンドのピアニスト、脚本家というふうにそれぞれの職業には、だいたいの見当がつけてあったが、その生活状況には全く疎いのである。人の出入りについても、誰が旅行中でどの部屋に客が来ているかも、倉持の家族は関知してなかった。そのためにアパートに管理人といった者を置いてないのだし、外から直接出入りの出来るドアが各部屋についているのだ。せめて電話だけでも呼び出しになっていたなら、各部屋の生活様式に通じていたかも知れないが、直接電話ではそれも望めなかった。

確かに、大塚署の係官が歯痒さに苛立つほど、倉持は何も知ってなかった。分かったのは、二階B号室の借主が矢崎幸之介という男で、半年ほど前『青柳荘』が建つと同時に新聞広告を見て借りに来た、アパートへはたまに来るだけらしい、女が住んでいた様子はない——と、これだけのことだった。本籍、住所、職業その他は一切不明であった。勿論こういうアパートに住む人たちは、住民登録もしていない。その上、ここを生活の場にしているわけではないから、周囲の商店とも繋りを持っていなかった。

「わたくしどもは家主と借家人という関係ではなく、単なる貸借契約者同士なものですから……」

と、倉持は弁解するのである。

二階B号室には、家具らしい家具は殆んど見当らなかった。板の間には絨毯と三点セット、六畳の和室にはセミダブルのベッド、四畳半には電気炬燵と座椅子が一個、台所にビールとカンヅメの入った電気冷蔵庫、風呂場に洗面用具、これだけが借主の持ちものの全てであった。備えつけの洋服ダンス、それに押し入れは空っぽだった。

矢崎幸之介という男は、この部屋を何の必要があって借りたものか、咄嗟には判断がつかなかった。セミダブルのベッドには、夜具がのべてあったから、ここで寝て行くこともあったのだろう。電気炬燵の上に鉛筆と小型のソロバンが転がっているので、この部屋で調べものをしたとも考えられる。しかし、ここにいた矢崎幸之介の許へどんな人間が訪れたかは推察の方法がなかった。電話局で部屋の電話の使用状況を調べたが、前月まで僅かな度数きりかけていない。ここで、多くの人と会うようなことはなかった証拠である。電灯料やガス水道の費用は、家賃に幾らかの金を添えて倉持に渡し、そこから支払ってもらっていた。従って、それらの集金人たちも二階B号室を覗いたことはなかった。二階C号室に住んでいる株屋の二号は、隣りの部屋はいつも静かで殆んど人の気配は感じなかったと言い、A号室のテレビ女優は一度だけ女の声を聞いたことがある、と断言した。

最もあり得べき想定は、ここが矢崎幸之介という男の一種のアジトで、彼は女との密会の場所として使っていたのではないかということである。部屋には女の匂いのするものは何一つ置いてなかったが、ベッドの枕カバーにヘアローションの臭気がしみ込んでいたし、女のものと思われる数本の髪の毛が附着していたのだ。矢崎幸之介が女とこのベッドで同衾したことだけは、断定してもよかった。

では、その女はどこの誰か、これを割り出すことは不可能に近いのである。とにかく目撃した者がいないのだから、年齢、職業、容貌、そのいずれも摑みようがない。女の方から名乗り出て来ない限り、短い間に手がかりを得ることは困難だった。

部屋の台所で炊事した形跡はなかった。というよりも、鍋釜の類が置いてないのである。湯沸しがあるだけなので、ここではせいぜいお茶を飲む程度だったのだろう。炊事をしないからには、たまに寿司なり丼ものなりを近所の店からとり寄せたこともあったに違いないと、東青柳町周辺の出前に応ずる飲食店を一軒残らず当たってみた。その結果、毎週月曜日に『青柳荘』の二階B号室から必らず注文を受けるという店が、一軒だけあった。それは護国寺前にある『桃源楼』という中華料理店だった。『桃源楼』では『青柳荘』の二階B号室の人間を〝月曜さん〟と呼んでいた。一週間に一度、月曜夕方になると、必らず『青柳荘』の二階B号室から注文の電話がかかるからだった。それに、注文する品物は焼そばと中華丼に定っていた。

『桃源楼』の出前持ちの話によると、注文の品物を持って行っても、二階B号室にいる人間の顔はまだ一度も見てないということだった。ドアをあけて中へ入るのだが、いつも板戸で仕切られた六畳の和室から、

「ご苦労さま。そこへ置いてってくれ！」

と、男の声がかかるだけで、人間が現われることは全くなかったというのだ。そのくせ、六畳の和室では、男は誰かと一緒にいるらしく、ボソボソと話し声や時には笑いが聞えたりするのである。代金が幾らだと女の声で訊かれたのは最初の出前の時だけであり、その時は器を下げに来ると金が丼と一緒に置いてあったが、それ以後は届けに行くとすでに代金が上り框に置いてあるようになった。注文を届けに行くのは、だいたい五時頃、器を下げるのは七時頃だったが、部屋の電気が消えていて空の丼類がドアの外の廊下に出してある場合もあった。

このことからは三つばかりの想定が成り立つのである。第一に、矢崎幸之介は毎週月曜日にこの部屋へ来て、女と会っていたこと。第二に、注文する食べ物が定っているのだか

ら毎週同じ女が来ていたこと。第三に、男も女も顔を隠すために出て来ないのではなく、限られた密会の時間を有効に使おうとする結果、常に二人で寝室にいるということになる。以上の三点なのだが、肝腎の女の容姿が分からないのでは、この想定もただそれだけのものに終ってしまうのである。出前持ちは一、二度女の声だけは聞いているのだが、それだけでは、いかんとも仕様がなかった。

矢崎幸之介の死因は、頸部圧迫による窒息死だった。死体の首には三重ぐらいに巻きつけて絞り上げた電話のコードの跡が残っていた。そのコードの跡がやや斜めになっているところから、坐っている被害者の背後に回って首にコードをかけ、立ったまま吊り上げるようにして絞殺したものと推定された。傍らの電話のコードの長さは充分だった。抵抗した形跡がはっきり認められないのは、被害者の油断を見すまして襲いかかり、一気に締め上げたせいだろう。ベッドの脇にある電話の送受器ははずれていた。

犯行当時、矢崎幸之介が酔っていたことは明らかだった。六畳の和室にビールの空ビンが二本と、三分の二は飲まれているウイスキーの角ビン、それにコップが一個置いてあった。ビンやコップからは被害者の指紋だけが検出され、コップに残っていた液体によって矢崎幸之介はウイスキーとビールをまぜて飲んだものと分かった。

犯行時刻は、三日前一月二十二日の夜八時から十二時頃までの間、ということになった。四時間程度の幅は、死後三日を経過した死体であり、解剖の結果そう断定せざるを得なかったのである。

この日も『桃源楼』の出前持ちが焼そばと中華丼を矢崎幸之介の部屋へ届けていた。運んだのは夕方五時頃で、その時は例によって男と女は六畳の和室にいる気配だった。七時半すぎ器を下げに来ると部屋にはまだ人がいて、男の声が聞こえていた。毎度どうもと出前持ちが挨拶すると、男は、ああ、と答えただけですぐ話を続けたというのである。

つまり一月二十二日夜七時半すぎまでは、矢崎幸之介はまだ生きていて女と二人でいたわけであった。

倉持の話によると、部屋の鍵は二個渡してあったそうである。だが、死体は鍵を持っていなかった。恐らく、絨毯の上に落ちていた鍵が矢崎幸之介のものであり、もう一個は女が持っているのに違いなかった。

犯人は犯行後、ドアに鍵をしめて逃走している。鍵をかけたのは、死体の早期発見を恐れたからだろう。犯人は被害者の鍵を使って外側からドアをしめ、ドアの上の回転窓から室内へ鍵を投げ込んでおいたのである。絨毯の上に落ちていた鍵がそれだった。犯人がもし被害者の女だったとしたら、なぜ自分の鍵を使わずにわざわざそのような面倒なことをしたのか。その答えは簡単である。被害者の鍵には手をつけず、自分の鍵でドアを密閉したら、もう一つの鍵の持ち主である女が犯人だということを自ら語るのも同然だからだ。

被害者の身許は、死体発見後数時間のうちにはっきりした。矢崎金融社長、矢崎幸之介の捜索願が世田谷の北沢警察署に出されてあったからだ。

被害者の身許が割れれば、その愛人の存在の範囲が幾らかでも限定されるわけだった。矢崎幸之介には、肉体交渉を持続していた女が三人あった。バーのホステスが一人、矢崎金融の女事務員が一人、それに築地の料亭の女中が一人である。いずれも矢崎幸之介から金銭的な援助を受けて、肉体を提供している女ばかりであった。しかし、彼女たちはそれぞれ自分の住居に矢崎幸之介を迎えていたことが分かった。別に東青柳町のアパートで密会する必要はなく、彼女たちは半ば公然と矢崎幸之介の訪れを待っていたのである。『青柳荘』に現われる女には、この三人のうちのどれも該当しなかった。つまり『青柳荘』の女は、矢崎幸之介の第四の愛人と見るべきだった。

汐見ユカも、矢崎幸之介の第四の愛人に見られた者の一人だった。しかし、汐見ユカがそうでないことは、あまりにも歴然としすぎていた。まず、汐見ユカが毎週月曜日の夕方前後に『青柳荘』に姿を現わすことはあり得なかった。汐見ユカが太平製作所を出て行けばすぐ分かっただろうし、毎週月曜日には会社で『月曜会』という幹部会が開かれて、社長である汐見ユカは必ずその会に出席していたからだった。

犯行当夜の一月二十二日夜に至っては、汐見ユカが『青柳荘』に現われるなどということは、到底不可能と言うべきだった。その頃、汐見ユカは四国高知県の室戸市周辺にいたのである。現に室戸崎で三津田誠を殺したという容疑で、室戸警察に留置されているのだ。

逆な言い方をすれば、汐見ユカのアリバイは警察によって証明されているのである。もし汐見ユカを矢崎幸之介の第四の愛人とするならば、彼女は一月二十二日夜の殆んど同時刻に、海を中に置いて二千キロ以上を隔てた東京と四国高知県との両方に姿を現わしたことになるのだ。

そんなことが可能であるはずはない。汐見ユカは当然、矢崎幸之介の第四の愛人としての対象から除かれた。

捜査は行き詰まった。金融業という被害者の職業も考慮して、幅のある捜査方針を立てなおさなければならなかった。

二

一月二十六日朝に室戸を発って、急遽帰京した松島順二は矢崎久美子と羽田空港で別れ、太平製作所につくなり片桐常務から以上のような矢崎幸之介他殺事件の経緯《いきさつ》を聞かされた。

片桐常務は平静な語調で話すのだが、聞いている松島の方は、幾度か頭をかかえたい衝動に駆られ、胸の奥がしんしんと冷えて行くのを覚えた。

松島だけには、その『青柳荘』の女が妻の律子であることが分かっていた。律子が『桃源楼』のマッチを持って帰って来たのも月曜日、松島が『月曜会』がお流れになり六本木の喫茶店でユカと話し込んで遅く帰った日である。あの晩、律子は松島よりも更に遅れて下落合のアパートへ帰って来た。律子は明らかに松島が『月曜会』で遅くなるものと見越して、外出したような口ぶりだった。デパートへ行き、映画を見て来たと言いながら、律子はひどく陽気で念入りに化粧した顔を輝かせていた、と松島は覚えている。そして彼は、妻の熱っぽい身体に男の匂いを嗅いだのであった。

この日の中止になった株主総会に矢崎幸之介が姿を見せず、久美子が代理で出席したことを不審に思った松島だったが、それもそのはずで、矢崎幸之介には月曜日の女に会う都合があったのだ。矢崎にしてみれば、どっち道、太平製作所を乗っ取れる自信があったのだろうし、先が読めている株主総会よりも律子を抱くことの方に魅力を感じたのに違いない。

思い当たることとは、ほかにもあった。一月二十二日の月曜日つまり、矢崎が殺される日の午後、律子は会社に電話をかけて来て松島とこんなやりとりをした。

「今夜、銀座あたりで食事おごってくれないかしら？　明日はわたしの誕生日でしょう。だから……」

「誕生日？」

「そうよ」

「今はそれどころじゃないってことぐらい、お前にも分かっているはずだろう！」

「あら、どうして？」

「いいかげんにしろよ」

「じゃあ、今夜駄目だっていうの？」

「当り前だ。今夜は月曜会で、そんなノンビリしたことをしちゃあいられないんだ」

「ああ、そうだっけ」

「間抜け！」

この時の松島は、女の暢気さかげんに、単純に腹を立てただけだった。

しかし、律子がこんな電話をかけて来たことには、別の狙いがあったのだ。律子は、月曜日の女となるために、今夜の松島の帰りが遅いかどうかを確かめようとしたのである。ユカが旅行に出ている関係で、果して恒例の『月曜会』が開かれるものか、心配だったのだ。そして、今夜は月曜会だという松島の言質を得て、律子は『青柳荘』へ出掛けて行ったのに違いない。

証拠はまだある。松島が久美子を連れて高知県へ行くと聞いて、律子はしきりとそれに反対した。夫の行動に関心を持たない彼女にしては珍しいことだった。これは、松島と久美子とに接触されることを恐れたための反対だったのだろう。松島と久美子が親しく話し合っているうちに、どんなことが端緒になって矢崎と律子の行動の符合が明らかになるか分からないからだ。反対する理由に、律子は飛行機が墜落でもしたらと言った。久美子の話によると、矢崎は大の飛行機嫌いらしい。律子は矢崎から飛行機が怖いということを聞かされていて、それがふと無意識に言葉になったのではないだろうか。

矢崎と律子の不倫な関係は確定的だった。それも毎週月曜日には『月曜会』で松島の帰りが必ず遅くなるという生活の習慣に合わせて、その日を『青柳荘』での密会の日と決めていたのだ。矢崎と律子の関係は、最近になって始まったものではないらしい。少なくとも矢崎が『青柳荘』に部屋を借りたという、半年前からは続いていたはずである。

半年も前から妻が密通していたことを気づかなかった自分の間抜けさかげん――松島の脳裡には、腹立たしさとは別に苦々しい自嘲があった。しかも、こともあろうに妻の相手は矢崎幸之介であったのだ。何も知らずに自分はその両者と顔を合わせていたと思うと、馬鹿にされていたという怒りよりも前に、松島は多勢の人間の面前で恥をかかされた時のような羞恥を覚えた。

矢崎と律子は何がキッカケで、そのような関係を結んだのか、松島には思い当たらなかった。だが、二人がそうなるのに、ややこしいキッカケなど、必要ではなかっただろう。律子は放縦で淫蕩《いんとう》きわまる女とは言いきれないが、男の誘いに脆いことだけは確かである。一度拒んでも二度目には言いなりになるという危険性を、その華やかな容貌と豊満な肢体に多分に含んでいる女だった。騙されても騙されても男に懲《こ》りないという型の、精神的にどこか甘い鈍重さがある女なのである。

律子は以前、太平製作所の事務員だったし、矢崎とは面識があったのだ。どこかで偶然、矢崎と出会い、律子は彼の誘いに崩れたと考えていいだろう。律子はかつて松島もその肉体だけには魅せられたほど、性欲のはけ口としては絶好の特殊なものを持っている。矢崎は恐らくその律子の肉体に満足し、また彼女が物質的には勿論何一つ面倒な要求をしないこともあって、簡単に手放すつもりになれなくなったのだろう。それで、『青柳荘』という密会の場所まで借りる気になったのに違いない。矢崎は毎週月曜日にここで律子と会い、息抜きかたがた事業に対する策を練ったりしたのだと思われる。

律子の方にも、この好色な五十男に刺戟を求めたくなるだけの要素はあった。子供もなく一日中家の中に引きこもっているという単調な生活は、律子のような女には不向きなのである。その上、夫の冷やかな態度に、セックスを通じて常に男から構われていなければいられないという律子は寂しくもあったのだろう。いずれにしても、矢崎と律子は合体を求めていた陰陽の如く、互いに適合した相手だったのである。

妻に不倫な行為をされて、それに加えて妻は殺人容疑者として警察の追及を受けつつある——このような女の夫である立場に立たされる人間が、そうザラにいるわけはない、と松島は、こんな場合、誰だったらどう対処するだろうか、という思惑をめぐらす気にもなれなかった。

「これが、アメリカのカリフォルニア州、フレスノという町に住む三津田の妹さんからの手紙の写しだよ」

片桐常務は、タイプで打ったコピイの紙を差し出した。常務は松島の苦衷など察するはずもなかった。総務部長の顔色が悪いのは、旅の疲れと緊張感の連続のせいだろうぐらいに解釈しているのだ。

「はあ……」

松島は手紙の写しを受け取って、目を走らせた。熱心に読んでいるとは見せかけだけであって、実は同じ行を二度三度読み返さなければ文意を把握出来なかったのだ。

前略。突然お手紙を差し上げます。わたくしは貴社にお世話になっている三津田誠の実妹でございます。アメリカ人の夫レモアード・レモンと結婚、渡米して以来数年間兄と会ってはおりませんが、過日久しぶりに兄から航空便を受け取りました。兄の手紙によりますと、この度兄は新しい発明の仕事に失敗して貴社に大変なご迷惑をかけ、その上警察からも責任の追及を受ける羽目に落ち入ったそうでございます。兄は以前にも一度、同じような失敗をしたために刑事責任を問われ妻も亡くしましたが、二度と繰り返すべきではない失敗を再びしでかして、世間的にも抹殺されるだろう自分に絶望したと書いて参りました。健康的にも自信を失くし、あらゆる点で自分の存在価値を否定したくなったというのでございます。それに加えて、兄は大きな損害を与えてしまった貴社の社長さん汐見ユカさんを心底から愛しているらしく、板ばさみの苦痛に耐えきれないと申しております。社長さんも兄と同じ想いで、夫婦の契りも結び、今では心身ともに離れられず、そうかと言って多くの責任問題を残していたのでは、とても将来の幸福は望めそうにない。誰からも指弾を被らず、また社長さんとも離れずにすませるためには、この世に訣別《けつべつ》を告げ社長さんともども死に逃避するほかはないのだ。たった一人の肉親であるお前に、せめて声だけでも聞かせてやりたいが、それも出来ずにこうして手紙を書いた——と、あるのでございます。どう見ても兄の手紙は、社長さんと心中するつもりの遺書のように思えるので、わたくし、こうして至急知らせる次第でございます。死の場所を選ぶとすれば兄は妻を亡くした伊豆の石廊崎あたりではないかと思いますし、もし兄なり社長さんなりがまだ死への行動を起していないのでしたら、何とぞ思いとどまるようご説得下さいませ。なお兄からの航空便の日附けは一月十五日になっております。もし兄の手紙が必要でございましたら、すぐにでもお送り致しますが、手紙の筆跡は兄のものに間違いないことを附け加えさせて頂きます。では乱筆乱文にて、とりあえず用件のみをお知らせ致しました。何分にもよろしくご配慮のほどを、お願い申し上げます。

太平製作所代表者さま、至急親展、という三津田の妹露子からの手紙には、このように書いてあった。明らかに、三津田がユカとともに死ぬつもりであることを、妹に知らせたのである。露子にしてみればまさに藪から棒で解釈のしようがなく、とりあえず太平製作所に問い合わせて来たのだろう。三津田はユカと心中する意志でいた。これで室戸署の捜査本部でユカが主張したことは事実だったと証明されたわけである。

「高知県の警察では、三津田の遺書を確認しないうちは社長を釈放するわけには行かないと言ってるそうだが、まあ、社長の容疑はなくなったも同然だろうね」

片桐常務は満足そうに頷いた。

「まあ、そうでしょう」

松島は気のない相槌《あいづち》を打った。

「しかし、大きな声じゃ言えんけどね、これで太平製作所は危険を脱したわけだろう、三津田と矢崎幸之介に死んでもらって……」

片桐常務は、ひどく残酷なものの言い方をした。

「はあ……」

松島の表情は暗かった。矢崎幸之介、青柳荘、桃源楼、などという言葉を耳にする度に松島はギクリと胸を刺されるのだ。

「新発明による株価変動の責任問題も、三津田の死によって立ち消えになるだろう。それに矢崎幸之介が死んで、社長の負債の件も何とか柔らぐ。社長も太平製作所も安泰だよ。これで、われわれも何とか頑張った甲斐があったというわけさ」

感慨深そうに、片桐常務は深く吐息した。太平製作所とともに生きて来た者にとっては、これ以上の安堵感は滅多に味わうことが出来ないのだ。

「しかし、常務。警察がこのまま見逃すわけはありませんよ」

松島は力のこもらない口調で言った。

「なぜだね？」

「あまりにも社長や太平製作所にとって都合よく行きすぎているじゃありませんか。三津田と矢崎が死んだことで、社長と太平製作所は窮地を脱するんです。言い換えれば、社長と太平製作所が救われるには三津田、矢崎に死んでもらわなければならなかったんですよ。二人とも尋常な死に方ではなかった。しかも同じ日に死んでいるんです。警察はこれを偶然だなんて思いませんよ」

「そりゃあそうだろうな。消えてくれれば助かるという人間が二人まで、本当に消えてしまったんだからね。しかし、社長がどっちの事件の犯人でもないということは、はっきりしているんじゃないか」

「常務は偶然だったと思いますか？」

「天祐《てんゆう》だよ」

「では、矢崎は誰になぜ殺されたんでしょうか？」

「警察で言っている、矢崎の第四の愛人に殺されたんだろうな」

「ぼくはそう思いません」

「あくどい金融業者だったから、消そうと狙っていた人間は多かったかも知れない」

「そんな人間の一人が、太平製作所や社長の周囲の混乱に乗じた矢崎を殺したというわけですか?」

「考えられないことはないだろう。こういう時に殺すというのは、警察の思惑を乱すという点で有利だからね」

「ぼくは思うんですが、警察はあくまで太平製作所に鉾先《ほこさき》を向けて来ますね」

「しかし、社長は――」

「いや、社長を犯人と見るとは限りませんよ。太平製作所と密接な関係がある……つまり、常務やぼくなども充分容疑圏内に入れられるでしょうね」

「松島君、脅かすなよ。それじゃ早速、二十二日の夜のアリバイを確かめておかなくちゃあいかんな」

片桐常務は、半ば冗談に言って肩をすくめた。

松島は今言ったような自分の考えが、事実あたっているかも知れないと思った。ユカは無関係だとしても、太平製作所の安泰を願って誰かが矢崎を殺したということは、全く考えられないでもない。例えばこの片桐常務にしても、矢崎を殺す動機がなかったとは言いきれないだろう。ただ、矢崎と律子が毎週月曜日に東青柳町のアパートで密会することを、誰が知り得たかである。それを知らない者は『青柳荘』で矢崎を殺し得なかったのだ。

とにかく律子を詰問することである。律子に全てを白状させれば、彼女と矢崎の秘めたる交渉に触れたことのある者が分かるかも知れない。

松島は律子が矢崎を殺したと思っていなかった。このことは断言出来るのだ。矢崎の第四の愛人が犯人ではないと言いきれるのは、律子当人を除いて松島のほかには一人もいないだろう。これは何も夫としての立場から、感情の上で律子の味方をしているわけではない。すでに愛情の片鱗すら感じていない。しかも矢崎と通じていた律子の身贔屓などする気持は毛頭なかった。そうではなくて、松島にはそのように判断する理論的な根拠があったのである。

まず言えることは、律子に矢崎を殺す動機がなかった。律子は享楽として矢崎と接していたのだ。矢崎がどういう出方をしようと、殺すほどの真実は持っていなかったはずだ。男女間の葛藤においては、殺すということもまたある意味での真実なのである。

次に、律子は二十二日の夜、平然として松島の帰りを迎えた。彼女の素振りに深刻めいた暗さは感じられなかった。勿論『青柳荘』へ行って来たことは事実だ。しかし律子という女が隠せるのはせいぜい男との密会ぐらいなもので、人殺しをして来て落ち着いていられるほどの強い性格ではない。

更に、警察では第四の愛人がもう一つの鍵を持っているのは自分一人だから、わざわざ被害者の鍵を使った。それが第四の愛人を犯人に方向づけている、というような解釈を下したらしい。しかし松島は、表面的には一応もっともだとも思えるこの解釈が、理論的に読みが浅いものと言いたかった。

確かに、もう一つの鍵を持っている女が、それを使ってドアを外側からしめてしまえば彼女のやったことだと分かってしまう。だから、矢崎の鍵でドアをしめて、回転窓から鍵を室内へ戻しておいたというのである。

だが、女にここまで考えるだけの能力があったとすれば、当然、警察もそう判断するだろうと気がついたはずだった。つまり、自分の鍵を使っても、被害者の鍵を使っても、結局女の犯行と見られるわけなのだ。そう考えた女は、果してどうするだろうか。答えは簡単である。二つある鍵が、一つは女、一つは部屋の中、とはっきりしていては拙いのだ。つまり、矢崎の鍵でドアをしめたら、それを部屋の中へ戻すようなことはしないで、そのまま持ち帰ればいいのではないか。

鍵は二つともなくなる。二つともないということは、二つとも女が持って行ったと解釈する根拠を消すわけである。女は自分の鍵を持っている。それなのに、また被害者の鍵を持ち去るはずはないということになる。鍵の行方をくらますことによって、鍵を持ち去った人間を多数のうちの誰かにするのだ。

従って、室内へ使った鍵を戻しておいたのは第四の愛人ではない、と松島は思うのである。

松島は律子が矢崎を殺したということで彼女を追及するつもりはない。律子と矢崎が月曜日に『青柳荘』で会うことを知っていたのは誰か。彼女から訊き出したいのだ。

いずれにしても、そうすることに意気込みはなかった。出来ることなら、このまま家へも帰らず律子とも無縁の人間になりたかった。律子と矢崎の関係を知っても、嫉妬は感じなかった。ただ自分の手でどうしても片附けなければならない不浄物に対するような、嫌悪感があった。

「常務、ぼくはこれから帰らせてもらいますよ。ちょっと休みたいんです」

松島は重い腰を上げた。

「ああ、そうした方がいい。明日もあることだから……」

気軽く常務は承知した。

「じゃあ、失礼します」

松島はダラリとさげた手の先にボストンバッグをひっかけて、重役室を出た。オーバーが重かった。これから帰る下落合のアパートまでの順路を考えただけで、歩くのも億劫になる。

律子のやつ、どんな顔をしておれを迎えるか——松島は新たに不快さを凝固させた。

三

律子の顔を見たとたん、松島は今までにはなかった脂っこい不潔感を妻の身体全体に覚えた。

「お帰りなさい。早かったのね」

律子は神妙な顔つきで、人並みに妻らしい台詞を口にした。エプロンなどをかけて、殊勝な恰好をしている。しかし、さすがに顔色は悪かった。いつもの楽天的な華やかさが、今日の律子の表情にはない。それでも努めて笑顔を見せようとしているらしく、口許だけが弛んでいる奇妙な面相だった。

律子は今朝の新聞で、昨日の夕方『青柳荘』で矢崎の死体が発見されたことを知っているはずである。しかし、自分が第四の愛人と言われている女だということを警察に申し出てはいないだろう。人妻として、それを世間にブチ撒けるだけの勇気はないのだ。また、自分が容疑者だとされていることも、恐れている。このまま黙っていれば、分からずにすむかも知れない――そんな魂胆なのに違いなかった。律子とは、そういう女なのだ。

しかし、落ち着けないのである。今までは松島だけを騙していればよかった。だが今日からは、警察をも含めた世間全体を欺瞞し続けなければならないのだ。

「疲れたでしょう」

と、律子は松島の前に回って、オーバーの襟に手をかけた。邪険にその手を振り払って、松島は律子の肩を押しのけた。

「どうしたの？　ご機嫌斜めなのね」

律子は松島を追って、茶の間に入って来た。松島はオーバーを脱いで、それを畳の上に置くのと一緒に自分も坐り込んだ。

「お茶、いれて来るわ」

律子は逃げるように台所の方へ行きかけた。

「まあいい、そこへ坐れよ」

松島は初めて口を開いた。

「何なの……？」

「いいから坐れよ」

「怖いのね」

律子はチャブ台の前に坐りながら、引きつったような笑いを見せた。頬が硬ばっていて表情は笑いにならなかった。松島は律子の目を直視した。律子は視線を避けた。目のやり場がなくて、彼女は結局顔を伏せた。

「旅行、大変だったでしょう？」

顔を伏せながら、律子は言った。

「えらく優しいじゃないか……」

「あら、どうしてよ。そんなことないわ」

「心細くなったんだろう?」

「え……?」

「急に味方が欲しくなったんだ。庇護を求めて、それに甘えたいんだな。笑いが欲しいのさ。温かく包んでもらいたい。犯罪者の心理に似てるよ」

「何を言ってるの? あなた……」

「あなたなんて呼ばないでくれ」

鋭く極めつけて、松島は部屋の中を見回した。何という色褪せた、生気のない家庭だろう——と、松島は目を閉じた。ユカは三津田を愛した。三津田は死んでユカは逮捕された。そして自分の家庭はこのザマだ。松島は周囲が次々に崩壊して行くような気がした。

「怖い人ね」

律子が怒ったように言った。

「怖いのは、お前みたいな女だよ」

「なぜよ」

「警察へ名乗り出なかったのか?」

「警察へ……？」

律子の声は上ずった。

「どうして、何を警察へ名乗り出るのよ、わたしが……」

「勿論、矢崎の第四の愛人はわたくしでございますってだ」

「あんた……」

「トボけるのはよせよ。おれには何もかも分かっているんだ」

「何を言うのよ、あんた……ひどい、ひどいわ！」

「何がひどいんだ」

「あなたって、わたしをそんなふうにしか見ていないのね」

「笑わせるな。お前がどんなに上等な女か、おれがいちばんよく知っている」

「侮辱だわ！」

「侮辱されて怒る資格はお前にはない」

「あんた、それ正気で言っていることなの？」

「勿論、正気だ」

「矢崎さんが殺されたっていうことも、第四の女がいるってことも、わたし新聞で読んだわよ。でもどうしてあんたは、そのこととわたしを結びつけて考えなければならないの？」

「その第四の女っていうのがお前だからさ」

「どうして、第四の女がわたしなのよ。あんたがもし病的に嫉妬深い人なら、新聞であの記事を読んで、わたしを第四の女に妄想してしまったということもあるかも知れないわ。そうだったら、わたし驚きもしないわよ。でも、あんたはヤキモチなんて焼かない人ですものね。わたしには冷たいくらいのあんただわ。そのあんたが、どうしてわたしをほかの男と結びつけようとするのよ」

「いいかげんにしろ！　芝居の台詞みたいなことを言うな。おれはヤキモチで言ってるんじゃない。ことは殺人事件なんだぞ。隠そうとしても、隠しきれるもんじゃない」

「でも、知らないものは知らないわ」

「強情な女だな」

「あんたこそ、ちょっと落ち着いてよ。あんた、とんでもない誤解しているらしいわ」

「誤解？」

「そうよ」

「お前っていうやつは……」

「わたしは確かに、結婚するまでは男の人とのことでいろいろ取り沙汰された女よ。でもね、それは結婚するまでの話だわ。あんたの奥さんになってからは、一度だって男の人に興味を持ったことはないわ。人妻が、そう簡単に男を作れるわけがないじゃないの。まして矢崎さんなんかと、アパートの部屋を借りてまでして……関係してたなんて……馬鹿馬鹿しいにもほどがあるわ」

「馬鹿馬鹿しい？」

「情ないわ。あんたって、わたしのことをパン助みたいに思ってるのね。そのことは、あんた自身を侮辱していることにもなるわ」

「あきれて、ものも言えない女だな、お前は……」

「わたしの方も、言うことなしだわ。わたしご飯の支度しなきゃあ……」

と、律子は立ち上ろうとした。

「胡麻化すな！」

松島は怒鳴った。すでに忍耐の限界は越えていた。律子がここまで頑強に口を割らないだろうとは予想してなかったのである。あるいは矢崎が死んだ以上絶対に安全と考えて最後までシラをきる覚悟でいるのかも知れなかった。松島は、不倫な関係を結んだ男が死に、世間から注視を浴びながらそれでもなお否定し続ける女の神経のず太さに、虚脱感に似た辟易を強いられた。

「飯どころの騒ぎじゃないんだ。これからの話次第では、おれとお前は他人になるんだからな」

「離婚するっていうの？」

浮かしかけた腰を再び据えて、律子は目を険しくした。やはり、離婚という言葉には敏感に反応を示した。

「そうなるだろう」

「理由は何？」

「つければ幾らでもあるだろう。しかし、別れ際までお前を傷つけたくないから、性格の相違とでもしておこう」

「結構よ。理由もないのに離婚させられるだけで、大いに傷つくわ。だから、どんなことで離婚するのか、はっきり言って頂戴」

「よし、そこまで不貞腐れるつもりなら、言ってやろう」

「どうぞ」

「不貞を働いた。それから社会人としての良識に欠けている」

「社会人としての良識に欠けているっていうのは、どういうこと？」

「警察の犯罪捜査に協力しないことだ」

「わたしに、警官になれっていう意味？」

「ふざけるな！」

「いいわ。ではわたしの方からも、改めて離婚を申し出るわ。理由はあんたが精神異常者だからよ」

と、律子はエプロンをはずした。その指先の痙攣と蒼白な顔が、律子の興奮度を示してった。


いた。自分の落ち度をまぎらわせる虚勢ではなく、心底から激怒したという律子の態度だった。

「今すぐ、出て行くわ」

「逃げ出すわけか……」

「わたしが離婚してまで知らないというんだから、あんたもあとで誤解だったと分かるわよ」

「冗談じゃない、お前が出て行ったら、おれはすぐ警察に連絡する。第四の女が逃げましたってね」

「どうぞ。警察で恥かくのは、あんたよ」

「恐ろしい女だ」

「じゃあ、お別れね。握手ぐらいなら、してくれたっていいでしょう」

　と、律子はチャブ台越しに右手を差しのべて来た。しかし、松島はそれに応じなかった。律子の演技に調子を合わせていられるほど、彼の気持には余裕がなかった。

「あんたは最初から、わたしのこと気に入ってなかったのは知ってたわ。社長に拒まれてその腹癒《はらい》せにわたしと結婚したんですものね。こんな結婚が、うまく行くはずはなかったのよ。でも、わたしはわたしなりに一生懸命やったつもりだわ。気が利かなくって、何も出来ない馬鹿な女だけど、何とかしてあんたを喜ばせようとも考えたし、お料理も習いに行って……せめて、あんたに不味いと言われないようなお料理を作ろうって……でも……結局は駄目だったのね、あんたは最後まで……最初から最後まで……わたしに冷たかったわ……もうこれでお別れだって言うのに……あんたは手も握ってくれないんですものね」

律子は歪みそうになる唇を噛みながら、差し出していた手を力なく引っ込めた。双眸から溢れる涙が頰を伝って、チャブ台の上に点々と散った。

松島は半ば唖然としていた。あまりにも見事な律子の演技なのである。言葉も表情も涙も一体となって、夫と別れて行く妻の哀しみが真に迫って表現されているのだ。

松島の気持にも、迷いが生じた。ひょっとすると自分の方が誤解しているのであって、律子は事実何も知らないのではないか——という気になりかけたのである。

松島は慌てて、そんな迷いを打ち消した。律子は月曜日の夕方から夜にかけて家をあける、『桃源楼』のマッチを持っていた、これらの証拠は一体どうなるのだ——と、松島は萎縮しかける自分を励した。

「律子、もしお前が正直に何もかも話してくれるなら、おれは別にお前を責めるつもりはないんだ。矢崎にお前が惹かれたのも、その責任の一端はおれにある。おれは決して悪いようにはしないよ。だから、頼む。頼むから本当のことを話してくれ」

松島は声を柔げて、宥《なだ》めすかすように言った。律子は両手で顔を被っていたが、そのまま激しく頭《かぶり》を振った。

「もう、沢山！」律子の嗚咽に近い涙声が、指の間から洩れた。「何の証拠もないのに……ただ、わたしが馬鹿だからって……あんたは……」

「おれは何も、理由がないのにこんなことを言ってるんじゃない。それだけの根拠はあるんだ」

「どんな……証拠が……あるっていうのよ……」

律子の言葉は、しゃくり上げるのと一緒で、抑揚のない、杜切《とぎ》れ杜切れのそれになる。

「ここまでは言いたくなかったんだが、仕方がないから言おう。お前はいつか、桃源楼という中華料理屋のマッチを持っていたな？」

「………」

律子は、顔を被っていた両手をとり除いた。目許から頬にかけて、赤く腫れたようになっていた。松島は律子の泣いた顔を初めて見た。それは、彼女を可憐な女の感じにした。

「桃源楼……？」

律子は眉をしかめた。睫《まつげ》のあたりにまだ光る雫が残っていた。

「そうだ」

「桃源楼って、矢崎さんが殺された事件の新聞記事に出ていた中華料理屋と同じ名前じゃないの」

「矢崎と第四の愛人が毎週月曜日、必ず何かをとり寄せた店だ。護国寺前にある……」

「そこのマッチを、わたしが持っていたっていうの？」

「うん」

「いつ？」

「おれより、お前の方が遅く帰って来た時があったろう。確か一月八日の月曜日だ。お前はデパートと映画で遅くなったと言った……あの日だよ」

「うん、思い出したわ」

「あの時、おれがマッチをくれって言うと、お前が全然使ってないやつを投げて寄越したんだ。そのマッチが、護国寺前の桃源楼のマッチだった」

「変ねえ。わたしがそんなところのマッチを持っているはずはないわ。わたし、煙草を吸わないから、マッチそのものには関心がないのよ。それで、どこのマッチかなんてこと見もしないけど……。わたし第一、護国寺っていうところに行ったこともないんだもの」

「本当に行ったことないのか？」

「本当よ」

「じゃあ、どうして桃源楼のマッチを持っていたんだ？」

「分からないわ」

「お前はそのマッチを、バッグから出したんだ。おれがマッチをくれって言ったら、それを出したんだから、お前はバッグの中にマッチがあるっていうことを知っていた。それなら、どこで手に入れたマッチか覚えているだろう」

「バッグから出したの？　じゃあ市ケ谷の駅前の喫茶店から持って来たマッチだったはずよ」

「いや、確かに桃源楼のマッチだった」

「おかしいわねえ。わたし、その二日前の土曜日に市ケ谷まで行ったのよ。その時、駅前の喫茶店に寄って、マッチを一つバッグに入れたのは知ってるわ。だから、わたしがバッグから出したマッチなら、当然その喫茶店のものだけど……」

「お前、月曜日に一体どこへ行ったんだ？」

「月曜日……？」律子は松島を上目使いに見やってからチラッと照れたように笑った。

「おい、重大なことなんだぞ。お前が月曜日の夕方に外出するってことも、矢崎の第四の愛人だったとされる理由の一つになるんだ」

「どうして？」

「どうしてって……。月曜日の夕方に限って矢崎は青柳荘に女と二人でいたんじゃないか」

「ああ……」

律子は大きく頷いた。全てが氷解して、しかもそれが滑稽な結果に終ったという時の、困惑と可笑しみと真剣味が律子の表情にあった。

「分かったわ。あんたの誤解の原因というものが。わたしが月曜日の夕方に外出するっていうことが、その原因だったのね？」

「お前が月曜日の夕方に出掛けていたのは、何も一度だけじゃなかったんだぞ。二十二日の月曜日も、電話でおれの帰りが遅いことを確かめておいて家を出て行っただろう？」

「知ってたのね」

「当り前だ」

「ごめんなさい」

律子は口を結んで真顔になろうと努めているようだったが、その目が光っていた。

「一体、あれはどういうわけなんだ？」

「悪気じゃなかったのよ。あんたが知らない間にいろいろなお料理を覚えておいて、不味いって言われないようなものを作りたかったの。だから、最後まであんたには隠すつもりだったのよ」

「お料理？」

「一月八日から、わたし市ケ谷の第一料理学院に通い始めているの。本当は週に三日通うんだけど、家庭持ちではそうも行かないでしょ。それで週に一回月曜日に行くことにしたのよ。いちばん最初の日から、あんたの帰りの方が早かったんで、わたし慌てて映画だのデパートだのって言っちゃったんだわ」

「それ、嘘じゃないだろうな？」

「市ケ谷第一料理学院の普通科に問い合わせてみれば、証明してくれるわ。まだ三度だけど、八日、十五日、二十二日と毎週月曜日の午後五時半から七時半まで、わたし百パーセントの出席率よ」

と、律子は無邪気な笑いを見せた。

松島は、突き放されたように縋るべきものを見失って狼狽していた。張り詰めていた気持が一時に萎えたのである。彼の頭の中は、一瞬風が吹き抜けて行くように空っぽになり、安堵と面映ゆさが熱っぽく胸に広がった。

律子は矢崎の第四の愛人だという松島の想定は、鮮やかに覆された。桃源楼のマッチについて、律子は全く記憶がないと言うし、毎週月曜日の外出は料理学校へ通うためだったという。そして、それらの律子の言葉には嘘はないらしいのだ。

《しかし……》

松島には、改めて違った疑惑が芽生え始めていた。矢崎が文京区東青柳町のアパート『青柳荘』で第四の愛人と見られる女と密会するのは、毎週月曜日の夕方から夜にかけて、ということに定っていた。そして、律子が市ケ谷の料理学校に通うのが、毎週月曜日の午後五時半から七時半までなのである。この奇妙な一致をどう解釈するべきなのだろうか。偶然だとしたら、あまりにも出来すぎている。

もし、犯人が計画的に律子を矢崎の第四の愛人に仕立てようとしたならば、当然、何らかの口実によって律子に月曜日の夕方家をあけさせるべく目論んだに違いない。

「料理学校へ行く気になったのは、誰かにすすめられてか？」

松島は訊いた。

「自分の気持と、半々だったわ」

律子はちょっとの間考えてから、そう答えた。

「じゃあ、誰かすすめた人間もいたわけだな？」

「社長さんにすすめられたのよ」

「ユカさんに？」

「そう。旦那さまに嫌われないようにするには、まずお料理が上手になることだって社長さんがすすめてくれたの。わたしもそう思っていたから、すぐ習ってみる気になったんだけど……」

「月曜日に通うことをすすめたのも、社長だったのか？」

「うん。月曜日は月曜会で旦那さまの帰りが遅くなるから、その時に行けばいい、そうすれば旦那さまが知らない間にお料理がうまくなって喜ばれるわよって。それで一月六日の土曜日に、わたし、社長さんと一緒に市ケ谷のお料理学校へ願書をもらいに行ったのよ。それで……」

ここで、律子はふと何かに思い当たったように口を噤んだ。律子は、しばらく思案していたようであったが、やがて、

「そうだ、きっとそうだわ。桃源楼のマッチも、あの時社長さんが……」と、呟くように言った。

四

松島はしばらくの間、律子の次の言葉を待った。律子は気を持たせるように顎を引いて短い間黙っていたが、やがて一本調子に喋り出した。

「一月六日の土曜日に、わたしは社長さんと二人で市ケ谷第一料理学院へ行ったわ。その帰りに市ケ谷駅の喫茶店に寄ったのよ。わたしには、その店のマッチを一つバッグに入れた覚えがあるわ。でも、今になって考えてみると、果してマッチが喫茶店のものだったかどうか……確かめたわけじゃないから……分からないわ。もしかすると錯覚だったかも知れない。つまり、社長さんがテーブルの上に置いたマッチを、その店のものだと思ってバッグに入れたのじゃないかしら？　社長さんは煙草を吸うでしょう。だから、マッチをテーブルの上に出しておいたのよ。桃源楼のマッチというのが、それじゃないかと思うんだけど……」

「ユカさんが桃源楼のマッチを持っていたのだ、と言いたいわけだな？」

松島は律子の自信のなさそうな唇の動きを見て、妻に対する疑惑を再び固めた。一旦は律子の真に迫った演技に、妻と矢崎幸之介の醜関係を誤解だと思いかけた松島である。しかし、桃源楼のマッチに関する弁明を聞いているうちに、松島は律子がやはり嘘をついていることを察知したのだ。

松島は左手の指を折って、ポキポキと鳴らした。意味のない仕種である。強いて言えば気持を別の方向へ統一するための動作であった。彼は妻の顔を見なかった。見ればまた腹が立つ。律子も沈黙している松島の胸のうちを窺うように、伏せた目をチラチラと動かすだけだった。

律子はしきりとユカが矢崎幸之介の第四の愛人だったことを強調しようとしている。これは別に、律子がユカを犯罪者にしようとしているためのものではない。律子はただ、自分が矢崎幸之介の女ではなかったことを証明したいのだ。だから、ユカが『桃源楼』のマッチを持っていたのだと松島に思い込ませようとしたのも、律子のこの場逃れの思いつきなのである。いわば、方便なのだ。

だが、苦しまぎれの嘘というものは、もっと根本的な面で馬脚をあらわす。頭隠して尻隠さず、なのだ。松島も迷わされかけた。しかし、考えてみれば律子の釈明には幾つかの矛盾があった。そして、これらの矛盾は律子が嘘をついていることを証明する逆効果となるのである。

最も根本的な矛盾——それは、ユカが『桃源楼』のマッチを律子に持って帰るよう仕向けるはずがない、ということだった。

先刻、松島はもし犯人が計画的に律子を矢崎の第四の愛人に仕立てようとしたならば、当然、何らかの口実によって律子に月曜日の夕方家をあけさせたり、また『桃源楼』のマッチを持たせたりしたに違いない、と思った。だから彼は、律子に料理を習うようすすめた人間が誰だったかを訊いたのである。

しかし、そんな考えは滑稽な錯覚だと言えるのだ。仮りにユカが、律子を矢崎の第四の愛人に仕立てようとする。ユカはまず律子にすすめて、毎週月曜日の午後五半から七時半まで家をあけさせるために料理学校へ通わせた。それから、『桃源楼』のマッチを律子のバッグに入れた——と、これだけのことをしたからと言って、律子を矢崎の第四の愛人に仕立てられるだろうか。効果は全くのゼロである。

ユカの目的が、松島と律子の夫婦の愛情にヒビを入れることであれば、これだけの計画で充分達せられたかも知れない。だが、少なくとも警察が介入してくることのために、矢崎の第四の愛人を作り上げる必要があったなら、あまりにも粗末な計画だった。まるで松島だけを対象とした小手先細工ではないか。律子が毎週月曜日の夕方に家をあけることに松島が気づかなかったとしたら、また律子が松島の目の前に『桃源楼』のマッチを投げ出したりしなかったら、ユカの細工は無意味なものになる。まして、警察の捜査にあえば、それだけのことで律子を第四の愛人に仕立てられると期待する方が幼稚すぎる。従って、ユカがそのようなことをするはずがない、と松島は判断したのだ。

つまり、律子の主張は嘘なのだ。『桃源楼』のマッチを市ケ谷の喫茶店のものと間違えて持っていたというのも、妙な話である。煙草を吸わない律子が、なぜそんな場末の喫茶店のマッチをバッグへ入れる気になったのか。今まで律子が出先からマッチを持って帰って来るようなことは、一度もなかった。それに『桃源楼』のマッチは、いかにも中華料理店のものらしい色彩とデザインなのである。喫茶店のマッチとは一目で見分けがついたはずだ。

《だが律子は、なぜそんな嘘をつかなければならなかったのか……》

松島は妻のどことなく不安定な姿態を眺めた。律子が市ケ谷の料理学校へ通っているというのは、事実に違いない。五時半から七時半まで、と時間の点も明快に答えている。口から出まかせの言葉とは考えられなかった。それに問い合わせれば即座に真偽が明らかになることだった。律子は、緻密な計画も練れない代りに見えすいた嘘もつかない、というそんな女なのだ。

料理学校へ通っているというのは事実と見ていい。すると、律子が隠したがっているのは、『桃源楼』のマッチの件である。ということは、やはり律子は東青柳町の『青柳荘』

で矢崎幸之介と関係した覚えがあるのだ。今日帰って来た松島を迎えた律子の表情に、いつものような楽天的な華やかさがなかったのは、例えば過去のことではあっても彼女に詮索されたくない汚点があったからではないか。

間違いない――と、松島は思った。律子は料理学校へ通っていることを証拠に、矢崎との関係を否定しようとする。しかし、考えてみれば、律子が料理学校へ通い始めたのは今年の一月八日からである。一方、矢崎が『青柳荘』の一室を借りたのは、半年ほど前だったという。去年の八月から約五か月間の毎週月曜日、律子は矢崎と密会を重ねることが出来たはずだ。律子が『桃源楼』のマッチを手に入れたのは、その頃のことだった。煙草を吸わない律子は、バッグに入れているマッチをそのままにしておいたのだろう。一月八日、律子はたまたまそのバッグを持って料理学校へ行った。そして何かの必要があって、バッグをあけた時、無意識のうちに入っているマッチを確かめた。だから松島にマッチはないかと言われると、反射的に律子は自分がマッチを持っていたことを思い出して、それをとり出したのだ。

松島は律子に憎しみを覚えた。一時は律子の言葉を信じて救われた気持になっただけに、今度の怒りは強かった。裏切られたこと自体が口惜しいのではなく、愛情のない妻に甘く見られていたのが腹立たしいのだ。

《この白豚め……》

松島は頬を硬ばらせた。夜の営みを好み、性行為の際に異常な狂態を示す律子であることを知りつくしているだけに、松島は妻がほかの男との情事に夢中になっていたのが不潔に感ずるのである。

「しかし、変だな……」と、松島はとってつけたように言った。

「何が？」

律子は顔を上げた。不安そうな眼差しである。

「ユカさんが、桃源楼のマッチを持っていたっていうことさ」

「なぜ変なの？」

探るような視線を、律子は松島の面上に這わせた。西武電車の響きとともに、石焼きいもの間のびした売り声がすぐ近くから聞こえた。

松島は窓へ目を向けた。

「まるで、ユカさんが青柳荘へ行ったことがあるみたいじゃないか」

「行ったとしてもおかしくはないでしょ。矢崎さんは社長さんに求婚しているっていうくらいだもの」

「だから尚更おかしいんだ。もしユカさんがその気になれば、何も青柳荘なんかでコソコソ会う必要はないんだ。堂々と矢崎の自宅で会えばいい」

「だって、自宅じゃあまさか二人きりにはなれないでしょ。久美子さんだっているんだしね」

「ユカさんと矢崎がそんな関係だったと思うのか？」

「男と女ですもの。社長さん言ってたわ、矢崎さんは護国寺の近くにアパートを借りているんですってね……って。社長さん、矢崎さんからアパートの話を聞いたんだそうよ」

「ユカさんが仮りに矢崎と最後の線を越えた仲になったとしたら、矢崎の求婚をつっぱねるはずがない。結婚に踏み切るだろう。ユカさんは、結婚する意志もない男とズルズル肉体関係を続けられるような性格じゃないんだぜ」

「やはり愛する社長さんのことだけあって、ずいぶん綺麗に見たがるのね」

「少なくとも、お前と同じようには考えられないさ」

「だって社長さん、三津田という男とは一緒に寝ているんでしょう？」

「穢ない言い方はよせ。あの二人は、本当に愛し合っているからなんだ。当然じゃないか……」

と、言いながら松島の胸の奥がチクリと痛んだ。すでに死んでいるとは言え、三津田という名前は松島の心を刺すのである。

「失恋したくせに……相変らずのロマンチストね」

律子は上唇を歪めた。

「お前が矢崎と別れたのは、どういう理由なんだ？」

律子の皮肉を無視して、松島は話題を変えた。彼の語調も、威圧的に厳しくなった。

「またそんなことを言い出すの？　矢崎さんとは何も関係がないって言ったでしょ？　ひつっこいわね！」

律子は上半身の姿勢を正して、激しく顔を左右に振った。だが、それは多分にヒステリックで、尻をまくったような態度であった。

「何の関係もないというのは、今年になってからのことだろう」

更に松島は、かぶせるように言った。

「いつ頃からだったかは知らないが、お前と矢崎は青柳荘で会っていたんだ。今年になってお前は矢崎と別れた。どういう理由でだ？　おれはその理由を知りたい。矢崎の方から言い出したのか、それともお前の方で身を引いたのか……？」

「………」

律子は押し黙った。唇を固く結んでいる。余計なことは言うまいとしているのか、それとも口にする言葉が見つからないのかも知れない。顔色は万遍なく何かを塗ったような白さだった。どうやら推測はあたっていたらしい、と松島の思惑には息込みと失望の両方があった。

「多分、矢崎とお前のどちらにも別れる気があったのだろうな。何か月かたてば、興味半分の情事には飽きが来る。お前は、おれに気づかれないうちにやめておいた方が利口だと考えた。矢崎もユカさんの手前、いつまでもお前との関係を続けているわけには行かなかった。おれやユカさんに知られるのが、お前たちはお互いに恐ろしかった……」

松島は噛んでふくめるように、丁寧に言った。律子は相変らず無言でいる。時たま目尻を痙攣させるだけで、彼女は松島の肩越しに壁に据えた視線を動かさなかった。

律子は一向に反駁しない。反駁しても無駄だという無気力さが、その目の色に感じられた。とにかく、律子の沈黙は松島の指摘を是認した証拠でもある。

「それにしても、年があらたまるという切れ目のよさで、お前たちが別れたことには意味があったのか？」

松島は吐いた煙草の煙りの中から訊いた。その点が気になるのである。感傷的な映画のストーリーならともかく、年の変り目を別離の時にするというのはどうも不自然だった。それが矢崎の第四の愛人を作り上げるための行為の要《かなめ》のような気もするし、ひいては矢崎殺しの計画の一端でもあるように思えるのだ。

「そうせざるを得なかったのよ」

と、律子がようやく口を開いた。だるそうな唇の動かし方である。死刑の直前にはどんなに重大なことを告白するのでも、告白者自身はどうでもいいというふうに面倒臭い気持になるだろう。今の律子が、恰度その告白者のような感じであった。

「なぜだ？」

松島の口調も静かになった。怒りはすでに消えていた。ことが落着した時の虚脱感だろうか。彼は傍観者に近い気持で、律子の話を聞くことが出来た。

「わたしたちのこと、社長さんに知られてしまったからよ」

律子は投げ出すように言葉を口にした。人間は投げやりな気持になった時に、最も真実を述べるものである。

「ユカさんが、お前と矢崎の関係に気づいたのか？」

松島は眉間《みけん》に深い皺を刻んだ。驚いたというより、一種の当惑であった。

「矢崎さんの言葉から、社長さんはそれとなく察したらしいわ。それで矢崎さん、青柳荘のことも白状しないではいられなくなってしまったのよ」

「それでユカさんは……」

「社長さんの方は平気な顔をしていたそうだわ。矢崎さんが慌てたのよ。それでわたしと別れようって……。わたしも承知したわ。ただそれだけのことよ」

「ユカさんは、お前にも何も言わなかったのか？」

「素知らぬ顔って、ああいうのを言うんでしょうね。ただ去年の暮れに会った時、どう来年からお料理を習わない、旦那さまを大切にしなければ……って言っただけ。わたしは社長さんの口が怖かったから、何でも素直に言う通りになっていた方がいいだろうと思って、お料理学校へ行くことにしたわ。今年になって一月六日、お料理学校の願書をもらいに一緒に行ってくれた時も、社長さんは矢崎のヤの字も口にしなかったわ」

「ユカさんがなぜ?……」

松島は視点を宙に置いた。なぜ——ユカに関して、松島の疑問はますます増えるばかりである。

ユカは律子と矢崎の不倫を知っていたという。と、これだけのことに対しても、なぜという問いが三つある。

第一に、律子と矢崎の関係に気づいたユカは、なぜ、それをそのまま放っておいたかであった。ユカはここで、矢崎の弱味を一つ握ったわけである。そのことを利用しようとしなかったのは、ユカらしくなかった。例えばこの事実を楯にとって、矢崎の求婚を斥《しりぞ》けることも出来ただろうし、負債の期限延長や、太平製作所に手を出させない方法を講ずることさえ可能だったはずだ。それをユカは、黙って見過した。その寛大さには別の目的があったのだろうか。

第二の問いは、ユカはなぜそのことを松島に告げなかったかである。松島は一月八日の夜、ユカと六本木の喫茶店で話をした時のことを思い出す。一月八日には、ユカはすでに律子と矢崎の醜行を知っていたのだ。にもかかわらず、ユカはそれらしいことを匂わせようともしなかった。律子のことが話題にならなかったわけではない。松島がどうしてこうも律子の話をしたがるのか、と眉をひそめたくなったくらいにユカは妻の名を口にしたのである。

「奥さんに、お芽出たの兆候ないの？」

「子供が出来ないと、律子さんも一日が長くて仕方がないでしょう」

「律子さんって案外、家庭的なのよ。いいママになるわ」

「律子さん、外へ出たがったりしない？　派手な性格なのかしら。浪費家？」

「律子さん、結婚してからもお勤めを続ければよかったのにね」

「あなたが家へ帰れば、律子さん、ちゃんと食事の支度をして待っていてくれるんでしょう？」

松島が記憶しているだけでも、ユカはこのように律子の話をしたがったのである。松島は砂を嚙む思いで、妻の噂話に応じたのだった。

今になって思えば、ユカは律子と矢崎の関係を承知の上で、こんな話題を持ち出したのだ。つまり、ユカは松島が妻の不貞に気がついているかどうかを探ったのではないか。こうなると、律子の行動について口を噤んでいたのは、もはやユカの好意だったとは受け取れなかった。何かの企みがあって、ユカは芝居をしていたと解釈をするべきなのだ。そのユカの企みとは何か――。

第三には、ユカはなぜ素知らぬ顔で律子に料理を習わせようとしたのか、という点である。勿論これも、律子をよき妻にしようとしたユカの善意からだった、とは考えられない。

律子と矢崎の密会の日だったと思われる月曜日に一致させて、料理を習わせようとしたことは、決して自然の成り行きだったとは言えないのである。矢崎と手を切った後の律子に、なおも引き続き月曜日の夕方に家をあけさせるよう仕向けたのは、それなりの狙いがあってのことだろう。願書をもらいにわざわざ律子と同行したのも親切すぎる。ユカには、そんな気持の余裕はなかったはずだ。ユカがそこまでしたのは、律子をどうしても料理学校へ通わせたかったからに違いない。料理学校でなければならなかったというわけではないが、律子には最も適当な口実——つまり、月曜日の夕方の一定時間、律子を拘束しておくのが不自然ではない場所として、料理学校を選んだのだ。

ユカに対する疑問の線を辿ると、どうやらその方向は全て統一されているようだ。と松島は思った。

《ユカは矢崎殺しを計画していたのではないか……?》

戦慄に似た悪寒を覚えながら、松島はあえてまとまるまいとする想定を一点に押しとどめた。なぜ、という問いに妥当な答えを当て嵌めると、そういう結論に達してしまうのである。

ユカが律子との不倫な関係を知っても矢崎を咎めようとしなかったのは、もっと決定的な打撃をこの金融業者に与える計算に基いてであった。決定的な打撃——それは、矢崎をこの世から抹殺することである。昨年末、ユカはすでに矢崎の野望に気づいていたし、同時に三津田の新発明の信憑性について窮地に追い込まれつつあったのだ。太平製作所の城あけ渡しをしないために、二千万円の負債と結婚の取り引きに迫られないために、ユカは矢崎を殺すという手段を考え始めていたのではないだろうか。それには、矢崎の些細な弱身など無視した方が得策だったのだろう。

松島に対してもユカが何も言おうとしなかったのは、律子と矢崎の関係を殺人計画に利用しようと考えたからではなかったか。そのためには、事実を松島に知られてはいけなかったのだ。

今年に入って、矢崎との交渉を打ち切った律子を毎週月曜日の夕方に料理学校へ通わせるようにしたのも、ユカの計画の一環だったのに違いない。これは、律子に料理学校へ行かせることや、毎週月曜日の夕方に家をあけさせることが目的だったのではないのだ。律子の行動を制限するためだった、と考えるべきなのである。

ユカが恐れたのは、一旦手を切ったとは言え律子が月曜日の夕方ふと『青柳荘』の矢崎の部屋を訪れる気になるかも知れない、ということではなかったか。月曜日以外の日は、松島の帰宅時間も通常だし、矢崎も『青柳荘』には来ないとすれば、月曜日の夕方さえ律子を拘束しておく限り、『青柳荘』を訪れられる心配はないだろう。

ということを裏返せば、とりもなおさず、今年に入ってからのユカは月曜日の夕方に何らかの方法で『青柳荘』の矢崎と連絡をとっていたと言えるのである。ユカは、律子と別れてからの矢崎に、今まで通り毎週月曜日の夕方『青柳荘』へ来るように言ったのではないだろうか。ユカの場合、わたしも月曜日の夜には『青柳荘』へ来るようにする、といった甘言によって矢崎を納得させることが出来たはずだ。

これは『青柳荘』で矢崎を殺すというユカの計画だったからだ。ユカは、矢崎と律子がこの『青柳荘』で密会していたと知って、ここを殺人の現場に使うことを決めたのだろう。『青柳荘』で矢崎が殺されれば当然、月曜日に限りここで密会していた女の犯行と見られるからである。だからユカは律子と別れてからも矢崎に毎週月曜日、『青柳荘』に来てもらわなければならなかったのだ。

矢崎幸之介は半年前から毎週月曜日、東青柳町のアパート『青柳荘』で女と会っていた。昨年末まで、その女は松島律子であった。しかし、今年になってからは別の女になった。そうなっても、世間は同じ女と引き続き逢う瀬を重ねていたと信ずるだろう。一月二十二日月曜日、矢崎幸之介は『青柳荘』の部屋で殺される。捜査の主眼は、半年前からここで被害者と会っていたただ一人の女に置かれる。律子が自分から、去年まではわたしがその女でしたと名乗り出る心配はない。万一、律子が矢崎の愛人だったと明らかにされたとしても、だからと言ってユカが捜査の対象にされることはないのだ。

要するに、『青柳荘』は殺人現場として最も安全な場所だったわけである。律子さえ黙っていれば、『青柳荘』の矢崎の部屋へ出入りしていた人間を探し出すことは殆んど不可能だったのだ。そして、その律子は口を噤んでいるに定っている。

《しかし……》

と、松島の思索の芯はぼやけてしまう。ユカが矢崎を殺したという想定は成り立つ。だが、ユカはそれを実際行動に移すことが出来ただろうか。

まず、今年に入ってから、八日、十五日、二十二日と三回の月曜日に、ユカが律子と替って『青柳荘』を訪れることが可能だったかどうかである。八日は『月曜会』が中止にはなったが、ユカは松島と一緒に五時半頃太平製作所を出て、それから六本木の『ララ』という喫茶店に寄った。二人が別れたのは六時半頃だった。このあとで、東青柳町へ向かったとも考えられる。

次の十五日だが、この頃のユカは休暇をとって自宅で病気療養中ということになっていたから、行動はある程度自由だったはずである。十五日の夜、ユカの自宅を訪れた太平製作所の社員は一人もなかった。従って、ユカはこの日の夕方、密かに『青柳荘』へ向かったとしても誰にも気づかれなかったのだ。

八日と十五日の夕方、ユカがどこにいたかは、彼女の家の家政婦に尋ねれば見当ぐらいはつく。しかし、問題なのは矢崎が殺された当日二十二日なのである。この日、ユカは四国高知県の室戸岬にいたのだ。矢崎幸之介殺人事件の捜査本部でさえ、ユカを容疑圏内には入れてないだろう。あまりにも明白なユカのアリバイなのだ。ユカは三津田を殺したという疑いで、高知県警に逮捕されている。矢崎が殺された時間は、三津田が死んだ時間とほぼ一致する。その時刻、ユカが高知県の室戸岬附近にいたことは警察が立証している。従って、矢崎が殺された事件にユカを結びつけることは実際上不可能だった。二つの事件が東京と横浜に殆んど同時に発生したというならば、同一人の犯行として追及出来る余地はある。だが、東京と高知では、距離に開きがありすぎた。

飛行機を利用すれば、東京高知間は約二時間二十分である。しかしこれは飛行時間のみの計算であって、乗り継ぎ連絡の待ち合わせ時間を含むと、やはり五、六時間はかかるだろう。それに電車と違って、飛行機はいつでも乗れるというものではない。大阪高知間の飛行機は、一日三便の往復だけである。時間に極度の制限がある飛行機を、アリバイ立証に役立たせることは困難だと見なければならない。

しかし、松島の推理は矢崎殺しの犯人がユカであると指針した。犯行は不可能だったという物理的な結論と、ユカが犯人でなければならないとする理論上の推定と、その両方があるわけだった。

《調べてみなければならない……》

と、松島は思った。

松島はかったるそうに腰を持ち上げ、それからチャブ台に手をついて立ち上った。立ち上って彼は、肩で一つ大きく息をしながら律子を見下した。

律子は坐り込んだまま、凝然として動かなかった。すでに、観念しきっているのかも知れなかった。何とかしてこの場を切り抜けようとする意志は、もはや律子にはないのだ。矢崎との関係を認めたからには、これ以上言うこともないのだろう。

松島はオーバーを鷲摑みにすると、部屋のドアへ向かった。ドアのところで振り返ったが、律子はやはり動こうとしなかった。その首筋がいつになく華奢《きゃしゃ》に見えた。

松島の怒りはすでに消えていた。彼が腹を立てたのは、律子の欺瞞であって、矢崎との不貞ではなかった。ほかの男と情を通じたからと嫉妬するほどの情熱は失っていたし、律子にそんな気を起させた原因は松島にもあるのだ。しかし、だからと言って律子を許す気にはなれなかった。再び夫婦としての軌道に戻すことは出来ないだろうし、たとえ表面的にはそうなれたとしても、人並みの幸福は望めそうになかった。やはり、自然の力でそうなるように、元の他人同士に還るべきなのである。

松島はドアをしめるその微かな音に、律子との夫婦関係の終りを感じた。それは至極あっさりとした、乾いた音だった。

《何のために……》

『美代荘』の階段をおりて、霜が降り霜がとけての反復ですっかり固くなった地面に靴の踵をつけた時、松島は空っぽの胸の中でそう呟いた。

《おれはユカの犯行であることを確かめようとしているのか?》

この問いに答えは簡単に出なかった。松島は何もユカを犯罪者にすることを望んではいない。では、ユカの犯行ではないことを彼自身で確かめたいのだろうか。いや、それにしてはユカが犯人ではないという松島の信念は稀薄すぎる。

冬の夕日は赤い。だが、少しも熱を帯びていないように光線は弱々しかった。家々の屋根、電柱の尖端、そして走り過ぎる電車の車体を、赤いペンキをかぶせたように染めながら、斜陽は空を明るく出来なかった。

松島は、現在の自分はこの夕映えの道を歩いているようなものだと思った。ユカを失うことを恐れながら、結果を確かめずにはいられない。恰度、やがては闇を迎えることを承知の上で夕映えの道を歩み続ける旅人のように。

《おれは、ユカの夕映えを追っているのかも知れない》と、眉を寄せた松島の顔を、黄色に衰えた光が照らした。

五

『桃源楼』は護国寺の斜め右前にあった。T字路の西青柳町側の角にあたるわけである。なんの変哲もない中華料理店で、店先の飾りつけがあっさりしているところを見ると、日本人経営の店らしい。場末の盛場などには必らず一軒や二軒はある、商売熱心な中華料理店という感じであった。

松島は、『桃源楼』に入ると、奥の壁に近い席についた。夕飯時でもあり、出前が少ないのか白い前掛け姿の若い男が三人ばかり、松島の右側のテーブルに屯《たむ》ろしていた。店には客の姿も疎らだった。これから夜の街へ出動するらしい化粧の濃い女が二人、黙々と五目そばに箸を入れている。入口近くの席で、男が一人ビールを飲んでいた。

大型のガス・ストーブが置いてあるからか、店の中はオーバーが重くなるほど温かい。白い壁にはどういうわけか、春先の観光地の宣伝ポスターがベタベタと貼りつけてあった。注文を聞きに来た女の子に、松島は日本酒とチャーシュウを頼んでから、出前持ちの青年たちに声をかけた。

「ちょっと訊きたいんだけどね」

だが、松島の言葉は青年たちの耳に達しなかったようである。店の外を絶え間なく行き交う自動車《くるま》の音が、なまじっかな声を消してしまうのだ。

松島はもう一度、呼びかけを繰り返した。新聞を覗き込んでいた三人の青年たちは一斉の顔を上げて、その中の一人が、へえい！ と素っ頓狂な返事をして立ち上って来た。

「教えてもらいたいんだ。月曜さん……ほら青柳荘で殺された矢崎っていう男ね、そこへ出前に行った時のことを話してもらいたいんだ」

と、松島はピースを出して、青年にすすめた。

「いや、月曜さんのところへ出前に行ったのは……」

その出前持ちは背後を振り返って、

「ヨッちゃん、ちょっと……」

と、仲間の一人を呼んだ。ヨッちゃんと呼ばれた出前持ちは、坊主頭で、頰の赤い、まだ少年という感じの童顔だった。

「ぼくは警察の人間じゃないんだ。ただ殺された矢崎さんは、ぼくの知り合いでね。だから納得が行くまで調べたいんだよ。月曜さんのところへ出前に行った時の模様を、是非聞かせて欲しいんだ」

松島は強いて笑った顔を、ヨッちゃんに向けた。出前持ちは、松島の言葉の切れ目を待っていたように頷いた。幾度も警察の聞き込みに接して、このことに関して彼はかなりの応対馴れしているようだった。

「月曜さんの出前は、殆んどぼくが行ってました」

それでも真剣な面持ちで、ヨッちゃんは言った。

「注文が定《きま》って焼そばと中華丼だったってこと、やっぱり、本当なの？」

松島はテーブルの上に肘をついた。

「ええ。本当です」

「去年から、ずっと？」

「変りなかったですよ」

「矢崎と一緒にいた女の人っていうの、一度も見なかったのかい？」

「顔は全然見たことがありませんよ。声は幾度か聞いたし、去年の何月だったか、和服を着た女の人をチラッと見かけたな、ベッドに腰かけているのを……」

その女というのは、律子に違いなかった。昨年は律子が毎週月曜日、『青柳荘』の矢崎の部屋へ通っていたことは確かなのだ。出前持ちが和服姿の女を垣間見たのも不思議ではないのである。出前持ちから肝腎な言葉を欲しいのは、今年に入ってからのことについてであった。

「今年になって……一月八日の月曜日はどうだった？」

この日の夕方六時半頃までのユカの行動は分かっている――と、松島は記憶を確かめながら言った。

「ええ、この日の注文だけが、いつもと違っていたのですよ」

ヨッちゃんという出前持ちは、すでにこの答えを用意していたようだった。

「別の品物の注文だったの？」

「いいえ、この日の注文は中華丼だけだったんです。それに、いつも五時頃に注文が来るのに、この時は八時すぎでした」

「じゃあ、この日部屋にいたのは珍しく一人だったわけだね？」

「いいえ、それが一人じゃなかったんですよ。例の通り、ベッドのある部屋からボソボソと話し声が聞こえてました」

「男の声？」

「そうです。ぼくが毎度どうもって声をかけると、矢崎さんがご苦労さんと答えて、すぐに中華丼が届いたぞ、いい匂いだろう、食べられなくって残念だな、というようなことを相手の女の人に言ってましたよ。きっと、女の人は、食事をすましてしまっていたんじゃないですか？」

「八時すぎに注文が一つか……」

八時すぎならば、六本木で松島と別れたあと、ユカが東青柳町の『青柳荘』へ来たという時間の点では矛盾がない。そして、臨時株主総会で揉み抜かれた疲労のために、ユカは食欲が全くないというので食物の注文を断ったとしたら、矢崎がこの日に限って中華丼だけを取り寄せたということも頷ける。

「一月十五日はどうだった？」

階段を一段昇ったような気持で、松島は視点を更に上へ向けた。

「十五日は、いつもの通りでしたよ」

ヨッちゃんは運ばれて来た酒を、大きめな盃に注いでくれながら言った。刑事の質問に繰り返し答えたことなのだろう。恐らく彼自身の日記よりも正確に、頭の中に整理されているのに違いない。出前持ちは澱《よど》みなく説明してくれる。

「五時に注文があって、焼そばと中華丼を届けました。この時は、何か争っているような もの音が聞こえて、女の人が駄目だ駄目だって言ってました。ぼくが声をかけると、その もの音がピタリとやんで、矢崎さんが返事をしましたが、その時、女の人がベッドのある 部屋から風呂場の方へ駈け込んで行くのが戸の隙間から見えたんです」

「和服の女の人？」

「いいえ、両手で髪の毛を押さえるようにして風呂場へ駈け込んで行ったんですが……セーターとスカートが見えました」

「そう……」

無邪気そうなヨッちゃんが真顔で話すことだけに、松島はその日の矢崎の部屋の情景を 想像して面映ゆくなった。

寝室で争うようなもの音がして、女が駄目だ駄目だと言っていた。出前持ちが声をかけ ると、寝室は静かになり、女が髪の毛をたくし上げるようにして浴室へ駈け込んで行った ——。これだけの言葉から、寝室でベッドへねじ伏せようとする矢崎をユカは必死になっ て拒み、出前持ちの声に男の力が弛んだ隙に乱れた髪や化粧をなおそうとして浴室へ逃げ て行った、という場面が鮮やかに描き出されるのだ。

アパートの一室に、ユカと二人きりになった場合、矢崎が彼女を襲うのは当然である。

矢崎が結婚の対象として考えたユカに抑えきれない情欲を感ずるのは勿論だし、一旦肉体を許したからにはユカも矢崎の要求には素直にならざるを得ないだろうという計算があるだろう。

ユカにしても、そのくらいのことは万々承知しているはずである。にもかかわらず、ユカは危険を冒して矢崎と寝室で二人きりになったのだ。ユカは、出前持ちが訪れる時間を心得ていて、あえて冒険に臨んだのかも知れない。つまり、ユカの方から挑発するような態度をとる。矢崎は待っていたとばかりその挑発に乗り、強引にユカを押し倒す。ユカは激しく抵抗する。出前持ちが来るまで防ぎきればそれでいい。

何のためにそんなことをする必要があったのか。アパートの部屋に、矢崎が女と二人でいたことを出前持ちに印象づけるためだ。次の月曜日、一月二十二日もまた矢崎はこの部屋で女と密会していたと思い込ませる事前工作でもある。

「最も肝腎な一月二十二日なんだけどね、君……」

松島は殆んど無意識に、盃を口へ運んでいた。食道から胃袋にかけて火照るような熱さを感じた時、彼はホッと息を吐いた。いよいよ最後の階段だという緊張感が足をすくませるように、松島の気持も固くなっていた。

「この日も、焼そばと中華丼を届けたのは、夕方の五時頃なんだろう？」

「そうです」

「部屋には、矢崎と女がいたわけだね？」

「姿は見えませんでしたが……矢崎さんの声がしました」

「器を下げに行った時、矢崎はまだ生きていたというのは確かかい？」

「話し声がしてましたからね。ぼくが毎度どうもっていういつもの挨拶をすると、矢崎さんはああと答えただけで、何か話しながら大声で笑ってましたよ」

「笑っていた？」

「ええ。とても楽しそうな笑い声だったですけどね。でもこの日は矢崎さん、酒の肴《さかな》につっ突いたと見えて器は綺麗になっていませんでした」

一月二十二日の夕方五時頃から七時半すぎまで、矢崎は『青柳荘』の部屋にやはり女と二人でいたのである。その女がユカとするならば、その頃高知県の室戸岬にいたユカは一体誰なのか。

《ユカが二人いる……》

馬鹿馬鹿しいとは思いながら、松島はそんな想像をしないではいられなかった。八日と十五日の女は、九分通りユカだったと言っていい。しかし、二十二日の女だけはユカであるはずがないのである。

死を目前にしながら当夜の七時半すぎ、矢崎は楽しそうに笑っていたという。『青柳荘』の矢崎の部屋で、彼を愉快な笑いに誘う相手はユカを除いてはいないのだ。だが、高知県なのだろうか。

警の係官の説明によると、一月二十二日夜ユカは室戸岬周辺にいたことになっている。四国高知県にいる人間が、東京まで手をのばして人殺しが出来るような奇蹟は起り得るもの

「おつりで君たち、甘いものでも買ってくれよ」

ヨッちゃんの肩を叩きながら千円札をテーブルに置いて、松島は立ち上った。これ以上、出前持ちから聞き出せることはないのだ。最後の階段だけにはどうしても足がかからないような中途半端な気持だった。

松島はユカの顔を思い浮かべた。律子と同じく、すでに遠い存在になったようなユカの顔だった。十年来の附き合いであり、肉親以上に密着した人生を歩み、また献身的でもあった松島に、ユカは『虚偽』のベールをかぶって背を向けたのだ。一枚の皮膚によって被われた一個の人間は、口という皮膚の裂け目から洩れる言葉以外に信じられることのないものだろうか。男と女は、その口をつけ合っていても、相手の真意を汲み取れないのだ。ユカに欺かれ、その真相を探ろうとしている自分が、松島は寂しかった。身内の人間を敵に回したような、空しい孤立感だった。いっそのこと、自分がユカの共犯者だった方が気持は充足していたかも知れない、と松島は思うのである。

店の入口近くで男一人の客が、まだひっそりとビールのコップを傾けていた。

街には家庭の匂いがする灯が瞬いている。松島は歩きながら、ふと漂泊民的な気分を味

わった。彼はタクシーに乗って、柿ノ木坂と運転手に告げてから、自分にはもう定着した行き場所がないことに気がついた。

六

ユカの家は暗かった。家政婦の宮地禎子が一人住んでいるだけなのである。訪れる人もなく、また出掛けて行く者もない。夜の闇に沈んでいるためではなく、生活の息吹きが絶えている暗さが家全体を包んでいた。

宮地禎子は松島の顔を見ても、殊更人懐しそうな態度は見せなかった。相変らず義務的な口調で、いらっしゃいませ、と松島を迎え入れた。一人暮しには馴《な》れている女なのかも知れない。終日誰とも口をきかずに、一人で食事をすませ、時間が来れば明日に何の期待も抱かずに寝る。そんな女に似つかわしく、宮地禎子には生きている人間の潤いというものが感じられなかった。

松島は自分から、階段の脇にある応接間へ入った。ガラス・ケースの中のコケシ人形も壁の額絵も、そしてソファの位置も以前のままだった。それでいて、ここへ来たのが何年ぶりかのような感じを与えるのである。ユカが常用していた香水の匂いに似ているこの家特有の臭気が、応接間に濃くこもっていた。

電気ストーブのスイッチをひねって、応接間を出て行こうとする宮地禎子を松島は咳ばらいで引きとめた。

「構わんで下さい。今夜はあなたにお訊きしたいことがあって来たんですから。まあ、そこに掛けてくれませんか」

松島はソファに坐って、電気ストーブに手をかざした。宮地禎子は松島の言葉を背中で聞いて、それからゆっくりと身体の向きを変えた。まるで主人に呼びつけられでもしたように、彼女は膝を揃えて、俯向きかげんに松島と向かい合った。顔だけは、もの怖じしたふうもなく無表情だった。

「ユカさんのことで訊きたいんですよ。勿論あなたが知っている範囲のことでね」

松島は言った。

宮地禎子は、上目使いに目をチラッと動かしただけであった。それが返事の代りらしかった。彼女は別に、松島が何のためにユカの留守中そんな話をしに来たのか、興味を持たないようである。恐らくこの家政婦は、知っていることなら正直に答えるに違いないと松島は思った。

「昨日今日、ユカさんのことで警察から何か訊きに来ましたか?」

「いいえ……」

宮地禎子は指先でエプロンの端を揉みながら、痩せた肩を振った。

矢崎幸之介殺害事件の捜査本部は恐らく、高知県まで出張するかあるいはユカが釈放されるのを待つかして、彼女を参考人として調べるつもりなのだろう。ユカの身柄が拘束されている現在、慌ててここへ来る必要もないのだ。捜査本部がユカを調べるのは、容疑者としてではなく、矢崎に関する参考事情を得るためなのである。家政婦宮地禎子から聞き込むこともないのだろう。

しかし、ユカを犯人と見た松島にとっては、宮地禎子以上に重要な参考人はなかった。彼女が頼みの綱でもある。ユカも女、宮地禎子も女、日常生活を共にしている女性同士というものは、男には想像出来ないほどアケスケなのである。宮地禎子が使用人だということが頭にあれば、ユカは一層気を許したに違いない。宮地禎子の方も、忠実な四十女に相応《ふさわ》しく、ユカについては細かいところまで観察が行き届いているだろう。そこが、松島の狙いどころだった。宮地禎子のような女は、訊かなければ何も言わないが、見ているところはちゃんと見ていて知らん顔をしていそうなのである。

「今年に入ってからのことだから、ゆっくり考えて、正確に思い出して下さいよ」

松島は念を押すように、下から家政婦の顔を覗き込んだ。

「一月八日の夜、ユカさんは何時頃ここへ帰って来ました?」

「一月八日……」

宮地禎子は膝の上で、数を算えるように指を折った。

「月曜日ですよ。ほら、会社で臨時株主総会があって、そこへ出席するはずの三津田君が来ないと言うので、ぼくがここへ何度も電話したことがあったでしょう。あの日なんですよ」

「ああ……」

「思い出してくれましたか？」

「あの日……社長さんがお帰りになったのは確か七時頃だったと思いますが……」

「七時？」

　松島と六本木で別れたのは六時半、そして七時にここへ帰って来たとすれば、ユカは六本木から真っ直ぐ帰宅したことになる。『桃源楼』の出前持ちの話では、一月八日に限り矢崎から八時すぎに中華丼の注文があり、それを届けた時、矢崎が女と話をしている声が聞こえたということだった。だから松島は、一月八日の夜六時半頃、六本木で別れたユカはその足で『青柳荘』へ向かったものと想定したのである。

　だが、宮地禎子は一月八日のユカの帰宅時間は七時頃だったという。ユカは一旦、ここへ戻って来てから改めて『青柳荘』へ向かったのだろうか。

「七時頃だったというのは、正確な記憶でしょうね？」

「はい。この日、どこへ行ってしまったのだろうと思っていた三津田さんが夕方六時頃帰って来て……それから一時間ぐらいして社長さんがお戻りになったんです。それに、三津田さんとの話を了えて、階下に降りて来られた社長さんが、もう八時ね、とおっしゃいましたから……」

「三津田との話？」

「はい」

「ユカさんは三津田と、八時頃まで話をしていたんですか？」

「はい。二階の社長さんのお部屋で……」

「それから、ユカさんは外出しなかったですか？」

「外出だなんて……社長さん、涙をいっぱい溜めて、二階から降りてらして……」

「涙を溜めてって、ユカさんは泣いたんですか？」

「はい」

「どうして泣いたんです？　ユカさんは三津田と話をしていたんでしょう？」

「多分、嬉しくて泣かれたんでしょう。その晩は夜中近くまで、三津田さんも二階で休んだんです」

表情の動きが伴わないので、宮地禎子の言葉だけを聞いていては、言わんとすることがピンと来なかった。しかし、ユカが高知へ発つ前夜、彼女の口から聞かされた告白の一部を思い出して、松島は宮地禎子の言葉の意味が呑み込めた。あの時ユカは、

「そういう気持はあっても、わたくしと三津田はお互いに口にしなかったの。初めてそん

な雰囲気になったのは、一月八日の晩なのよ……」

と、言っていた。つまり、ユカと三津田が初めて肉体的に結ばれたのは一月八日の晩だったのだ。この感動的な愛の結合を了えて二階から降りて来たユカが泣いていたのは嬉しさのあまりだったのだ、と宮地禎子は言いたいのだろう。そしてこの夜は、最初の契りの余韻を捨て難く、ユカと三津田は夜中まで一つ床にいたというわけである。だから、ユカがこの夜に外出するなどということはあり得ないではないかと、宮地禎子の口には出ない言葉は言っているのだ。

「泣きながら二階から降りて来て、ユカさんはあなたに何を言いたかったんです？」

何もわざとらしく、恋の成就に嬉し泣きする顔を家政婦に見せることもなかったではないか。理性的なユカらしくもない——と、松島は思ったのである。

「わたしに、わざわざ言うことがあったわけではないでしょう。社長さんはわたしに、床をとるように言っただけで……それから電話室へお入りになって、三十分近く電話をかけてらっしゃいました」

小学生の仕種のように、宮地禎子はつぼめた肩ごと上体を前後に揺り動かしていた。

《電話……？》

松島の組んだ足から、スリッパがポトリと落ちた。電話が日常的な一種の用具であることが、彼に甚だ簡単な思いつきを与えたのかも知れなかった。電話は話すためのもの——

という至極当り前な定義が、松島の思索を直線的にしたのだ。

一月八日の夜、『青柳荘』の矢崎の部屋へ中華丼を届けた『桃源楼』の出前持ちは、

「それが一人じゃなかったんですよ。例の通り、ベッドのある部屋からボソボソと話し声が聞こえました」

と、言った。だが、この出前持ちはベッドのある部屋に矢崎と女がいるのを見たわけではないのだ。出前持ちには、毎週月曜日にはこの部屋に必らず矢崎と女がいる、という頭の芯にまでこびりついた先入観があった。半年かかって培われて来た先入観である。しかも、出前持ちが部屋のドアのところに留まるのは、せいぜい三十秒ぐらいだろう。矢崎は女と一緒だと思い込んでいる人間が、奥の部屋で話す声を耳にして、その間が僅か三十秒足らずだったのである。当然矢崎が女と二人でいたと決め込むだろう。人間はあまり、一人でいる時は声に出して喋らないものだ。従って、話し声がしていれば複数の人間がいるものと解釈するのは無理もない。しかし、一人でいても喋る場合がある。勿論、相手があってのことだが、その相手は距離を隔てた場所にいて、電話というもので応答しているのである。この日、出前持ちは矢崎の声きり聞いていない。

「矢崎さんがご苦労さんと答えて、すぐに中華丼が届いたぞ、いい匂いだろう、食べられなくって残念だな、というようなことを相手の女の人に言ってましたよ」

相手の女の人に言っていた——というのは、出前持ちの先入観による想像であって、女

がいたという確証はないのである。三十秒間足らず聞いただけだから、そのような錯覚をしたのだろうが、もし出前持ちが何分か矢崎の話し声を耳にしていたならば、電話を相手にしていることが分かったに違いない。矢崎はその時、電話でユカと話していたのだ。矢崎の部屋の直通電話は、寝室に備えつけてあったそうではないか。

出前持ちが耳にしたという矢崎の言葉に、ユカの電話での応対を当て嵌めてみれば、こうなる。

「あら、出前が来たのね？」

「中華丼が届いたぜ」

「匂いがするわ」

「いい匂いだろう」

「食べたいわア」

「食べられなくて残念だな」

ユカは、宮地禎子にもう八時ね、と言ってから電話室へ入ったようである。それから約三十分近くも電話をかけていたらしい。これはユカの予定の行動だったのだろう。

この日、ユカは矢崎と『青柳荘』で会う約束をしておいたのだ。だが、『月曜会』があるかも知れないし、もし『青柳荘』へ行かれなくなった場合には電話だけでもする、ということを言い含めておいた。そして、一緒に食事をしたいから八時までは出前を待ってくれ、それをすぎても行かなかったら、来ないものと思って『桃源楼』に注文するように、と打ち合わせる。矢崎は勿論、ユカの指示に従う。彼は八時まで待って、それから『桃源楼』に中華丼を注文した。一方ユカは、八時すぎに『青柳荘』の矢崎の部屋へ電話をかける。ユカは、『桃源楼』の出前持ちが矢崎の部屋を訪れるまで、電話で饒舌を続ければいいのだ。電話で相手を喋らせようと思えば、こっちの話しかけ次第でどうにでもなる。

これでユカは、出前持ちに矢崎が女と二人でいたと思い込ませることに、充分な成果を得たのである。矢崎と第四の愛人の関係は、昨年より引続き一月二十二日の犯行日まで持続していたことが立証されて、同時に『青柳荘』二階B号室という犯行現場が養い育てられていたのだ。

電話で矢崎を喋らせるという、一人二役の偽装工作は犯行当日二十二日の場合も用いられたのではないか——と、松島は気がついた。『桃源楼』の出前持ちの話では、二十二日の矢崎の部屋の様子が、八日のそれと殆んど変っていなかったからだ。二十二日は夕刻五時頃、出前持ちが焼そばと中華丼を届けている。出前持ちは、器を七時半すぎに取りに行ったのだが、この時もやはり姿は見なかったが矢崎の話し声が聞こえていたので、女と二人だったと判断したのだ。

「話し声がしてましたからね。ぼくが毎度どうもっていういつもの挨拶をすると、矢崎さんはああと答えただけで、何か話しながら大声で笑ってましたよ」

この場合も、出前持ちは女の声は聞いていない。ただ、矢崎が何か話をしながら楽しそうな声で笑っていたのを耳にしただけである。矢崎の相手が電話だったということは、充分に考えられるではないか。

もしこの想定が間違っていなかったとしたら、問題はユカがどこから電話をかけたのかである。高知からの電話ということは、これだけの状況を設定する前提として、否定しなければならない。

一切を前もって、矢崎はユカと打ち合わせた通りの行動をとらない限り、このような状態を設定することは不可能だったはずだ。即ち、二十二日もユカは『青柳荘』で矢崎と会うことになっていた。遅くても五時までには『青柳荘』へ行くから、いつもの通り『桃源楼』に出前を頼んでおくよう、万が一、五時までに間に合わなくても行くことは必らず行くから待っていてくれ——と、このようなユカの頼みではなかったか。

こう頼んだ以上、七時半すぎになって高知県から電話をかけるというわけに行かない。必らず『青柳荘』へ行くと言っていたユカが、七時半をすぎてもまだ四国にいるということが分かれば、矢崎は当然一人『青柳荘』に残っていようとはせずに、ほかの女のところなり池ノ上の自宅へなり引き揚げただろう。高知県からの電話であれば、受話器を耳に当てると、市外局の交換手がその旨を告げるので矢崎にも分かったはずだった。

その矢崎が殺されるまで『青柳荘』の部屋に留まっていたのは、ユカが間もなく現われるのを期待していたからだろう。だとすれば、ユカの電話は東京二十三区内、少なくともツツツという通話音が話の途中に入らない地域からのものだったのだ。第一、最小限度東京都内にいなかったならば、ユカは二十二日中に矢崎を殺すことが出来なかったわけである。七時半すぎにユカはどこから電話をかけたのか。これが重要な点であった。

松島はここで、可能性の限界を拡大した。二十二日のある時点において、ユカが四国高知県にいたことは確実である。この際三津田の死に関しては念頭に置かず、七時半すぎに東京のどこかから電話をかけるためにユカが高知東京間を結ぶ時間上の最短距離を飛んだとしたら——と、松島は考えた。彼はオーバーのポケットを探って、矢崎久美子と高知へ飛んだ時もらっておいた全日空の定期航空時刻運賃表を引っ張り出した。

高知から東京までの上り便連絡表を指先で追ってみると、高知発最終五〇六便は十七時十分に出て、大阪着が十八時五分、接続する東京行に乗り換え、羽田空港に十九時四十五分に到着出来るのである。

《ユカが青柳荘に電話したのは、羽田空港からではなかったか……?》

飛行機が定刻通りに到着すれば、七時四十七、八分にユカは羽田空港待合室の赤電話から『青柳荘』の矢崎へ連絡することが出来たのだ。『桃源楼』の出前持ちが器を取りに来て、矢崎の話と笑い声を聞いたのは七時半すぎであった。時間の点で、ほぼ一致するのである。

ユカは羽田空港から矢崎に電話して、しばらく冗談まじりの話をしてからすぐ、そっちへ向かうと伝える。矢崎がウイスキーをビールにまぜて飲んでいたのも、今夜はわたしたちの記念すべき夜になるかも知れないから、乾杯しながら待っていて、というようなユカの甘言に釣られたのではないだろうか。アルコールに刺激されて、矢崎は今か今かとユカの到着を待っていたのに違いない。

羽田空港から文京区東青柳町まで、ラッシュ時間をそれているし、タクシーで約一時間とちょっと、九時には『青柳荘』の二階B号室のドアを、ユカが密かにノックしたことだろう。それから一、二時間のうちに犯行があったのだ。ユカは酔っている矢崎の背後へ回り、悪ふざけとも冗談まぎれとも思える饒舌を伴奏にして電話のコードを男の首に巻きつけ、渾身の力をもって一気に絞り上げたのだ。

――と、これはあくまで三津田の死を思惑から除外した上での推測なのである。松島の頭の中では、ユカの犯行までの経路が成り立つ。

しかし、三津田の死というものは現実にあったことなのだ。一部事実に目をつぶったのでは、全体が架空のものとして、価値がないのである。

七

松島は脱げたスリッパを足に嵌めた。スリッパの先が、電気ストーブの光線に赤く染まっている。このまま永久に口を噤んでいたいような気の重さが、松島の胸にあった。過程は抜きにして、結果だけは引き出せる。そして、その結果は九分通り間違っていないような気がする。松島はここに到着するまでの自分の推理を振り返る。『青柳荘』を犯行の現場として、あらゆる面から磨き上げたユカの計画も看破出来たのだ。一月二十二日、ユカと矢崎が『青柳荘』で会うことに前もって打ち合わせてあった、と判断するのも間違ってないと思う。

今になって思い当たるのだが、松島が矢崎を池ノ上の自宅に訪ねた時の、矢崎の悠揚迫らぬ態度は、それなりの裏付けがあってのことだったのだ。

あの時、松島は矢崎にこう言った。

「社長は矢崎さんとの結婚を歓迎していないいんじゃないですか?」

松島は矢崎の最も痛いところを突いたつもりだった。しかし、矢崎は笑みを浮かべて答えた。

「さあね、どうだか……。わたしを嫌う理由もないだろうに……」

男として、体面上このくらいの虚勢を張るのは当然かも知れない。だが、受け取りようによっては、ユカは必ず自分のものになるという自信のほどを示したのだとも考えられるのだ。

そして、矢崎は最後に言った。

「二、三日もすれば、ユカさんは疲れ果てて帰ってくるでしょうからね」

矢崎がこのように断言出来たのは、やはりそれだけの根拠があってのことではなかったか。根拠——ユカが必らず自分のところへ帰ってくると明言出来る根拠は、二十二日の夜『青柳荘』で会うという約束がユカと矢崎の間で交わされていたことによるものだ。ユカは、二十二日までにもし金策のメドがつかなかったとしたら、その時は『青柳荘』で一切カブトを脱ぐとでも、矢崎に言ってあったのかも知れなかった。

ここまでは分かっている。だが、それは池の水面に浮かんでいる蓮の葉のようなものだった。水の中に隠れているクキの部分が、全く見分けられないのだ。もしクキの部分はなく、葉だけが浮いているのだとすれば、間もなくその葉は腐るだろう。

クキの部分——それは、ユカの四国高知県にいたというアリバイである。三津田がアメリカ在住の妹に送った手紙も証明するように、ユカが二十二日の夜、心中を迫る三津田と一緒に高知県室戸岬にいたという事実を無視するわけには行かないのだ。

つまり松島が出した結論は、根のない草のように、生きていないということになる。

松島は、今度は矢崎の死を切り離して考えてみることにした。

ユカは三津田を愛していた。その三津田が太平製作所を窮地に追い込み、彼自身もまた社会的に抹殺されるような失敗をしでかした。失敗というよりも、一種の裏切り行為だ。このことによって、ユカに対する矢崎の立場もまた有利になった。だが、そんな三津田の裏切り行為も、ユカから離れた存在になりたくないという彼の思慕の情によるものだと分かって、ユカは許した。許したばかりではない。窮地に追い詰められた男女の悲壮感もあって、ユカと三津田は肉体的にも結ばれた。それが、一月八日のことだった。

翌日の一月九日になって、三津田は再び姿を隠した。ユカはただ、今朝になって気がついたら三津田がいなくなっていた、と言って『申し訳ありません。責任をとります』という三津田の走り書きを見せただけだった。しかし、勿論これはユカの演技だったはずである。前夜、初めて肉体関係に結ばれ夜半まで床を一つにしていたという三津田の行方を、ユカが知らないわけがない。三津田にしても、やがて心中を遂げようとまで愛している女に何も告げずに、行方をくらますことはないだろう。

八日の夜のうちにユカと三津田は相談したのに違いない。その結果、とりあえず三津田が行方不明を装うことにしたのだ。三津田は九日の朝、家政婦の宮地禎子には気づかれないようにして、ユカの家を出た。身の回り品を持ち、ユカから費用をもらってのことだろう。

三津田が高知県室戸市の『鏡月旅館』に姿を見せたのは、一月十七日だった。ユカの家を出た九日から算えて、八日間の空白がある。この間、三津田は都内のどこかに潜んでいたのに違いない。一月十五日の日附けで、三津田はアメリカにいる妹へ航空便を送っているのだ。少なくとも、この一月十五日には三津田は都内あるいはその近辺にいたと考えるべきだった。何らかの方法で、ユカと連絡をとっていたことは言うまでもない。

そして三津田は、一月十七日に高知県室戸市に姿を現わした。室戸市の『鏡月旅館』に入った三津田は、その日のうちに東京のユカへ電話をしている。その電話を受けて、翌十八日ユカは高知県室戸市へ向かった。それから二十二日までの五日間、ユカと三津田は室戸市内で度々会っている。

これが一月八日以後の、ユカと三津田の行動である。しかし、これは実際上の動きにすぎない。このように行動させた意志、その意志の裏側にはユカの思惑があったはずだ。意志がその人間の真実に基いている場合は、行動に矛盾がない。だが、意志の裏面にある思惑が隠されてあれば、行動の接続点に喰い違いというものが生ずるのだ。ユカの場合がそうだった。

ユカは表面上、こう主張した。

「わたしは三津田を愛している。でも、わたしは愛しているからって明日のない生活に甘んじていられる性格ではない。だから、三津田に自首をすすめる。三津田が罪の償いをすませるまで、わたしは待つつもりだ」

そしてユカは、高知県室戸市に滞在している三津田に会いに行った。

「わたしは幾度も自首するように、三津田と話し合った。でも三津田は、自分には前科があるし、今度のことの責任の重大さを考えて人生の致命的な破局と決め込み、その上健康の点でも前途を悲観する要素があって、わたしに一緒に死んでくれと迫った。わたしはそういう解決の仕方を好まないから、三津田の願いを聞き入れようとはしなかった。それで三津田は二十二日の夜、室戸岬でわたしと無理心中を計ったのだ」

室戸市へ行ってからの経緯については、ユカはこのように言っている。少なくとも、これらのユカの言葉を真実とは受け取っていなかった。しかし松島は、室戸市から帰ってくるまでの松島は、ユカを信じていたのだが、それ以後、つまり彼が夕映えの道を歩み始めてからは、ユカの真意を汲み取れなくなったのである。

十年来、信頼の度合が強かっただけに、一度欺かれると、相手への不信感は雪ダルマ式に膨脹するのかも知れなかった。ユカは現実という大舞台で、全ての生活を演技しているとも考えられるのだ。真実はユカの胸の奥深く秘めてあって、自分以外の人間には、たとえそれが友人であろうと愛人であろうと、また肉親であっても、仮面をかぶって接するのではないだろうか。ユカは、そうしたことによる孤独感には耐えられる女だ。ユカが、自分の事業発展のためには魂を売るのも辞さないということは、松島がいちばんよく知っている。

そうした松島の目を通して見れば、ユカの言動には多くの矛盾点が出てくるのだ。

まず、三津田を失踪させたのはなぜかである。ユカは三津田みずから姿を隠したと言ったが、それは嘘だ。九日朝からいなくなり、十七日室戸市から電話がかかるまで、愛人の行方不明に女が平然としていられるわけがない。ユカが落ち着いていられたのは、三津田がどこにいるか、そして今後どうするかを知っていたからだ。

とすれば、ユカは何も三津田が室戸市へ行ってから自首をすすめることはなかったはずだ。それ以前に、極端に言えば八日の夜にでもユカは自首するように三津田を説得すべきではなかったか。

第二に、その自首についてだが、ユカはなぜそうも三津田を自首させることに拘泥したのかである。三津田はまだ犯罪者と決まったわけではなかったのだ。警察の厳しい追及を受けている指名手配の犯人でもない。

警察は確かに内偵を始めていた。しかし、法律に違反したという結論は出ていなかったのだ。容疑事実もはっきりしていないうちから、三津田に自首をすすめたというのはどういうわけだろう。犯罪が成立する前に自首されたら、警察の方が戸惑ってしまう。

それに、もし三津田の詐欺という犯罪が成り立ったとしても、その被害者はユカ自身なのである。被害者のユカの工作次第では、三津田の罪は消滅するかも知れない。愛人のためなら、自首をすすめるよりも、まず犯罪者にさせまいとして努力するのが人間の情理ではないだろうか。三津田の詐欺行為に近い新発明の失敗、それによって生じた莫大な負債にも、ユカは目をつぶったのである。それだけの愛情と寛容さがあったならば、ユカは当然、三津田が犯罪者とされるのを防ごうとしたはずだ。全てを許す。だから自首しろというのは、女として甚だ片手落ちな仕打ちではないか。愛する男を何としてでも放すまいとするのが、女の真情なのだ。

ましてて、三津田が死を覚悟していると知れば、ユカはそれを思い留まらせようと懸命になるのが当然だ。それには、三津田の自首について話し合うよりも先に、どうしたら彼を犯罪者としないですむかを考えるべきなのである。

第三には、何のために三津田を四国高知県の室戸市まで行かせたのかである。室戸市へ行ったのは、三津田だけの意志によるものとは考えられない。ユカもそれを最初から承知していたのだろう。自首とか心中とかいうことを抜きにして考えてみても、二人が遠く四国まで行かなければならないという必然性はなかったのである。今後の打開策について話し合う便から言っても、三津田をなるたけ近くに置いておくのが自然ではないか。

最後に、四国に行ってからのユカの行動だが、彼女が高知市に旅館をとったというのはなぜだろうか。三津田は室戸市の『鏡月旅館』、ユカは高知市の『花月旅館』と別々に宿舎を定めたのは妙である。同じ高知県内ではあっても、高知市と室戸市の間にかなりの距離がある。往復すれば、一日がつぶれてしまうのだ。三津田を追って高知県まで出掛けて行ったユカが、どうして彼と一緒の旅館に泊らなかったのか。肉体関係を結んで後、最初の再会でもあり、異常な立場に置かれた男女が、遠く四国の僻地にいながら離れ離れに宿をとるというのは頷けない。二人は自虐的な感傷を好むほど若くはない。また、四国にあって二人が人目を忍ぶという必要はなかったのだ。

それでいて、ユカは何度か室戸市まで足を運び、三津田と二人で端目からも男と女の交渉があったと見られるような会い方をしている。二人だけの時間を過したいのなら、最初から夫婦という形で同じ旅館に滞在すればいいのだ。

これらは全て、ユカの計画に基いた行動かも知れない――と、松島は思う。作為と不作為の差はこうした矛盾点の有無によって分かるのだ。では、ユカは何が目的で、そのような計画的行動を要したのだろうか。

《勿論、ある種の犯罪を遂行するためにだ》

と、松島の答えはすぐにでも出る。しかしある種の犯罪が何であるかは、彼の頭の中で具体的な輪郭を描いていない。

「あのう……もう、お話はよろしいんでしょうか？」

宮地禎子が、松島の表情を窺うようにして言った。松島は宮地禎子を前にして、十分近く沈黙を続けていたのだ。彼女にしてみれば、気拙いような、居辛い時間だったに違いない。

「いや、もう一つだけ……」

松島はとってつけたように笑みを浮かべて、右手を水平にのばした。

「一月十五日のことを思い出して頂きたいんですがね」

「十五日ですか……」

「やはり月曜日ですが。八日以降ぼくは幾度もここへ来たでしょう。九日、十一日、十六日、十七日と、記憶していますが、十五日——つまり、誰もここへ来なかった日ですよ。その日、ユカさんは多分外出したと思うんですが……？」

「十五日ですねえ……。社長さんが病気ということで会社を休むようになられてから、たった一度だけ、午前中にお出掛けになった日がございましたけど、それが十五日だったかも知れません」

「午前中に？」

「はあ」

「帰りは？」

「夜十時頃までお帰りになりませんでした、確か……」

「昼前から夜の十時まで……」

ユカが夜十時頃まで帰らなかったというのは分かる。十五日は夕方から、ユカは矢崎と二人で『青柳荘』にいたはずなのである。

しかし、午前中から出掛けたというのは頷けない。病気で静養中ということになっているからには、ユカとしても気儘には出歩けないのだ。それだけの必要がない限り、外出しようとはしなかっただろう。午前中から矢崎と行動を共にしていたとは考えられない。

とすれば、十五日の昼前から夕方近くまでユカはどこで誰と何をしていたのだろうか。

この日のユカの行動には、四、五時間以上も埋めることの出来ない穴があるのだ。

「午前中に出掛けるについては、ユカさんは何も言って行かなかったのですか？　例えば行先など……」

松島は家政婦の方へ身を乗り出すようにして、電気ストーブに手をかざした。

「別に聞きませんでしたけど……」

家政婦は、松島の視線を避けるように目を左右に動かした。言いたいことはあるが、それを口にしていいものか悪いものか、迷っているようであった。

「しかし、黙って出て行ったわけではないでしょう」

家政婦の迷いを牽制するために、松島は語調を強くした。

「はい……。留守の間にどなたか電話をかけて来られるか訪ねて見えたら、熱が高くて起きられないからと言ってお断りするよう、もし矢崎さんからお電話があったら、約束通りにしますとお伝えするよう、このように言い置いて出掛けられました」

「つまり、外出したことは隠せという意味ですね?」

「多分……」

「どこから連絡があって、急に出掛けることになったのですか? それとも予定にあった行動のように外出したんですか?」

「いいえ、別に急用が出来てというのではなく、最初からそのおつもりのようでした」

「どうして、そうだと分かるんです?」

「お出掛けになるまで、いつもの社長さんの日課通りでしたから。することだけはなさってから、お出掛けの支度をなさって……。もし急に思い立って出掛けられたのなら、お庭の掃除やお洗濯なんか、なさらなかったと思います」

「庭の掃除や洗濯が、ユカさんの日課だったわけですか?」

「はい。社長さんは、お庭の掃除は軽い運動になるからって……。それからお洗濯は、あいう潔癖な方ですから、ご自分の下着類は絶対にわたくしなんかに洗わせないで、朝のうちにおすませになるんです」

「十五日は、その両方をすませてから出掛けたというわけですね?」

「朝十時頃だったと思いますけど、残ってる洗濯ものはお願いね、とお風呂場から出ていらして、それからお出掛けの支度をなさって……」

「じゃあ、洗濯は途中でやめたんじゃないですか？」

「いいえ、ご自分のものはちゃんと洗っておしまいでした。残っている洗濯ものというのは、三津田さんが置いていかれた下着類なんです」

「そうですか。するとやはり、外出は前から予定していたことだったんですね」

松島は熱くなった掌を揉み合わせた。

一月十五日、ユカは前もって予定してあった用件を果すために外出したのである。電話や訪問客があったら、病気が重いという口実で断るよう宮地禎子に指示している。そして矢崎に対してだけは、約束通りにすると伝言を残して行った。約束通りにするというのは多分、夕方には間違いなく『青柳荘』へ行くとの意味であろう。従って、昼前からの外出は、矢崎にも関わりのないことなのである。

ユカは太平製作所関係者や矢崎にも、その外出の目的を隠そうとしたのだ。彼女が常時接触している世界から脱出したということになる。ユカには、そのような特異な行動範囲があったのだろうか。

《ある……》

と、松島は重苦しく頷いた。行動範囲ではなく、ユカには密会しなければならない対象があった。三津田である。松島の想定によれば、一月十五日頃の三津田はまだ都内あるいはその近辺に潜伏していたのだ。ユカは午前十時頃家を出て、三津田に会いに行ったのに違いない。『青柳荘』へ回ったのは、三津田との密会をすませてからだったのだろう。

ユカはどのような目的があって、一月十五日、三津田に会わなければならなかったのか。まず考えられるのは、三津田を四国へ行かせて、その後ユカと落ち合うことについて綿密に打ち合わせるためである。

「あのう……ちょっと失礼致します」

宮地禎子が、ドアの方へ目をやりながら腰を浮かせた。

「どうぞ」

顔も上げずに、松島は言った。家政婦は大切な用件を思い出しでもしたように、スリッパの音を立てて応接間を飛び出して行った。それを見送った松島の耳に、断続的にベルの音が聞こえた。電話のベルだった。宮地禎子は、この電話のベルに気がついて座を立ったらしい。

ベルの音はすぐに杜切れた。家政婦が電話に出たのだろう。場合が場合だけに、どこからかかった電話なのか、松島は気になった。警察か、それとも律子が自殺でも計って松島の所在を探し求める電話か——と、一瞬そんな想像もしてみた。

《律子は自殺するような女じゃない》

松島は、そのような不安を苦笑でまぎらわした。恐らく、律子は今頃松戸の実家へ向かって、国電に揺られていることだろう。一週間ほどしたら、兄でも寄越して正式な離婚話について何か言って来るのに違いない。律子の手のうちは読めている。律子は、決心さえつけば結婚解消など未練なく踏み切れる女なのだ。肉体の欲望が萎えないうちは、自殺をするような律子ではなかった。

それよりも――と、松島は思索を一時中断して自分の周囲にある現実を考えた。この家を出てから、一体どの方向へ足を向けるのだろうか。それは、彼自身にも判断がつかなかった。この方向へ、という意志もない。

下落合のアパートへは帰る気がしなかった。たとえそこに律子がいないとしても、今夜の自分が帰るには相応しくない場所のように思えるのだ。苦い思い出のある土地へは近づこうとしないのと同じである。

《矢崎の家へ行ってみようか……》

松島はふと、そんなことを思いついた。現在の彼にしてみれば、出来るだけ自分の生活には戻りたくないのだ。彼個人の生活など念頭から奪い去ってくれるような、大きな対象物に立ち向かっていたかった。少なくとも、緊張感だけは欲しかった。ユカを追って、夕映えの道を歩くことは、松島を切羽詰まった苦悩の底に没入させてくれる。矢崎の死を瞶めることにしても同じである。殺人事件という陰鬱な緊迫感に、直接触れることが出来るのだ。松島はみずからの不幸を、他人の不幸と中和させようとしているのかも知れなかった。今夜がもし矢崎のお通夜だったら、朝まで附き合ってもいい、と松島は思った。とにかく彼は、自分の生活を考える余地がないように、他人のことで頭の中を埋めてしまいたかったのである。

簡単な電話だったと見えて、宮地禎子は間もなく戻って来た。

「誰からです？」

知る権利があるというように、松島は高飛車に言った。

宮地禎子は、しめた部屋のドアに寄りかかるようにして、少し間を置いてから答えた。

「太平製作所の片桐常務さんからの連絡でした。今日の午後、社長さんは室戸警察からひとまず釈放されたそうです。社長さんは明日の一番機で高知を発って、東京へ帰って来られるとのことでした」

「ユカさんが……」

と、松島は帰って来てはならない人間が帰って来ると聞かされた時のように、気持が引き締まるのを覚えた。

そのあとで、自分とユカの以前のような間柄はすでに跡形もなく消えている――と、松島は空虚な笑みに口許を歪めた。

八

静かではあるが落ち着きがなく、重苦しいが何となく間が抜けている雰囲気、いていいような悪いような所在のなさ、誰もが努めて明るく振舞っていながら、常に意識させられる悲壮感——。これが、新たな不幸を迎えた家の空気なのである。特に、寿命を全とうした人間の死とは違って、殺されたという異常感がこの家に集まって来ている人々の神経を尖がらせ、気持を融和させなかった。ある者は深刻な表情で押し黙り、また別の人間は何が可笑《おか》しいのか幾度も高笑いをした。用もないのに家中をあちこちと歩き回る者もいれば、三人ばかり向かい合ってぼんやり考え込んでいる人たちもいる。まるで家の中を、多勢の他人が我がもの顔に占有しているようなものだった。

池ノ上附近の住宅街は、井の頭線の池ノ上駅が近いわりには早い夜を迎える。道路がこの住宅街に通ずるだけのものであるせいか、車の通行は殆んどない。夜になると、この一帯は区切られた一郭として孤立するのだ。そのための静寂が、一層矢崎家に溢れている灯を白々しくする。

矢崎家へ詰めかけている人々は、殆んどが矢崎金融の社員たちだった。太平製作所からは、死んだ株主への儀礼として人事課長が一人顔を見せているだけだった。血縁関係者は少ないと見えて、従兄と称する男と伯母だという白髪の老婆が邪魔者扱いされているように、八畳の客間にひっそりと控えていた。

どこの誰とも分からない三十前後の青年と中年の男が玄関の上り框《かまち》に坐り込んで茶をすすっていたが、この二人はどうやら刑事のようであった。応接間では、若いがどことなく艶っぽい女が一人、神妙な顔つきで項垂れている。これは生前の矢崎が面倒を見ていてやった女のうちの誰かに違いなかった。

矢崎のお通夜は、まだいつだとは決まっていなかった。解剖のすんだ遺体が返されてなかったのである。今はとりあえず、遺体の返されるのを待つよりは仕方がなかったのだ。

松島は二階の洋間で、久美子と会った。彼は一応、今までに得た情報と自分なりの推測を織り混ぜて久美子に話して聞かせた。久美子にユカを疑わなければならない現状を聞かせることは苦痛でもあった。久美子の感情に追随するようなものだったからだ。だが松島は、久美子に全てを披露しないわけには行かなかった。事件の内面に最も近い存在にある人間は、自分を除いては久美子きりいないのだ。彼女の考えも融合させなければ、推理は一本になりそうにないのである。松島は久美子の憎悪と嘲笑を浴び、それに彼女に一種の優越感を与えることは計算の上で、腹蔵のないところを打ちあけた。

しかし、久美子は意外に冷静な態度で松島の話を聞いていた。今更自分がユカを敵視していたことが正しかったと主張したところで仕方がないと思ったのか、それとも現在の久美子にとっては父親を殺した犯人に視点を当てることが先決なのか、彼女自身の感情はあまり表に出なかった。

今夜の久美子は、今までのように松島に背を向けるようなことはしなかった。馴染むまいと殊更顔をそむけるようなこともなく、松島の話には素直に頷いたりした。

矢崎の死が、俄かに久美子を大人にしたようであった。庇護者を失った心細さが、矢鱈《やたら》と他人に敵対意識を抱かせないよう、自然に作用したのかも知れない。それとも、父親を殺された衝撃が、彼女の強気を衰えさせたのだろうか。どっちにしろ、久美子が冷やかではあっても謙虚になったことには間違いない。

久美子は黒いスーツを着込んでいた。喪服のつもりでもあるのだろう。化粧気も全くなかった。娘らしいアクセサリーと言えば、左の襟につけた白い造花だけであった。

しかし、久美子には黒い服がよく似合った。細い首の白さが強調されて、しなやかな肢体の曲線を黒色がしっかりと把握している。その清楚さが、ユカのそれとそっくりだと松島は思った。

二階の洋間は久美子の部屋らしかった。ピンクのカーテンや同色のベッド・カバー、三面鏡と数々の人形ケースなどが、男を立入らせない娘の世界を匂わせていた。そこに、快活さを微塵も感じさせない喪服の女が坐っていることが、何か場違いのような気がした。

「ぼくは自分の女房の恥まで曝《さら》け出して話したんです。それだけぼくは、今度の事件に対して傍観者ではありたくないんですよ。ぼくは全てを忘れて、この事件と対決したい。そうしていなければ、生きて行く目標を見失ってしまいそうな気がするんです。だから、もしあなたにその気があるならば、素直に協力して欲しいんです」

松島は最後にそう附け加えて、話を了えた。暑いわけはないのに、彼は手の甲で額を拭うような仕種をした。

久美子は視線を絨毯の敷かれた床に落としたまま、しばらくは口を噤んでいた。

円テーブルの上の灰皿に松島が置いた煙草の吸いさしから、薄紫色の煙りが一筋、静止しているように天井へ達していた。階下からしきりと人声が聞こえて来る。矢崎金融の社員たちが、酒の用意でも整えているのだろう。

「お気の毒だと思います」

視線を固定させたまま、久美子は小さく口を開いてそう言った。

「何がです？」

「奥さんのこと……」

「同情されるべきことではないでしょう。女房の夫として、男としてぼくの醜態も同じようなものなんです」

「わたくし、人の奥さんとそんな関係を持っていた父を軽蔑します」

「そんなことは、もうすんでしまったことなんです。それより、ぼくはこの幾つかの悲劇を包含した事件の全貌を知りたいんです」

「悲劇?」

「そうです」

「何が一体、悲劇なんです?」

「二人の人間が死んだんです。そしてぼくは、妻にもユカさんにも裏切られたことを、目の前に突きつけられたのです。お嬢さん、あなたは一人ぼっちになったんですよ」

「結局、洗い落とされるべきものが洗い落とされて、真実だけが残ったことになるんじゃないかしら?」

「一つの疑問でも残されているうちは、真実も真実とは言い切れないでしょう」

「松島さん、わたくし、あなたを信じます。あなたを敵に回す理由もありません。だから協力出来ることがあるなら、そうします。でも……」

「でも?」

「わたくし……恐ろしいのです」

「何が恐ろしいんです?」

「今はとても言えません。きっと変な女だとお思いになるでしょうね。父が行方不明だというのに、あなたと一緒に四国くんだりまで出掛けて行ったり、その父が殺されたと分かってもこうして涙一つこぼさずにいたり……そして、あなたに協力することを恐ろしがったり……」

「ぼくに隠していることでもあるんですか」

「隠しているんじゃないわ。わたくし自身にもよく分からないことなんです。つまり、外が夜なのか昼間なのか分からないのに、いきなりドアを開いて飛び出して行くのが不安であるように……」

と、久美子は左右の肘をそれぞれ掌で包むようにして組んでいた腕を解いた。松島には理解出来ない久美子の言葉だった。不意に起った変事に、若い女が血迷うことはあり得る。しかし、それにしては久美子の目が澄んでいた。父親の変死を、第三者の立場から眺めているような冷淡さが感じられるのだ。

「しかし……」

と、松島は顔を上げた。

「お嬢さんは、ぼくの想定を全面的に否定するわけではないでしょう?」

「むしろ、肯定します。だから怖いんだわ」

久美子は、薄く柔かそうな唇を嚙んだ。歯が喰い込んで白くなった下唇の部分が、破れて血が滲み出て来そうであった。

「わたくし……」

久美子は小さくそう言って、目を伏せた。言おうか言うまいかという逡巡が、その揃った睫《まつげ》の微かな震えにあった。

「ずいぶん思いきった推測をするようですけど……ユカさん、社長さんの三津田に対する愛情というものに疑問を感じました」

「というと……?」

やはり若く女らしく、久美子はまず愛情というものに観点を置いたようである。あるいは、男の自分より久美子の方が愛情の機微に触れて鋭い観察力を持っているものかも知れない——と、松島の脳裡をある種の期待がよぎった。

「つまり、社長さんは本当に三津田を愛していたのかどうか、なんです」

「しかし、ユカさんと三津田は恋愛関係にあると、臨時株主総会の席上で最初に指摘したのはお嬢さんじゃないですか」

「あの時は、社長を攻撃するための一つの方便としてああ言ったんだわ。わたくしも噂で聞いていたんですが、社長さんの恋人は松島さんあなただと思っていたんです。その後父の口から、やはり社長さんと三津田はおかしな仲らしい、と聞かされた時、わたくし、へえっと思ったわ。わたくしのいいかげんな想像が的中したって驚いたのではなくて、何だかわたくしにそう言われて、社長さんは三津田と結ばれたんじゃないかって、そんな気がしたんです」

「まさか、ユカさんは……」

松島は、灰皿の上で手をはたいた。無意識に揉みほぐしていた吸殻の灰が、彼の手から散った。松島は、久美子の言葉を鵜呑《うの》みにする気にはなれなかった。幾らユカが計画の筋書き通りに振舞ったと言っても、恋愛まで演技したのだとは考えられないのである。現にユカが三津田に全てを許したということは、嘘ではないのだ。

しかし、久美子は身動き一つしなかった。それは言っていることに自信があるせいなのだろう。

「わたくし、今の松島さんのお話を聞いているうちに、男を愛した女の心理としてどうも頷けないな、と思った個所が二、三あったんです……」

「どんな?」

「わたくしにも恋愛の経験はあります。女が男を愛した時、いちばんして上げたいと思うことは、愛する人の身の回りの世話です。わたくしの愛した人が下宿住まいの学生だったから尚更そうだったのかも知れないけど、わたくしいつも、部屋のお掃除をして上げたい、美味《おい》しいものを食べさせたい、洗濯もの溜まっていないかしらって、そんなことばかり考えていました。とれたボタンをつけてくれなんて頼まれると、とても嬉しかったし、汚れたハンカチでも持っていれば、ひったくるようにしてもらって帰って来て、洗って上げたものです。別に彼の機嫌をとったり喜んでもらったりするためではありません。そうすることが極く自然のような気がして、自分もとても満足なんです。彼が気がつかないことでも、細かいところまで女って世話を焼きたいものなんでしょうね」

それが女の哀しい習性だというように、久美子はホッと溜め息をついた。

「そういった女の愛情が、ユカさんに欠けていたとおっしゃりたいんですか？」

松島は言った。

「そうは思えないかしら？」

久美子は指先に傷でもあるのだろうか、右手を目に近づけて、指の先を瞶めていた。

「どういう根拠で？」

「そのものズバリだわ。社長さんは、どうして三津田の下着類には手をつけなかったんでしょう」

「一月十五日の朝のことですか？」

「ええ。家政婦の話によれば、社長さんは自分のものの洗濯だけすませて、あとは洗っておいてって家政婦に頼んで行ったんでしょう？」

「しかし、あの時は三津田のものまで洗濯している暇がなかったのかも知れません」

「そんなこと言い訳にならないわ。もし、わたくしだったら、自分のものより三津田の洗濯ものの方を優先して洗ったでしょうね。自分の洗濯よりも、愛する人のものを洗って上げたいという気持の方が強いはずですもの。それも、夫婦同然の関係を結んでいたんでしょう。日本中の奥さんに訊いてみれば、きっと分かるわ。自分のものよりまず夫のものを洗濯するって答える奥さんが、九十パーセントでしょうね。それが女の義務ではなくて、女の自然なのよ」

「ユカさんの場合は、例外だったとしたら……？」

「だとしても、夫の下着を家政婦に洗わせようなんてことはしないでしょうね。愛する人の下着を他の女に洗濯させるってこと、わたくし生理的に嫌悪感を感ずるわ。仮りに時間がなくて洗えなかったとしても、むしろ、これには手をつけないでねって家政婦に頼むわね」

「なるほどね……」

「それに変なのは、一月九日に家を出て行った三津田の下着類が、一月十五日になってもまだ洗濯されずに残っていたっていうことなんです。どうしてこの間に、社長さんは洗濯して上げなかったんでしょう。家政婦は恐らく、当然社長さんが洗うものと気を利かして手をつけなかったんだわ。それを社長さんが一週間近くも放っておいたなんて……」

「ユカさんは、三津田の洗濯をしたがらなかったわけか……」

「もし十五日に社長さんが三津田と会ったということが事実だとしたら、綺麗に洗濯した下着類を届けようと思うのが当然でしょう。社長さんはそうしようともしないどころか、家政婦に洗濯を頼んだ……。これは社長さんが、洗ってくれと言われても洗いたがらなかっただろう、という証拠だわ」

久美子の分析は決して間違ってはいないようだった。男の松島にも言われてみれば分かることである。

ユカが三津田の下着類を洗濯したがらなかったという結論は、正しいと見ていい。母親か姉妹、それにそうすることを職業としている場合を除いて、女が男の下着類を洗ってやれる気持になるには、その間に情愛という絆がなければならない。妻、愛人、それらがそうである。何の関係もない男の下着を洗うように言われたら、女の殆んどは拒絶するだろう。ユカの場合は、勿論はっきり拒んだわけではないとしても、進んで洗濯してやる気にはならなかったのだ。倦怠期にある妻がふとそんな謀叛気《むほんぎ》を起すことはあるかも知れない。だがユカと三津田は愛の告白を経て、いわば情熱の最高潮にあった男女なのだ。

そんな三津田の洗濯ものに手をつけなかったユカの気持は、男を愛する女として正常だとは言えなかった。

「すると、ユカさんの愛は本物じゃなかったことになる……」

ということが、この事件にとって非常に重大なことだと気づいて、松島はそう言った。

「わたくし、社長さんはむしろ三津田さんを憎んでいたんじゃないかと思います」

籐椅子を軋らせて、久美子は上体を起した。

「しかし、ユカさんは三津田に身体を……」

「それはそうするより仕方がなかったからでしょう」

「女って、憎んでいる男の肉体を受け入れる気になれるものなんですか？」

「三津田の身体を受け入れてしまったからこそ、社長さんは三津田を憎むようになったんだわ」

「どうも、よく分からない」

「愛してもいない男と、必要に迫られて肉体的に結ばれてしまうと、女ってその男を憎悪するようになるんじゃないかしら、ということなの」

「最後の関係まで許せたのに、男のものを洗濯する気になれなかったというのは、矛盾していませんね」

「わたくし、女を穢《きたな》いものとはっきり自覚したくはありません。でも女には男に対して自分の身体で取り引きするという本能的なものがあるんじゃないかしら。一種の生存手段として。結婚もある意味でそうだし、売春婦がその典型でしょう。それである程度は、自分の身体を道具として割り切れる気持の一面を持っている、と考えたこともあるんです。でも、純然たる精神的な愛情は、女の肉体から分離している。売春婦が肉体的に結ばれたお客でも、その男の下着を洗濯するなんて、きっと想像しただけで不愉快になることだってあると思うわ」

「ユカさんは三津田との行為には目をつぶって耐えられたが、三津田の洗濯ものにはむしろ憎悪を伴って手をつける気にはなれなかった、ということですね」

「わたくしたちにこうした矛盾を気づかれまいという計画があれば、社長さんも何とかして三津田のものを洗濯しておいたでしょうけど、そこまで考える余裕もなく、社長さんは三津田の下着類から目をそむけたんだわ。そんなところに、感情に弱い女の正直さがあるんです。わたくしが気づいた矛盾は、まだほかにあるんだけど、それもやはり社長さんの正直さのせいなの……」

「まだほかにもあるというのは？」

「社長さんが三津田とそうなったことを、あなたに打ちあけたという点だわ」

「それは不自然なことですか？」

「あなたに、そんなことを話せるっていうの、女の気持としては考えられないわ。社長さんとあなたの関係、そしてあなたの気持を思ったらとても残酷で言えないことよ」

「確かに残酷でしたよ……」

松島は暗い目で笑った。柿ノ木坂の家へ呼びつけられ、三津田とのことをユカから告げられた時の衝撃的で激痛を伴った瞬間の記憶はまだ松島の胸でくすぶり続けている。何度、濾過《ろか》しようと、この苦汁は滓《かす》を残すことだろう。

「それに、社長さんがあなたに、どうしてもそのことを話さなければならなかったという必然性もないんでしょう」

「いや、そう言わせるように問い詰めたのは、ぼくの方だったかも知れない」

「そんなことないわ。そういうことは言うまいと思ったら、どうとでも胡麻化《ごまか》せるものでしょう。社長さんは、三津田とそうなったことを聞かせるために、あなたを呼んだんだと思うわ。その日社長さんはうちの父に会って欲しいという名目で、あなたを呼びつけたんだわね。旅行に出るってことの言い訳をするためならば、何もあなたに頼まなければならないっていう理由もないでしょう？」

「じゃあ、ユカさんはどういうつもりで、三津田とのことを、ぼくに聞かせたりしたんだろう？」

「十年来の心の友であり、また社長さんを愛してらしたあなたに打ちあけるくらいだから、三津田への愛は真実なんだ……と、信じ込ませるためだったんじゃないかしら」

「ぼくがそう思い込めば、ぼく以外の人間はそれ以上に信ずるだろうからね」

「社長さんの三津田への愛情が偽物だったことを裏附ける決定的な証拠が、もう一つあるの」

久美子は、投げやりに視線を窓の方へ向けた。黒々と枝を張った樹立ちの間に、隣家の灯が見えた。若い男女が何人か集まって、室内ゲームに興じているらしく、隣家の窓に広がったスカートや、跳ね上がるズボンをはいた脚の影が映っている。耳をすませば、笑い声や嬌声が聞こえて来そうだった。

久美子はそんな隣家の窓を、遠い別世界を眺めるような目で見ていた。久美子は、まるで自分の罪でも告白するかのように、言葉を口にすることを恐れているようだった。それから彼女は、思いなおしたように小さく笑った。虚ろな、そして自嘲的な笑いであった。

「社長さん、三津田と初めてそうなった直後に、二階から降りて来て三十分近くも電話していたそうだけど……」

「ええ、青柳荘にいる矢崎さんのところへかけた電話だと思うんですが……」

松島は火をつけてない煙草をくわえたまま言った。

「わたくしには、まだ経験ないことだけど、想像しただけでも、とても不思議な気がするんです。いわば社長さんにとっては、新婚初夜だったと思うわ。初めて恋人の身体を受け入れた女が、その直後に三十分も誰かと電話をする気になれるでしょうか。女にとって、初めて恋人と肉体的に結ばれたということは、大袈裟《おおげさ》な言い方をすれば人生の起点にも等しいものだと思うわ。肉体的にも精神的にも、感動的で甘美で恐ろしくもある衝撃を与えられるだろうって、わたくし想像するわ。しばらくは幸福感と感傷に沈んで、余韻の中にじっと横たわっているでしょうね。そうなったあとすぐに、ヒョコヒョコと恋人の傍を離れて電話なんていう無味乾燥な機械に向かうことなど、とても出来ないと思うの。そういう時の女って、出来れば永久に恋人の腕の中で目を閉じていたいって願うものよ。そうした夢を断たれたくないって……。それを自分から電話をかけに立って、しかも、ほかの男と三十分も話するなんて……。嘘だわ、そんな愛なんてあるはずがないわ。嘘よ、絶対に

したが、あれは……」

「では、ユカさんは泣きながら二階から降りて来て電話室へ入ったと、家政婦が言ってま
嘘だったのよ」

「そう。嬉し涙なんてものじゃないわ。愛してもいない男に、愛しているような芝居をして、その上、身体を提供したことの哀しさ、口惜しさ、そして自分の道化ぶりに対する空しさに、社長さんは泣いたのに違いないわ。涙には色がないけど、味わいがあるものよ。他人が見れば嬉し涙にもとれるが、当人は哀しくて泣いていることだってあるんだわ」

久美子の頰は、微かに上気していた。愛というものには敏感な年頃である。ユカのそんな立場に自分を当て嵌めてか、そうでなければ、そうしたユカの愛を冒瀆するような行為に憤慨してか、久美子は幾分興奮気味であった。

松島も今はもう、久美子の意見に全く同調していた。久美子の観察は厳しかった。愛というものを人生の拠りどころとして成長しつつある若い女の目は、真実と虚偽の区別には容赦なく注がれるのである。

ユカと三津田の恋愛関係も、彼女の演技によるものだった——と、松島は結論した。この結論に基いて、事件という建物を眺めた場合、土台が崩れて建物全体がひどく歪んでいることに気づくのである。

即ち、三津田をどこかへ隠したり、彼が四国高知県に姿を現わしたとなると、それを追

って室戸市へ飛んだりしたのは全て、三津田を愛し彼を更生させるためだったというユカの主張は、全面的に成り立たなくなるわけなのだ。

「すると、ユカさんが三津田を四国まで行かせたことには、もっと別の目的があったからなんだ。今後の対策や三津田の自首について話し合ったということも、嘘だったわけだから……」

松島は自分に語りかけるように言った。

「そうでしょうね。なぜ四国の室戸市という場所を選ばなければならなかったか、その点も併せて考えて……」

と、久美子はマッチをすって、松島の口に近づけて来た。

「お嬢さんがいつか言った通り、ユカさんは三津田を消す計画だったのかも知れない。その計画を実行するには、室戸市という場所が適していた……」

顔を被うように立ち上る煙りを息で散らしながら、松島は言った。

「松島さん、昨日だったかしら？　わたくしたち室戸市の旅館で、社長さんが三津田を殺したものかどうかって、議論したわね」

「ええ……」

久美子にそう言われて、昨日は彼女と二人で高知県の室戸市にいたのだ、と松島はそれが不思議であるような気がした。室戸市へ行ったのは、何週間も前のことのように思えるのである。それは、彼の考え方が事態とともに急変したせいかも知れなかった。

僅か一日を境として、身近な人間を見る目がこうも変るものだろうか。昨日までの松島は、ユカを信じ、あくまで彼女を擁護する立場にあった。それは決して義務感や感情の上でのことではない。松島は根本的に、ユカの人間性を信頼していたのである。ユカは殺人を犯せるような人間ではない、と確信を持って断言出来たのだ。

だが今日の松島は、ユカを凶悪な犯罪者に見立てている。本来ならば、ユカを救おうとして懸命な努力を続けているはずの松島が、ユカの計画犯罪を何とかして崩壊させようと追及を試みているのだ。十年間のユカとの歴史が、僅か一日で消え去ったのである。

昨日までは松島を敵視して、ロクに言葉も交わさなかった久美子が、今日は黒い喪服に身を包んで、松島と旧来の友のように向かい合っている。これも、異常とも言うべき変化だった。

宿命という巨大な荒波に翻弄されているようなものであった。そんなところに、人間同士の信頼という絆《きずな》の儚《はか》なさ、そして所詮は浮草のような人間の存在を感ずるのだった。

「その時、あなたはおっしゃったわ。社長の立場にあれば、毒物入手だって困難じゃない。工業用の青酸カリだってある。それなのになぜ、室戸岬という場所を選ばなければならなかったのか。だから社長が三津田を殺したなんてことはあり得ない……ってね。実はわたくしも、あなたにそう言われて、なるほどって思ったの。確かに室戸市という場所を選んだことには、それなりの理由があったはずだわ。言い換えれば、どうしても室戸市でなければならなかったのよ……」

「それは、矢崎さんを殺した時間のアリバイを成立させるためだったんでしょう。事実、ユカさんのアリバイは、四国の高知県にいたということによって成立している……」

「アリバイ？」

「いいですか。もし三津田の死んだ場所がもっと東京に近いところ、例えば千葉県や神奈川県だったとしたら、二、三時間の相違で矢崎さんが殺されたにしろ、ユカさんのアリバイは完璧だとは言えなかったでしょう。二、三時間のうちに、東京千葉間あるいは東京神奈川間を往復するのは絶対不可能だとは言えませんからね。しかし、犯行時刻の前後に四国の高知県にいたとなれば、これ以上確かなアリバイはないでしょう。つまり東京から遠く離れれば、それだけ確実なアリバイが成り立つというわけなんです」

「でもそうなれば、事実、父を殺したのは社長ではなかったということになるわ」

「しかし、矢崎さんを殺したのは、ユカさんのほかに考えられません。ぼくが調べた限りでは、九十九パーセントの現象がユカさんの犯行として指針しているんです」

「高知県で三津田を、東京で父を、同じ日の夜に殺すなんてこと可能ですか？」

「それが壁なんです。推測はどうしてもその壁に突き当って挫折するんです」

「共犯は？」

「考えられません」

「そう言いきれるでしょうか？」

「ユカさんは、ぼくをも欺いたんですよ。もし共犯を必要としたら、まずぼくに頼んだでしょう」

「じゃあ、一体どう考えるべきなのかしら……？」

「四国高知県と東京で殆んど同時刻に人を殺すことは不可能だとするならば、結論はただ一つですよ」

「どんな……？」

「犯人は一人きり殺さなかった、ということです」

単純な理窟から口をついて出た言葉だったが、そう言ってから松島はハッとなった。その理窟が全く当を得ていることに、彼は気がついたのだ。

相当な距離をおいた二つの地点で、同時刻に殺人が行なわれれば、加害者が二人いたと見るのが当然である。従って、この場合、加害者が一人きりいなかったとしたら、殺人はどちらか一方だけだったということになる。残った片方は、殺人と見えても実は他殺ではなかったと解釈すべきではないか。

松島は、重そうに瞼《まぶた》を上げた。ユカが描き上げた計画図面を、彼は読めたような気がした。だが、視界が明るくなるといった張り合いは、少しも感じなかった。冬を迎えたような陰鬱さが、松島の気持にあった。

「お嬢さん。われわれは最も肝腎なことを忘れていました」

松島は久美子の襟の白い造花を、ぼんやりと見やった。彼の指先で、煙草が長い灰になっていた。

「え……?」

久美子は、窓の外へやっていた視線を松島へ戻した。

「あなたは、ユカさんの三津田に対する愛情は本物ではないと判断した。それは正しいでしょう。しかし、われわれは、ではなぜユカさんがそのような偽装恋愛をしなければならなかったかを、掘り下げようとはしませんでしたね」

「そう、わたくし今そのことを考えていたんです。社長は女のいちばん大切なものまで投げ出して、三津田を愛していると見せかけたんだから、その目的はよほど重大なことだったんだわ」

「ぼくには、分かりましたよ」

「どういうふうに?」

「偽装恋愛の直接目的は三つあったんです。第一には、室戸市で三津田と会うことに必然性を持たせるためです。第二には、三津田が無理心中を計ったという主張を妥当と思わせるためです。この二点は第三者を欺くための工作ですが、もう一つは違います。第三の目的は、三津田を自殺する気にさせることではなかったか、と思うんです」

「三津田は自殺したんだっていうの？」

「そうとしか考えようがありません。同時刻に、高知県と東京で人が殺された。これを同一犯人の犯行とすることは不可能なんです。とすれば、一方は他殺ではなかったんだと見るほかはないじゃないですか。勿論、一方が事故または過失死だったとは考えられません。事故や過失で、一月二十二日の夜にうまく人が死んでくれるわけがないでしょう。それで一方は自殺だったと考えざるを得ないのです。しかし、矢崎さんの場合は明らかに他殺でした。電話のコードで首を締めて自殺することなんて出来ませんし、それに矢崎さんには自殺するような原因がない。となれば、三津田の方が自殺だったというわけです。三津田は断崖の上から海へ落ちて死んだ。他殺も想定出来ますが、同時に自殺ということも充分考えられるでしょう」

「それは分かるわ。でも、三津田が自殺したのだとしても殺されたにしても、社長が二十二日の夜、四国の高知県にいたということには変りないんでしょ？」

「いや、そうとは言えませんよ。三津田が自殺したんだとなれば、ユカさんが二十二日の夜を四国の高知県で過したということの立証手段がなくなるわけです」

「でも、社長が高知県にいたということは、警察が証明しているんです」

「高知県警は、ユカさんを三津田殺しの容疑者として見ていたから、そのように錯覚したんでしょう。ユカさんもまた、警察がそう認めるように、いろいろと策を講じたんだと思います」

「社長は自分から、三津田殺しの容疑者になろうとしたわけなの？」

「そうです。それによって、ユカさんは実際の殺人である矢崎さん殺しのアリバイ成立を計ったんです」

「どうも、はっきり頭の中におさまらないんだけど……」

「お嬢さんも覚えているでしょう。室戸警察へ行った時、高知県警の係官がこう言いましたね。犯行時間、逃走経路、証拠品、目撃者、これほど何もかも揃っている被疑者も珍しいですよ。まあ、非常に単純な殺人事件です……って」

「ええ」

「ということを裏返せば、被疑者が何もかも揃うように心掛けたんだとも言えるんじゃありませんか？」

松島の言葉に、久美子は小刻みに頷いた。三津田殺しの被疑者として、いかにユカには多くの条件が揃っているかを説明した高知県警の係官の話は、久美子もよく知っているのである。

ユカは一月十九日から二十二日までの間、幾度も室戸市内に姿を見せている。彼女は白昼堂々と、自分の存在を町の人々の好奇の視線に晒《さら》したのだ。これは、地方の町の人目に、豪華なアストラカンのオーバーを着た東京の女ということで、印象づけるためではなかったか。

高知市の『花月旅館』の宿帳にも、本名を記載している。最も客として記憶に残る乗り物であるハイヤーを利用して、彼女は何度か室戸市へ行った。

更にユカは、『鏡月旅館』の女中に時間を訊いて、彼女の腕時計をオメガのこの型であるということを女中に印象づけた。このユカのオメガが、室戸岬の崖っぷちで発見され、三津田殺害事件の有力な証拠品となっている。

ユカは二十三日の朝九時五十分頃、高知市の『花月旅館』に帰って来たのだが、この時も、人を殺して来たと言わんばかりに装い、一刻も早く東京へ帰ろうとする素振りを、旅館の番頭に見せつけている。またユカは室戸岬と同じ土質の泥を、アストラカンのオーバーの裾につけて来た。

ユカはその足で高知駅へ行き、改札掛りの駅員にわざわざ逃走径路を言い残して行くように、連絡船について尋ねている。

警察側から見れば、何と多くの手掛りを残して行った犯人と思うだろうが、これがもしそうと計算した上でのユカの行動だったとしたら、その狙い通り警察は彼女を犯人に仕立て上げてしまったということになる。

「でも……」

と、久美子が籐椅子から立ち上った。

「もし、そんなことをしたために、社長は三津田殺しの犯人と断定されてしまったとしたら、どうするつもりだったんでしょうね。事実誤認ということだってあるんだし、そうと決められてしまったら、幾ら無理心中のやり損いだったと主張しても、通用しないんじゃないかしら？」

久美子はベッドに腰掛けた。ベッドは柔かそうに、彼女の腰を吸い込んだ。

「いや、いざという場合の逃げ道は、ちゃんと作ってあったじゃないですか。だからこそ現に、ユカさんは室戸署を釈放されたんですよ」

「じゃあ、その三津田がアメリカにいる妹さんへ送ったという手紙が……？」

「そうです。あの手紙を、切り札としてユカさんは三津田に書かせたんですよ。きっと」

「前もって？」

「そう。カリフォルニア州の小さな町まで手紙が届く日数を計算に入れて……。三津田の手紙の消印は一月十五日だったんだからね」

「一月十五日って言えば、社長が三津田の洗濯ものを残して外出したっていう、例の問題の日だわ」

「そうか……。やっぱり、あの日ユカさんは東京近辺に身を隠している三津田のところへ行ったんだ。その日が一月十五日、そして三津田が妹へ送った遺書めいた手紙の差出し月日も一月十五日……。この符合は、十五日ユカさんが三津田にあの手紙を書かせるために出掛けて行ったのだということを物語っていますよ」

「じゃあ、二人は相談ずくで遺書めいた手紙を書いたのね」

「ユカさんも多分、太平製作所の今度の事件、三津田の発明失敗などの全責任は自分にあり、愛する三津田と死を共にすることによって一切を清算したい、というような手紙を書いたに違いないですよ。太平製作所の片桐常務か、そうでなければ、ぼく宛にね。三津田の手前、ユカさんもそのような手紙を書かないわけには行かなかったはずですよ」

「無理心中ではなくて、社長も三津田と一緒に死ぬことを承知した……」

「という状況を設定するためにも、ユカさんは偽りの愛を三津田に誓い、身体まで投げ出したんです。ユカさんの偽装恋愛の目的は、ここにあったのだと、ぼくは思うんですよ。心中する者同士の間には、利害関係を一つにした密接な繋りがなければならないでしょう。親子夫婦、愛人同士というふうに。ユカさんは全てを三津田に与えて、そうした繋りを作ったんです。だからこそ、三津田もユカさんが一緒に死んでくれるものと信じ、喜び、本気になったのではないですか？」

「でも、三津田は結局は室戸岬で一人で死んだんでしょう？　それでは心中にならないと思うけど……」

「その点、ぼくはあなたとこうして喋っているうちに思いついたんですが……。二十二日の夜、ユカさんは室戸市周辺にいなかったという前提でものを考えて、それでもなお三津田が自殺したとするならば、あくまでも彼はユカさんが死んでくれるものと信じてそうしたんだと思うんです」

「ということは？」

「心中というものは、必らず同じ場所で同時に死ぬことばかりを指して言うんではないでしょう。場合によっては……例えば、どうしても同一の行動をとれない事情があった時、あるいは、一緒に死ねば端《はた》の人々に迷惑をかけたり、体面上それが出来ないという立場にある時など、異なった場所で時間だけを一致させて自殺を計る。これも心中には違いないはずです。もともと心中というのは、精神的のみでの連繫感で満足するものなんですから、死ぬことの決心さえついていれば、どうしても身体を結びつけていなければ出来ないというはずはありません。要はお互いを心から信ずることなんです。ユカさんが、もし二十二日の夜東京で死ぬということを誓ったとしたら、いや、もっと別の理由でどうしても一緒に死ぬことは出来ないと納得させたら、三津田も室戸岬で自殺を決行したはずです」

「そんなことで……三津田が思い通り死んでくれたなんて……。ちょっと考えられないことだわ。自分だけを死なせるつもりではないかって、三津田は疑ってみなかったのかしらね」

「ただの情死とは違うんですよ。お嬢さん、三津田はユカさんを愛していたんだ。しかも自分の一種の詐欺行為によって潰滅的な打撃を与えたのにもかかわらず、ユカさんは愛に応えてくれ、全てを投げ出してくれたんだ。彼の自責の念はそれによって、悲壮感にも等しいユカさんへの信頼に変った。これ以上はないという迷惑をかけた相手から愛していると言われて、……もし、もしですよ。清浄無垢の身体を……三津田は感動したはずです。ユカさんを腹の底から信ずると同時に決して裏切るまいと心に誓ったでしょう。仮りにぼくが三津田の立場にあったら、死にます。死にますよ。微塵もユカさんを疑わないですね。たとえ死ぬのは自分一人かも知れない、と思っても、ぼくはその感動的な幸福感の頂点にあって喜んで死んで行くでしょう」

と、松島の口調が異様に熱っぽくなった。彼の双眸は、熱情とも怒りともつかない光を帯びていた。

ベッドに坐って、松島の言葉に久美子は顔をそむけて聞き入っていた。とても正視していられないような痛々しさが、松島の疲れた表情にあったのだ。

だが、松島は自分が妙に力んでいることに、すぐ気づいた。彼は小さく咳ばらいをして、元のもの憂い面持ちに還った。

「ということで、三津田は二十二日の夜、室戸岬で自殺した……。ユカさんは直接、手を下しはしなかった。ただ、感情の上で三津田を雁字搦《がんじがら》めに縛り上げて、彼を死へ追いやっただけなんです。三津田は、まさに八方塞りだった。絶望的だった。今度の詐欺事件、将来への希望、健康状態、何もかもが彼には背を向けていた。気弱な人間にありがちな、最後には死ねばいいという考え方が、三津田を常に自殺へと誘っていた。たとえ、ユカさんが放っておいても、彼は自殺したかも知れない。そこへユカさんの真情という心の支えが生じた。心の支えがしきりと心中を囁く。死を考えていた三津田が、この機会を逃すはずがない。ユカさんが優しく、崖っぷちに立った三津田の背中を押したんだ。三津田は、黒い波間にユカさんの笑顔を描いて、海中へ飛び込んで行った……。その頃、ユカさんは東京文京区東青柳町のアパート青柳荘の一室で、矢崎の首を締め上げていたんだ……」

「分かったわ！」

と、久美子が松島の口を封ずるように、乱暴な言葉を投げて寄越した。だが、松島はなおも続けた。

「別の殺人事件の容疑者になることによって、実際にやった殺人行為に関してのアリバイ成立を計る——これが、ユカさんの計画だったんだ。それも、自殺を他殺と想定させ、その容疑者になるという周到さだった。しかし、皮肉なことに、ユカさんの計画はぼくによって看破された……。お嬢さん、ユカさんは一応、二十二日の夜室戸市周辺にいたということになっています。しかし、二十二日の午前十一時頃、室戸市内のバス停留所前で三津田と話し込んでいるのを煙草屋の娘に目撃された以後、二十三日の朝九時五十分頃、高知市の花月旅館に姿を現わすまで、ユカさんを見かけた者は誰一人いないじゃありませんか」

「もう、分かりました」

「お嬢さん……」

「もう分かったって、言ってるでしょ！」

「この約二十三時間にわたるユカさんの行動の空白を、ぼくは埋めてみますよ」

「やめて！　もういいの、聞きたくない、聞かせないで！」

「どうしてです？」

「松島さん、あなたがあなたが……惨めすぎるわ！」

と、久美子は両手で耳を塞ぎながら、激しく顔を左右に振った。

松島は、弱点を指摘された時のように、弱々しく表情を弛めた。

重い沈黙の谷間が来た。松島と久美子は、同じ部屋の中にいながら、まるで互いの存在を意識していないようであった。

久美子は、後ろ手をついて、天井を仰ぐように上体を反らした。だが彼女は目を開いてはいなかった。回想にふけるか、そうでなければ放心したかのように、凝固した思考を念頭に置いていなかったのだ。松島は、肘掛けに腕を張って背を丸めていた。彼は、ひどくしかられたあとの子供のように孤独だった。緊張感が不意に解けて、つき放されるように虚脱の穴へ落ち込んだ時——そんな空虚さが、松島の胸にジワジワと広がりつつあった。

松島は、自分がいささか興奮状態にあったことを自覚していなかったのだ。それで、興奮が去ったあと、一層、気持が乾くのである。彼は、消え行く記憶を追うように十年間のユカとの歴史を振り返った。だが、夢の中で何かに縋ろうとするのと同じように、過去のユカは彼の手に触れなかった。彼の気持は、宙に泳いで足掻《あが》くだけだった。

全ては終った——沈黙のうちに、松島と久美子はそう感じ合っていた。だがこの終局は、解放を意味するわけではない。新たな傷ついた人生の出発点でもあるのだ。過去のユカは死んだのだが、犯罪者としての彼女は二人の胸の中で永遠に生きながらえることであろう。

いつの間にか、階下は静かになっていた。と言っても、人のいる気配がしなくなったわけではない。酒でも飲み始めたのだろうか、階下の話し声は一部屋に集まっているようだった。

松島は、窓の外へ目をやった。樹木の輪郭がくっきりと浮び上り、空の暗さは青みがかっていた。夜明けが近いようであった。

だが、払暁特有の清潔感、そして冷いような新鮮味を、松島は少しも感じ取れなかった。彼の目に映るのは、暗い夜の陰鬱だけであった。

「わたくし、社長を少しも憎んでいないのよ……」

と、突然久美子が言った。笑おうとしているのか、彼女の頬は引き吊るように歪んでいた。

「父が殺されたことより、むしろ……社長がそうしてしまったことを悲しんでいるわ。おかしいかしら?」

立ち上った久美子は、そう言って窓辺に近づいた。

しかし、そんな久美子の言葉の意味を松島は深く考えようともしなかった。彼の視線は定まるところもなく、空間を漂っていた。

夕映えの道はここで絶えていた。これより先は、夜の闇に没しているのだ。やがてはそこへ到達すると知りつつ松島が歩んで来た夕映えの道は、儚い落日の日射しに一際赤く染っていた。

あたりに人影はおろか、動くものさえなく、茫漠とした視界はすでに死んでいた。

孤独な旅人はそこに一人佇んで、間もなく訪れる夜を迎えるのだった。

第五章　慟哭《どうこく》

一

国内線の発着便を案内するスピーカーの女の声が、人の気持を急《せ》かせるように繰り返されている。羽田空港国内線の待合室は、かなり混雑していた。もっとも正午前後は発着便が多く、搭乗客や送り迎えの人たちが待合室に溢れる一つのピークでもある。豪華なオーバーやコートがあちこちで背を見せているし、どの顔も派手に笑っていた。肩を叩き合い、握手が交わされ、人の輪は花が開くようにして崩れる。空港待合室には、沈滞は少しもなかった。そこには、活動的で洗練された明るさがあった。

松島は、みやげ物売場の片隅に立っていた。買物するわけでもなく居場所がなくてそんなところへ追いやられたといった恰好だった。確かに、彼だけが除《の》け者にされたように暗い顔をしていた。それも無理はないことだった。松島は、人を歓迎するためにここへ来たわけではない。むしろ、彼はユカという人間に凝結した苦痛と煩悶とを待っているのかも知れなかった。

ユカが乗って来る予定の飛行機は、羽田空港に十二時十分に到着する二〇四便ということであった。彼女を出迎えに、太平製作所から片桐常務と若い社員が二人待合室へ来ていた。彼らの姿は、松島の位置からも見えていた。松島とは違って、彼らはユカの帰りを心から待ち望んでいるようであった。片桐常務の満足げな横顔が、絶えず若い社員たちに話しかけている。彼が多弁なのは、上機嫌である証拠であった。

松島は、片桐常務たちとは別行動をとるつもりである。彼は是非とも、ユカと二人きりにならなければならなかった。ユカが迎えの車に乗せられる前に、松島は彼女を連れ去るのである。行先は決めてないが、とにかくユカを他の人々から隔離するのだ。それで松島は、自分の存在を片桐常務たちに気付かれないように心を配っていた。幸い人の壁が、松島と片桐常務たちの間を遮断してくれていた。

松島は、昨日久美子とともに全く睡眠をとっていなかった。今の松島にとって睡眠は贅沢というのではなく無用のものであった。目の芯は射すように痛んだが、瞼は少しも重くならないのである。彼は透明のように澄み切った意識で、つい先ほどまで、犯行を思い立った時からのユカを丹念に追い続けていたのである。

ユカが、矢崎と三津田に殺意を抱いたのは恐らく、昨年暮太平製作所の株主たちが株主総会を開いて、三津田の新発明成功の真相について説明せよ、と要求して来た頃だったと思われる。

　だが、それは予備的な殺意であったに違いない。ユカが行動に移すべく殺意を具体的にしたのは、三津田の新発明がほとんど絶望的であるとわかった今月初めではなかったろうか。彼女は予備的な殺意を抱いていた頃から、犯行手段についてはすでにある程度考えていたことだったろう。

　矢崎、三津田殺害の動機は、改めて考える必要もない。ユカの自己保身ひいては太平製作所存続のために、矢崎と三津田の存在は何としてでも取り除かなければならない障害であったのだ。

　そこでユカが案出したのは、文字通り一石二鳥の犯行方法である。彼女は三津田が自分に強く惹かれていることに気付いていた。それがユカにとって最も利用価値のある武器であった。彼女は絶望に追い込まれた三津田に更に愛という拘束力を上塗りした。そのために、男の信頼を得るには最高の商標である処女というものを捨てた。あらゆる条件が心中のムードを作り上げた。彼女はある口実を設けて隔地心中を三津田に納得させた。これでまず、三津田の存在は消滅する。ユカはそれを、矢崎殺しのアリバイ成立に利用した。三津田に書かせた妹宛の手紙という切り札を残して、彼女は進んで三津田を殺した容疑者とされるべく細工したのである。

一月二十二日午前十一時から二十三日午前九時五十分までユカは四国高知県に於て何者の目にも触れていない。松島は、この間のユカの行動を頭の中で追ってみた。

ユカが室戸署の捜査本部で主張したところによると、二十二日の朝、彼女は高知の『花月旅館』を出て室戸岬へ向かった。そして、夜の八時過ぎまで三津田と二人で室戸岬周辺を歩き廻った。三津田に無理心中を強いられたのは十時頃である。以後、二十三日払暁まで、崖の急斜面で意識を失っていた。二十三日午前四時頃、意識を回復したユカは徒歩で平尾という集落まで行き、そこから安芸までは国鉄バスに乗って行くことが出来た。更に、安芸からは土佐電鉄で高知市内鏡川橋まで帰って来た。『花月旅館』に着いたのは九時五十分であった。——ということになっている。

しかし、勿論松島はこの主張を全面的に否定する。彼はそんなユカの主張を、こう塗り変える。

二十二日の朝高知市から室戸岬へ向かったということは、事実であろう。午前十一時頃、室戸市内で三津田と一緒にいるユカを見かけた者がいるからである。だが、ユカはこのあと三津田とはすぐに別れているはずである。彼女はその足で再び高知市内へ引き返し、高知空港へ向ったのだ。その際、彼女は白のアストラカンのオーバーを別のありふれたオーバーに着換えていたに違いない。ユカが常に携行していたというボストンバッグは、そのオーバーを着換えるために必要であったものだったのだろう。彼女は変名で、高知発十七時十分の飛行機に乗った。伊丹の連絡便によって東京着十九時四十五分。羽田空港で、『青柳荘』の矢崎へ電話をかける。それから、『青柳荘』へ向かう。十時頃矢崎殺害を完了したユカは、そのまま羽田空港へ戻って来た。東京発零時三十分の日航機で、大阪へ向かう。大阪着が二時二十五分でそれから朝までは空港附近の旅館にでも泊ったのだろう。二十三日朝、大阪発八時の飛行機で高知へ発つ。高知着八時五十五分。高知空港から市内の『花月旅館』まで、タクシーで約四十分、再びアストラカンのオーバーに着換えてユカは『花月旅館』の玄関に立つ。これが、九時四、五十分。それからは彼女の実際の行動通り、逃走を装って車中の人となったわけである。

ユカが最後までボストンバッグを手放さずに、それでいて中味は洗面用具と下着類が二、三枚だったということは、このボストンバッグの中にもう一着のオーバーが入っていて、しかもそれを連絡船上から海中へでも投げ捨てたことを裏付けているのではないだろうか。

室戸岬の三津田が飛び降りたあたりで発見されたというユカのオメガは、前日でもユカがそこへ置いて来たものなのだろう。人が行かない崖っぷちでもあり、それを拾われる心配はまずなかったといっていい。

アストラカンのオーバーに附着していた泥は、室戸岬へ行った時に一握りでも持ち帰った土をなすりつければ、それですむのである。

スピーカーが、二〇四便の到着を告げた。松島は、全身を硬ばらせた。彼はその必要もないのに、オーバーの襟を首に包むようにして立てた。彼は混雑を迂回するようにして、ゆっくりとゲートに近づいた。通路を、三々五々搭乗客たちの歩いて来るのが見え始めた。白いアストラカンのオーバーはすぐ目についた。ユカは、さすがに顔色は悪かったが、以前と少しも変らない冷やかなまでに静かな面持ちであった。松島は、ゲートに向かって来るユカに目を据えた。久しぶりに恋人を迎えたような感慨と、一種の恐怖とが彼の胸のうちで交錯した。

ユカがゲートを出た瞬間に、松島は素早くかけ寄った。彼の背後で、

「松島君！」

という片桐常務の声が聞えた。しかし、松島は振り向こうともしなかった。彼は横合いから手を延して、ユカの右腕を摑んだ。

「あ……」

ユカは、ギクリとしたように顔を上げた。彼女は目の前に、松島の顔を認めて一瞬、視線をそらした。もの怖じたような、あるいは恥じ入るような複雑な表情がユカの横顔を走った。

松島はユカの腕を摑んだまま、無言で歩き出した。後ろから、片桐常務たちが追って来るようであった。

松島は、ユカをひき立てるようにして、カウンターの前を通り過ぎた。

「どうかしたの？　ひどく怒っているみたいね」

ユカは逆らうように右腕に力を込めた。

松島は冷静さを失うまいと努めていた。しかし、所詮それは無理であった。冷静でいられるほど、松島にとって小さな出来事ではなかったのである。ユカの右腕に力が込められたことによって、彼の心の均衡は保てなくなった。不機嫌な時にテーブルの角へ足をぶつけたりしたちょっとした痛みにもたまらなく腹立たしくなるのと同じように、ささやかなユカの抵抗が松島の気持を裂いた。

「ユカさん……」

彼の口から、全く計算になかった言葉がついて出た。

「妊娠の心配はないのかい」

「え……？」

ユカは立ち止って、怪訝そうに松島の顔を窺った。

「三津田の子供のことだよ」

「三津田さんのことは言わないで！」

ユカは顔色を変えた。

「あなたってそんなに思いやりのない人だとは思っていなかったわ。それが、恋人を失って間もない女に言う言葉？」

「おれは心配しているんだ。三津田の子供は産まない方がいい。父親が母親に心中しようと騙されて一人死んだというのでは、生まれてくる子供が可哀想だ」

「何ですって？」

「それだけじゃない。生まれるとしたら、君の子供は刑務所の病院でだろうからな」

「刑務所？」

「君は殺人犯人だ」

「わたくしが、誰を殺したっていうの？」

「矢崎幸之介さ」

「松島さん！　あなた何をいい出すの？」

「ユカさん、なぜおれに相談してくれなかった？　おれたちの仲はこんなものだったのか？　十年間の附き合いの幕切れにしては、あまりにもお粗末すぎるよ。信頼という言葉のニュアンスは重々しいものだけど、実際は白っ紙みたいに安っぽくて淡いものだとは、思ってもみなかった」

「松島さん……！」

「おれは、つくづく思ったよ。君とこのおれの十年来の関係とは、一体何だろうってね。世の中には、君とおれのような結びつきを持った男女が多勢いるのだろうか……」

「よして、松島さん、こんなところで……」

「おれは一生懸命、君を追っかけて来た。それなのに、君は後ろを振り向きもせずに、好き勝手な道をどんどん行ってしまう。おれは転んだり、つまずいたりして、泥にまみれ、傷だらけになった。しかし、おれはもう踏み留まることは出来なかったんだ。君に続いて暗い傾斜を転り落ちて行った。傾斜の終りまでね」

「わたくし、急いでいるの。行かして頂戴……」

「待てよ、ユカさん」

「話はあとで聞くわ」

「いや、もう二度と会えないんだ。だから、君と話せる機会は今だけなんだよ」

「何ですって！」

「おれは何人かの人間に裏切られた。しかし、そんなことはどうでもいい。律子の不貞も、おれは何とも思ってはいない。律子の裏切り行為については、おれにも責任があるんだから。だが、君の裏切りの行為は一方的なものだった。君は、矢崎、三津田、律子を利用し、その上、このおれまで目的達成のための道具にした。それが、十年間君に愛情を捧げて来たことへの報いだったんだ」

かつてユカに対しては一度も示したことのない激しい感情の流動が、松島の面上にあった。

「とにかく、何が何だか分からない話だわ。わたくしには」

と、ユカは心急《せ》くように、空港ロビーの外へ目をやった。

「もっとも、人を殺せる君に真実を求める方が間違っているのかも知れない。いつか、おれは君に忠告したことがあったな。あまり、背のびをするなって……。しかし、君は所詮、事業のためには相手構わず人を裏切り、肉体を投げ出し、人を殺すことが出来る女だったんだ。そう思うと、おれは長い間、実に無駄なことをして来たような気がする。おれは疲れた。ただ疲れたよ。まるで死ぬ間際の老人みたいだ。なぜこんなに疲れなければならなかったのか、不思議なくらいだ。一体、君にとって、事業というやつは何なんだ？　事業というやつは……」

「もうやめて。松島さん、あなたどうかしてるわ」

「どうかしているのは、君の方だ……」

「あなたが、そんな妄想家だったとは、今まで気がつかなかったわ」

「妄想……？　ユカさん、これ以上おれを疲れさせないでくれ。細かいことを言ってもいい。しかし、おれの口からは言いたくない。君を傷つけることは、おれ自身をも傷つけるんだ。もうたくさんだよ。ただこれだけは言っておこう。君は一月二十二日の午前十一時から二十三日の午前九時五十分までの間を、高知と東京の間を往復するために費したんだ。二十二日の夜には、君は東京にいたのさ。もし、二十二日の夜東京で君の姿を見かけた者がいたとしたら……」

松島は、そう言ってユカを引っ掛けるより仕方がなかった。

「え……?」

ユカの顔色は陶器のように白くなった。荷物を提げた腕が目に見えて震えているのは、荷物の重さのせいではなさそうだった。ユカは、今にも涙が溢れて来るのではないかと思うほど目を大きく見開いていた。その目は美しかった。嘘のない目であった。やがて彼女は重そうに頭《こうべ》を垂れた。その視線は埃をかぶった黒いハイヒールの爪先に吸い寄せられているようであった。松島はなぜか、埃にまみれた上等な靴が現在のユカを象徴しているような気がした。

ユカは顔を上げて、縋るような目を松島の視線に絡ませた。

「わたくし、あなたと久美子さんとのことは、いつも忘れていなかったわ」

「君を思い切りひっぱたいてやりたいが、こうしても同じことだから、こうするよ」

と、松島は突き出した自分の顔の頰を、力一杯平手で撲りつけた。ユカは、ハッと目を閉じた。

「さようなら」

ユカは一つ大きく肩で息をしてから鈍い冬の日射しを浴びたハイヤーの溜り場へ向かって、一直線に歩いて行った。その後ろ姿は少しも崩れていなかった。松島は蒼白な顔で、それを見送った。彼の傍らで、片桐常務たちが呆然と立ちすくんでいた。

ユカと入れ替りに、新婚夫婦とその見送り人たちらしい一団が、賑かに待合室に繰り込んで来た。

二

『人生に初めと終りがあるように、わたくしの執念にも初めと終りがありました。今、わたくしは、その終局を迎えました。でも、わたくしは後悔しておりません。負け惜しみではなく言うのです。天寿をまっとうして死の瞬間を迎えた老人のように、全てが泡沫《うたかた》の一夜の夢と感じて、心は安らかです。松島さんには、わたくしという女がよく分かっていなかったようですね。十年来の友と、すぐおっしゃいましたが、わたくしの人生は三十年以上もあったのです。三十年間で、このわたくしという人間は出来上ったのです。その過程において、松島さんとは十年間だけ触れ合う機会があったのです。人と人との繋りとは、こういうものではないでしょうか。他人を信ずることは、その人の勝手です。でも、信じられたと思うのは、いつの場合でも錯覚にすぎません。なぜなら、人と人の繋りは生きて行く間の一過程なんですから。松島さんは十年かかって、わたくしが信じられない女だと分かったようです。でも、三津田はほんの半月間の接触で、わたくしを心から信じ、一人死んで行きました。二十二日に、わたくしは東京へ帰って警察の動きを探って来るという口実で、三津田と別れました。結果がもし絶望的だったら、わたくしも東京で自殺すると約束したのです。明るい見通しがつけば、夜九時に旅館へ電話しておく。もし、何の連絡も行かなかったら、わたくしは十時に毒を呷《あお》るということになっていました。その時は、ぼくも同じ時間に死ぬと、三津田の方から言い出しました。死ぬ場所は別でも、心中ならそうすべきだというわけです。三津田は死んだ奥さんと同じように、海へ投身自殺をするということになりました。わたくしが東京へ行ったことを隠すために、三津田はわたくしと一緒にいると見せかけて、夜九時頃までは旅館へ帰らないようにと、話が決まりました。三津田は、わたくしの言うことには、無条件で納得し、従いました。つまり三津田は、わたくしを信じきっていたのです。哀れな錯覚かも知れません。松島さんにしても、同じことなのです。愛というものを尊重しすぎたのではないでしょうか。わたくしも確かに、松島さんを愛していました。今もその気持は変りません。でも、わたくしにとって愛は全てではありませんでした。女にも仕事というものがあれば、男性と変りなく、愛は気持の空洞を埋めるだけのものになるのです。女の事業家にしても女優にしても、愛を生き甲斐とするならば、自分の仕事を捨てなければなりません。わたくしには、それが出来ませんでした。泥人形のようになった父母の死体を見た時、わたくしは事業のために生きる人間として形成されたのです。わたくしは、常に亡き父の励しの声を聞いて今日までを過して来ました。ただ、それだけのわたくしだったのです。それから久美子さん、わたくしにはあなたが生まれて間もなくもらわれて行った妹であるような気がしてなりません。証拠があるわけではなし、わたくしの勝手な想像なのです。でも、もしそれが事実だったとしたら……。わたくしが矢崎さんを殺そうと決意した時の苦痛は、何よりもまず久美子さんを孤児にするということでした。久美子さん、許して下さい。松島さんもおっしゃってましたが、わたくしたちって、人生の暗い傾斜を滑り落ちて行く人間だったのかも知れません。

空蟬《うつせみ》の身のおきどころなく海原の
暗い傾斜にわれは招かれ

ユカ』

松島は読み終って、久美子の方を振り返った。捨ててもいいか、と松島の目は訊いていた。久美子は小さく頷いた。

松島は三枚の便箋を重ねて、引き裂いた。彼は更に細かく破り、一握りの紙屑となったユカの遺書を、暗い海へ向けて投げ捨てた。

紙片は花びらのように、八方へ散った。一部は空中に舞い上り、また一部は斜めに吹き流されながら、はるか下の海面へ落ちて行った。まるで、夜の雪を眺めているようだった。

松島と久美子はこの雄大な光景に見入っていた。風と波の音はあった。しかし、それはむしろ静寂の音とでもいうべきであった。二人は、すべての人々から隔絶された世界にいた。今、ユカの一切を呑み込んだ海を眼下に見下しているような気はしなかった。ユカが三津田の妻と同じ石廊崎で、又三津田の自殺と同じ方法で死を遂げたというのは、ユカなりの考えがあってのことだろうか。

「わたくし、養女だということはわかっていたの。そしてユカさんを知った瞬間から、直感的に話に聞いていた姉さんというのがこの人ではないだろうかって思ったのよ。確証はなかったけれど……。だから、どうしてもユカさんを父の奥さんにはしたくなくて、あんな攻撃なんかをしたりしたの。それから、今度の事件の犯人にユカさんを当て嵌《は》めて考えてみることも、とても恐ろしかったんだわ。松島さんと一緒に、高知まで行ったのも実はユカさんのことが心配だったからよ」

と、久美子が風に向かって言った。

「われわれは、好んで疲れよう疲れようとしていたようなものだった……」

という松島の言葉を最後に、二人は再び沈黙を続けた。

久美子は吹き飛ばされそうになる帽子を脱いだ。同時に、彼女の髪の毛はほとんど水平に、後ろへ流れ散った。松島のオーバーの襟は、幾度立てなおしても、すぐ折り返された。

間もなく二人は、風のなすがままに任せた。尾を引いて流れる星のように二人の身体にまとったすべての物が、後ろへ後ろへとなびいて乱れた。松島も久美子も、目を細めていた。

二人は、すべてを失った人間だったが、何よりも、信ずるものを失ったことが寂しかった。風は慟哭を続けていた。

伊豆半島の最南端、石廊崎の尖端に立って、二人は大自然の洗礼を受けていた。強風に海は荒れていた。ところどころに黒いうねりがあった。そのせいもあるのか、又風によって二人の身体が安定しないためなのか水平線が傾いているように見えた。それは暗い傾斜であった。

Closing

有栖川有栖

※本編を読了後にお読みください。

アリバイものを何十冊も読んで学習すれば、意外な移動手段やルートを使ったり、犯行現場なり死亡推定時刻なり犯行方法なりを錯覚・錯誤させたり、証拠となる品が偽造されたりするのがアリバイトリックの要諦《ようてい》だということが見えてくる。が、『暗い傾斜』には完全に足をすくわれた。

私たちが心中と聞いて浮かべる典型的なイメージを裏切ることによって、こんな殺人計画が組み立てられるとは。そして、心中（一つの事件）の当事者を装うことで、殺人事件のアリバイを成立させてしまうという発想がいかにもミステリらしい。

「作者のことば」の別の箇所を引用する。――身近な他者を信じることの困難さを綴った後、〈やがて夜が来るとは承知の上で、あなたは長い旅路を歩み続けている。人間は常に「夕映えの道」を、夜に向かって歩き続けているものなのかも知れない〉とあって、本作はムード小説だと記し、〈ぼくの10年前の小さな体験を、骨子にしただけに、この小説を書きながら、ぼくは孤独だった〉と感傷的に締め括られる。

〈小さな体験〉とは、青年期の終わりと言えるかもしれない作家デビュー前に、作者が起こした心中未遂である。小さいとは言えない体験だ。相手は自棄的になっていた人妻で、自伝的長編『詩人の家』や講演をまとめたエッセイ集『明日はわが身』でその顚末《てんまつ》を明かしている。

笹沢作品では繰り返し心中が描かれ、その背後にいつも驚きの真相が潜む。〈小さな体験〉は、作者の中で木霊《こだま》となって響き続けたのだろう。体験者ならではの透徹したリアリティを感じさせる作品がある一方、徹底的にどんでん返しに利用した作品もあり、読者を振り回す。

『暗い傾斜』は、作者の心中ものとしても独特の佇《たたず》まいをしている。ムード小説をめざしながら、ここまで巧みなアリバイミステリになることに感嘆するしかない。核となるアイディア一つで押し切ろうとしたら凡作になりかねないところ、その効果が最大限に発揮される殺人事件を配置し、計算が行き届いている。「ムード小説だよ。孤独だな」と思いながらペンを走らせ、これを書き上げてしまった。「一つのピークに達した」と評する所以《ゆえん》だ。

アリバイものの主人公は、巧緻《こうち》なトリックを看破する探偵役（しばしば警察官）だが、詭計《きけい》があっぱれならば、発案者の犯人にも感服することになるのだが――。

犯人が有名なマジシャンや天才的数学者であれば、作品が華やかになるし、劇的でもある。さりとて、毎回そんな犯人というのもわざとらしいし、天才ならざる犯人が知恵を絞って一世一代の賭けに出るというドラマも読みたい。だが、天才ならざる者によくそんなトリックが考えられたな、という気もしてしまう。

そんなジレンマを『暗い傾斜』は免れている。恐るべきトリックを実行できたのは、この世であの人物しかいない。こんなことを考えつけるのも、あの人物ただ一人しかいないではないか。笹沢左保の手によってトリックは小説に変身し、ムード小説は本格ミステリとして完成した。

改題について。文庫の売れ行きが落ち着いてくると出版社を替えて別の文庫から出し直す、というのは昔から行われていたことで、その際に「より売りやすいタイトルに」と改題される場合もある。笹沢については、連載小説を単行本化する際に編集部から改題を提案されることもあったようだが、本作については「『暗い傾斜』では売れないだろう。何か考えてくれ」と作者本人が担当編集者に指示したそうだ。

『暗鬼の旅路』は、「著者のことば」に出てくる〈旅路〉をすくい上げたものと思われるが、古参のファンの間では旧題が浸透していることもあり、この度は旧題――よいタイトルでしょう――に戻した。読者にも天国の笹沢先生にも「それでよい」と言っていただけますように。

1962年に角川書店で刊行、1989年に「暗鬼の行路」と改題、徳間文庫として刊行されました。本作は初刊行版に作品名を戻し、徳間文庫版を底本といたしました。

作品はフィクションであり実在の個人・団体などとは一切関係がありません。

なお、本作品中に今日では好ましくない表現がありますが、著者が故人であること、および作品の時代背景を考慮し、そのままといたしました。なにとぞご理解のほど、お願い申し上げます。


（編集部）

徳間文庫

有栖川有栖選 必読！ Selection 7

暗《くら》い傾《けい》斜《しゃ》

2022年10月15日 初刷

著者 笹《ささ》沢《ざわ》左《さ》保《ほ》

発行者 小宮英行

発行所 株式会社徳間書店

東京都品川区上大崎三―一―一 〒141―8202
目黒セントラルスクエア

電話 編集〇三(五四〇三)四三四九
販売〇四九(二九三)五五二一

振替 〇〇一四〇―〇―四四三九二

印刷
製本 大日本印刷株式会社

ISBN978-4-19-894785-9 （乱丁、落丁本はお取りかえいたします）